稀見清代科舉文集選刊

叁

陳維昭　編

復旦大學出版社

方靈臯全稿

〔清〕方苞　撰

龍野　標點

陳維昭　校勘

方靈皋全稿提要

《方靈皋全稿》不分卷，方苞撰，戴田有、劉月三論次。

方苞（一六六八—一七四九），字靈皋，號望溪，方舟弟。從兄受業，稱「二方」。弱冠遊太學，安溪李光地見其文，嘆爲韓、歐復生。康熙己卯舉江南鄉試第一，丙戌成進士，届廷試，以母疾遽歸。戴名世《南山集》案發，方苞因爲此書寫序而下獄。癸巳召入南書房，會修樂律算書，充武英殿總裁。雍正九年，特賜中允，歷内閣學士、禮部侍郎。乾隆己未，以譴落職。越三年，賜侍講銜，歸卒，年八十二。方苞以古文鳴世，與劉大櫆、姚鼐合稱「桐城三祖」。亦工時文，曾奉敕編《欽定四書文》，爲一代圭臬，影響甚巨。

戴名世（一六五三—一七一三），字田有，桐城人。時文集爲世盛傳，与汪份、方舟、方苞交。康熙五十年《南山集》案發，下獄死。劉捷（一六五八—一七二六），字月三，一字古塘。先世懷寧人，遷於桐城。康熙辛卯中南元。《南山集》案發，因護送方苞妻子北上入旗，未能赴禮部會試。曾入年羹堯幕，阻止四川加賦事。雍正丙午卒於家，年六十九。其人學識淵博，課藝超群，文章自成一格。

《方靈皋全稿》，復旦大學圖書館藏，康熙間刻本（下稱「復圖本」）。該書刻於《南山集》案發之前，保留了戴名世大量評語，是現存最早的方苞時文刻本。復圖本缺《大學》、《中庸》部分。

安徽師範大學圖書館所藏《方氏全稿》，内含《方靈皋全稿》一種（下稱「安師本」），缺第一册卷首、目録及《論語》部分。該藏本也保留了戴名世部分評語，少量被删去或更換名字。蘇州大學圖書館所藏乾嘉間麟元堂刊本《抗希堂自訂全稿》（下稱「蘇大本」），保留了康熙本卷首張廷樞、姜檆、季咸若、龔纓序文，但已清除了戴名世痕迹。文字上多有趨近於復圖本處，是一個過渡性版本。上海圖書館藏《抗希堂稿》爲《桐城方氏時文全稿》之一種，删去卷首所有序文。

兹以復旦大學圖書館藏本《方靈皋全稿》（《論語》、《孟子》部分）、安徽師範大學圖書館藏本《方靈皋全稿》（《大學》、《中庸》部分）爲底本，以蘇州大學圖書館藏乾嘉間麟元堂刊本《抗希堂自訂全稿》、上海圖書館藏光緒十七年常郡宛委山莊刻本《抗希堂稿》參校。

序〔二〕

文無根柢，縱能瑚章琢句，倍極工麗，譬猶剪綵爲花，朝榮夕萎，烏能歷久耶？善學者必博參乎天地萬物之故，馳驟乎左、莊、班、馬之區，證契乎關、閩、濂、洛之理，而聞見斯廣，而會悟斯真，而識解斯高，而議論斯弘且偉。是以發爲文章，含英咀華，雄深奥博，醲蘊無涯，不難名一時而傳百世。顧非十年服古，十年養氣，未易殫其閫室。豈剿襲游、楊，優孟《莊》、《騷》所能貌托哉？有明三百年來臻此者，指不多屈。我朝文運光昌，駸駸日盛，以故鍾陵、慕廬諸先生踵武相接。丙戌春，余恭膺簡命，濫厠禮闈分校。每思拔一雄奇博碩之士以鼓士氣而振文風，得桐城方子靈皋卷，沉雄酣博，寢食《史》、《漢》，而渣滓悉融。穿貫儒先而形骸胥化，洵推起衰式靡巨手。於時同事皆以得士爲余慶，不知以方子之才之學，勿獲弁冕通榜，僅冠一經，余且爲方子怏悵也。夫方子實大聲宏，原稿流布，白叟黄童莫不以爲師法。今深山窮谷益延頸新篇，以爲楷法，而白下之刻過爲珍惜。吾鄉子侄輩欲覓一編不可得，其他好學深思之士如飢如渴，抑又可知。坊人重刊以慰重望，又恐加惠於後學而不免於自累也。因余忝叨一日之知，冀得余一言以爲重，問序於余。夫方子學問之淵源，得力之深厚，原序類能言之，復何多贅？獨喜方子之文果足起衰式靡，而是刻足慰深山窮谷學者飢渴之思也。於是乎書。

年通家生陳至言撰。

原序〔二〕

學者屈首受書爲科舉之文，其道不足而强言者，縱有工麗雕琢之詞，卒歸於腐壞澌盡，以其徒事鈎章棘句而不足以發明天地萬物之理也。夫不足以發明天地萬物之理，謂制藝之道僅以冀幸科第，初不必於古聖賢立言之旨有所推闡，則始之務爲工麗雕琢者幾何不變爲膚淺庸爛、遷就以合有司之尺度哉？江南舊爲人文都會，己卯之歲，余與太原姜公實司省試，首舉桐城方子靈皋。靈皋故海内知名士也，種學績文，歷有年所，於六經、莊、屈、班、馬、韓、歐之文章，靡所不覽。時文則自守溪、鶴灘以下，皆能溯源窮流，而一一道其所以然。撤棘後，余索其素所爲文觀之，閲未竟，不覺躍然而興，喟然而嘆也。夫文者，所以明道。合天下之士之心靈智巧，刓精竭慮而爲時文，豈真不能於古聖賢之道窺尋於什一哉？所以然者，學者既不能盡讀古人之書，無以充長其意識聞見，而有司又挾其尺度以衡量天下之士，稍有不合，輒斥爲怪迂吊詭，不中繩墨。無惑乎戰藝而克者盡下才庸流，而名人魁士抑首伏氣，深矉太息而無如何也。靈皋雖少困舉場者十有餘年矣，侘傺失志至於再三，終不變節從俗。而余與姜公無意而得之，豈不快哉！靈皋之文穿穴經史，綜貫百氏雜家，去其疵而取其醇，不襲程、朱、游、楊之説而吻合其意，高下縱横，沛然而不可禦，由其理解融澈，素所蓄積然也。余喜靈皋之文爲載道之言，足以發明天地萬物之理，不與工麗雕琢之詞同歸泯滅。而世之習爲膚淺庸爛以冀幸科第者，亦且大懲其前事之非，家修人勵以求至乎道也。故爲之序。韓城友人張廷樞書。

己卯之歲，余與韓城張公知江南鄉舉，而桐山方生爲選首。榜揭之日，其鄉人同聲快之曰：自顧涇陽先生舉於萬曆丙子，而其盛再見於斯。又逾時，生之文出，遠近相傳。説以謂涇陽先生之文固多可傳，而其鄉墨則年少才俊者皆可擬焉。而方君沉浸醲郁，深於古人之意，非涇陽所能及也。先是，庚午，生嘗舉爲選首，垂得而失之。在事者惜焉，而布其文於四方。故知與不知皆惜其困之久，而樂其一旦而伸也。吾觀古之能自竪立而不苟同於衆人之爲人者，或數十年而有之，或數百年而有之。其文之不苟同於衆人之爲文者，或數十年而有之，或數百年而有之。學有淺深，行有純駁，不可誣也。涇陽先生之文，同時多與比肩，而出其前後者或遠過焉，蓋數十年而有者也。然當異學猖披之日，卓然不惑，使其徒有恃以不恐，而澤被於來者，則其人豈非數百年而有者哉？夫争名者之於藝不可以虚屈，生以不得志之久，故能辛苦專一，以較文字之工於毫釐分寸，以視涇陽先生，雖不能過，或亦無甚愧焉。然使生僅以其文争勝於涇陽，雖實過之，而豈余所以望生者哉？而豈鄉人遠近之所以屬生者哉？抑吾觀古之能自竪立而異於衆人之爲人者，當其身往往爲疑謗之所積，而久然後明。而近世之以文章顯於時者，其初亦不免於衆人之譏侮。今生之文一出而人皆信從，又以數百年而有之人相屬，則生其審於所處哉！太原友人姜檔書。

文之雋於場屋者，韓退之所謂「决得失於一夫之目」者也，其事若不足憑，然而其可憑者自在也。文出而天下皆以爲然，則得者真得矣；文出而天下不以爲然，則其得也，有未盡得者矣。何也？得者其名，而不得者其實也。桐城方子靈皋殫力於學殖二十餘年，其爲文根極理要，出入經史，閎中而肆外，謝華而啓秀，時俗所尚，一切吐棄，而亦未嘗爲希微窅眇之音。人無論高下，靡不心賞，蓋豐年玉而飢年穀也。庚午之役幾得矣，而復失之，人皆爲方子惜，刻其遺卷，播之海内。方子曾不以介意，學益勤，文益進。又十年，乃哀然爲舉首。文出而天下皆以爲然，在失志者亦莫不自屈，而嘆有司之得人，非名副其實，有以厭服乎人心，其能翕然聲施如是耶？既已有驗，人皆謂方子自此無不得，今方子又下第矣。豈前之可憑者，至此復不可憑乎？亦會其時之適然耳。是編行天下，讀之當更爲方子惜。方子仍不以介意，益修其實，則食報豐而名將益大。於時乎何尤？友人吉水李振裕書。〔三〕

始余居鄉年少，冥心獨往，好爲妙遠不測之文，一時無知者，而鄉人頗用是爲姍笑。居久之，方君靈皋與其兄百川起金陵，與余遥相應和，蓋靈皋兄弟亦余鄉人而家於金陵者也。始靈皋少時，才思横逸，其奇傑卓犖之氣發揚蹈厲，縱横馳騁，莫可涯涘。已而自謂弗善也。於是收斂其才氣，濬發其心思，一以闡明義理爲主，而旁及於人情物態，雕刻爐錘，窮極幽渺，一時作者未之或及也。蓋靈皋自與余往復討論、面相質正者，且十年。每一篇成，輒舉以視余。余爲之點定評論，其稍有不愜於余心，靈皋即自毁其稿。而靈皋尤愛慕余文，時時循環諷誦。嘗舉余之所謂妙遠不測者，仿佛想像其意境，而靈皋之孤行側出者，固自成其爲靈皋一家之文也。靈皋於《易》、《春秋》，訓詁不依傍前人，輒時有獨得。而余平居好言史法，以故余移家金陵，與靈皋互相師資，荒江墟市，寂寞相對。而余多幽憂之疾，頽然自放，論古人成敗得失，往往悲涕不能自已。益用是無意於科舉，而唾棄制義更甚。乃靈皋嘆時俗之波靡，傷文章之萎薾，頗思有所維挽救正於其間。今歲之秋，當路諸君子毅然廓清風氣，凡屬著才知名之士，多見收採，而靈皋遂發解江南。靈皋名故在四方，四方見靈皋之得售而知風氣之將轉也，於是莫不購求其文。而靈皋屬余爲序而行之於世。嗚呼！自余與靈皋兄弟相率刻意爲文，而侘傺失志莫甚於余。迴首少時以至於今，已多歷年所，所爲冥心獨往者，至今猶或貽姍笑。今幸靈皋以其文行於世，而所爲維挽救正之者，靈皋果與有責焉。而百川之文亦漸以流布於四方，則四方之士所賴以鼓舞振起者，獨在方氏兄弟間。而余亦且持是以間執鄉人之口也。於是乎書。己卯十二月立春後一日，同里戴名世田有書於青溪之深柳堂。〔四〕

予自丁卯與方子靈皋交，距今十有六年。其學凡三變，而獨不喜爲時文。始好《莊》、《騷》、樂府古辭，貴己賤物，傲然自遂於塵俗之外，而多爲詩、騷有韵之文。自辛未北遊齊、魯、燕、趙，至癸酉歸，好左氏、太史公書，證嚮今故，窮事物之變而求其濟於實用者，多爲誌、傳、書、論、辨、議，矯然自樹一家之言。自乙亥至今，時客漁陽，時客淮南，時歸金陵，盡棄所爲詩、騷、誌、傳、書、論、辨、議之文，而沉潛於五經之訓義，反覆抽繹先儒之言，以別其離合於古聖賢人之意者，於諸經皆有所開闡。而治《春秋》，創通大義，正唐、宋、元、明注家之誤，凡數萬言。五經、《左》、《史》、《莊》、《騷》之書皆靈皋爲童子時尊人南董先生所口授指畫，而其好之有先後如此，蓋其性情學識隨時變化，而觀物閱世有淺深故也。靈皋雖不喜爲時文，而教授生徒，或有所感發於事物，亦間寓意於斯。而其文亦三變：庚午以前多清深倜儻，偉麗可喜；辛未以後漸就堅實；而自乙亥至今，則潔净精微，其理多補先儒所未及，而文境亦王、唐以來作者所未嘗有。膚末於學者視之，急不得解，而覺其無可悦。故劉子古堂有言：「必有靈皋之性情而後能好《莊》、《騷》、《左》、《馬》、五經之文，識《莊》、《騷》、《左》、《馬》、五經之文，而後能爲靈皋之詩、騷、誌、傳、書、論、辨、議；能爲靈皋之詩、騷、誌、傳、書、論、辨、議，而後能爲靈皋之時文。」然余觀古人皆道足而溢於文，而程子謂昌黎因文以見道，則世之學者誦靈皋之文，以開[五]通其心知，而接於《莊》、《騷》、《左》、《馬》、五經之塗徑，因以《莊》、《騷》、《左》、《馬》、五經所載之義理自治其性情，則傳靈皋之時文亦可以使人興起於學也。故靈皋雖甚不滿其文，而余與古堂力贊刊布之。所存庚午以前十之二，癸酉以前十之三，乙亥至今十之五。《學》、《庸》暨《語》、《孟》理題皆近所爲，學者尤宜用心焉。

同學季咸若書。

文者，載道之器也，而各出其人之胸臆，則必有以各肖其人之隱曲而性情見焉。故夫善爲文者，未有不自露其性情者也，左之情夸，馬之情豪，莊之情肆，韓非、商鞅之情峭刻，屈、宋之情悽激，莫不昭昭然若别黑白而判淄澠，雖其失至於放悖鬱紆，阻深窘隘，然曾不以諱也。六經者，性情之準的，道之統會也。其言皆以明道而一本於性情，不相假亦不相易，如是而已。四子書者，六經之統會也。其道純粹以精，其性情和平中正，其言引繩據墨，不爲怪奇可喜，雖汪洋如孟氏，曾莫得以傳於縱横。向令易管、韓、莊、列爲之，無論其道有不至，其性情之違戾，有不啻楚子而齊語者矣。制義者，發明四子之書，代聖賢之言而宣其性情者也。天地品彙之繁，人倫情僞之變，古今治亂之故，精粗隱顯，無一不貫乎其中。而世或以雕蟲之技目之，無惑乎俳優雜唱，相與侈爲《折楊》、《皇荂》而不之耻矣。而高明者從而笑之，抗引古人，若者管、韓，若者莊、列，然其至者能爲管、韓、莊、列而已，不能爲四子也。

拘墟者則又從而笑之曰：「吾自有程、朱之緒言在，若者《語録》，若者《大全》，裂而書之，薈萃而綴之，人不吾非也。」噫！不能爲四子，其言放僻詭異，或無以軌於大道。

不能爲管、韓、莊、列，其辭無一毫以畔乎道，而其神氣則索然萎薾已，無他，學齊語者非齊之人，爲四子書之文者非四子之性情也。靈皋天資純茂，當其少時已肆力於左、馬、莊、騷、荀、韓、百家之書。其既也，一衷於大道，研窮精微，辨析同異，紛綸乎六經而較其分寸毫釐，故其爲文，馳騁閎富，刻琢精微，無所不有。其高者與聖賢心志相流通，精神相依憑；其次者亦卓然有出於世儒之上。蓋其漁獵百氏，皆以極參伍錯綜之用以自得其性情，其所見及者皆實能心知其意，其心知之者幾幾乎皆力行而至之，固宜其於道有味乎言之也。靈皋與其兄百川質同學同，所著古文辭賦各數十萬言，制義亦齊驅競爽。靈皋爲南國舉首，例得刻其行卷。而先是百川亦刻其《自知集》行於世。世之知百川、靈皋久矣，將欲求乎道而肖乎古人之性情，以無謬乎六經之旨，則兩集具在，其亦有以假塗問津而知所肆力也夫。同學龔纓書。

宛平高素侯先生戊寅手札〔六〕

寄來《學》、《庸》文，深細嚴密，與理大適，此治經之效也。自明者視之，自當昭晰無疑，而以投時好，得毋近於牢響韶樂乎？生無意北來，計處亦甚當。但言在舉場十五年竟無所遇，當知難而止。在斯時，愚猶未敢聽生也。君子之行，不求同俗而求同理，生齒方壯而親未篤老，遂决然捨去，得毋近於悻悻者，而於理亦未盡乎？物之生也，若驟若馳，無動而不變，無時而不移，謂能决然必行己意，吾不信也。生其未之思耶？今年來，愚腰脊間滯氣時發動，居常忽忽不樂，無緣與生相見，文俟閱畢再寄，不宣。

己巳夏四月，余以歲試見知於先生。秋七月，招入使院。辛未從遊京師，先生軫其飢寒，開以德義，一出入，未嘗不詰所有事也。所與往還，未嘗不叩其爲孰誰也。蓋自癸酉以前，未嘗旬月去乎先生之側，而凡所爲文，先生皆指畫口授焉。甲戌後，授經四方。閲月逾時，先生通書必索所爲時文，蓋知余素厭此而督之。丙子試京兆罷歸，將不復應有司之舉，悉散所爲時文於生徒朋游，獨先生所點定不敢棄擲，並數歲中手札巾笥而置之先世藏書櫃中。戊寅，先生以書督應鄉試。己卯果得舉，將請先生序其文以行於世。至京師而先生已寢疾，數進見，未忍言。入試於禮部，未竣事，而先生殁。歸至家，發向所藏，則與遺書並朽蠹矣。余文以散在生徒朋游間，收之尚得十七，而先生所論次無一存者。余天資蹇拙，尤不好時文，累日積久以至成帙，皆先生督責敦率以爲之。而先生所講授反不得少留集中，以誌師弟子存殁之誼，此余所以日夜悔痛自責而無以容也。是書乃戊寅見遺命就鄉試者，以得之最後，未入巾笥中，故得獨存，而今丙戌六月朔後七日，復於散帙中得之。時生徒朋游以余登會試榜，彙刻前後所爲時文，因以冠於簡端，並記先生所以切劘之意，以見余時文之學之所自，而先生筆墨素不肯假手於人，故評訂之語，皆不敢妄託焉。

先生孝弟之行，自鄉人及朝士大夫皆載其言。而才識卓然，足爲物所倚賴，則有待而未施，故世無知者。余於誌銘既陳其大略，至於處己待物，博大敦篤，粹然有古賢之風，叢細之事，無不可以法後學。芭生長山澤，獲事先生，時甫去父母膝下，絶不知交際中所謂世情者，徒見書傳所載古人語言行事，以謂直可推行於時。

先生四十爲文以壽，謂古之君子愛其人也，則憂其無成。孝弟者，人之庸行，而先生所表見於世，尚未有赫然如古人者。某大懼先生之無成也，先生命張於庭逾月，語余曰：「今之贈言者以爲禽犢也，而生所陳皆古義，恐重爲尤。」余請其故，先生曰：「吾有所試也，世不可與莊語，日生所以壽我者，意良厚。而吾客見之，皆謂吾有不肖之行而爲生所譏切也。」余曰：「何弗徹也？」先生曰：「吾正欲使諸公一聞天下之正議耳。」余始至京師，下帷先生之廬。夜讀書，有童奴砉欻爲鬼聲，余惡而抶之。越日，先生遍召府中童奴，指曰：「某某有過，生爲吾抶之。某某使吾弟鞭之，是尤頑梗，生恐不足以創也。」自是府中童奴皆懾，莫敢忤余。又逾年，始聞余所抶乃太公侍者。太公恚余之妄，讓先生甚切。先生恐童奴恃此以無禮於余，又恐余時親抶之以損太公之歡也。余卧齋在兩宅中間，其東爲先生賓醼之堂，其西爲太公燕私之齋。僕某遘厲疾，公移余於西齋。京師人言，是疾善傳染，致湯藥者隔簾牖而委之，溲溺並積，久之臭達於外，近者不堪。余議僦屋以遷焉。先生急止之曰：「吾賓從可暫謝出入，謹避其惡，無傷也。吾聞疾甚者不可以變更震蕩之，無生理矣。」數月竟瘳。先生之心厚於仁而能盡在物之理如此！凡余所不及聞知者，可類測也。使天假之年而得展所藴於世，雖赫然如古人者，豈不足以致哉。以此知古之發名成業與無所顯於時者，皆會其所適而然，未可以既人之實也。余以重得先生遺迹，追念夙昔所感被於先生者，因並志之。又以見余之所師於先生者，蓋不徒以文術也。

刻方先生全稿附記〔七〕

先生南歸，省韓城張公於廣陵。留月餘，師向與二三同學請出未刻文爲後學楷法。先生曰：「吾文皆散在生徒朋游間，舊稿乃計偕時南中諸友倉卒蒐輯，苟成一編，辭義蕪疏，余甚耻之，何故使覽者復費日乎？」向與二三同學不能移也。越數日，於潛伍君薇占至自金陵，持先生一二至戚手書并未刻稿六十餘篇，曰：「惟刻此可少濟吾儕窘隘。」先生因擇舊稿十之五，新稿十之六，命向與二三同學編次。別而觀之，則先生所棄皆時人之所取也，先生所存皆時人之所怪也。向與二三同學復進曰：「夫學操舟者必泳游乎沼沚，泛涉乎江湖，然後適滄海而不慄。童子行步未定，而欲與登高山，履危石，臨百仞之淵，則彼有戰汗悲啼而遁耳。且使一世之人不好，則非伍君汲汲憂貧之意也。」先生笑曰：「此亦用牛鼎之術乎？公等專之，我勿與知可也。」於是排纂前稿，益以未刻文四十餘篇，備録海内名輩論定之語，而向與諸同學偶有知見，亦附於篇末。先生授經十餘年，四方負笈請業者甚衆。是編成於廣陵，同編次者獨張曰倫序四、程崟夔震、吴華國廷藻。余諸弟或在京師，或留白田，未得同役，皆不敢妄附。北平檀馨維德、王兆符龍篆，以先生留京師久，前後稿皆所手録，議論多開闡，不敢没其勤，故並列名。戴田有前輩、吾宗月三爲先生同里執友，先生己卯以前文多取正於戴，庚辰後多取正於劉，故是編仍以二君主之，示向與二三同學不敢專也。劉師向記。

曰倫少從程先生若韓遊，因得及先生之門。先生遊燕、齊、吴、越間，道廣陵，必與程先生抵掌促膝兼旬，或三數日，然後别去。曰倫見先生所談皆人情物態，禮俗事爲，而未嘗及於文章。舟輿所載，旅次所陳，多諸經義疏或子史文集，旁及山經、農書，而未嘗有時文。乃先生之文偶一流布，學者争先而誦述之。曰倫嘗叩所由，先生曰：「天地萬物之理無盡，而四子之書其郛郭也，故必能發明天地萬物之理而後可以代聖人賢人之言。六經之精微，子史之奥博，文人才士所述之幽奇，以及盈天地間見聞事物之變，皆是理所宜求索。而一之於時文，則其塗隘矣。」曰倫退以先生之言按先生之文，則未有無故而發者。因以先生之言合諸經史子集，其傳於後，顯微頃久，一視其理之純駁深淺以爲差，而未嘗有所違也。然先生於時文仍自以爲不足，程先生或言某篇未善，則立去之。其無知而妄議者，亦反覆推其所以。曰倫所聞見於先生者如此，故因編次是集，而並發之，使學者知所用心焉。張曰倫記。

崟從學於先生，敬問所以爲文之道。先生曰：「生之時與境寬然，而天資之材可用也。生將苟以求得於時乎？抑爲其確然可據者乎？」崟曰：「苟以求得於時，則無爲至於先生之門也。側聞先生於五經義疏皆已删定，而周秦以來賢人才士之所述，莫不辨黑白而定所從，不識可相授乎？」先生曰：「是古人所假道也，而其本不存焉。韓愈氏曰：『行之乎仁義之途。』莊周曰：『高言不止於衆人之心。』故學者必先以義理灑濯其心，而後於古聖賢人之旨意研之而可入，探之而可出。今以寒乞奴隸而爲富貴人之言，則聞者訝其詞氣之不類，況以負販而代聖人賢人之言乎？質之不立而强綴以古人之文，是謂拔鶬朋之翼而傳諸鳲鳩，其爲累也大矣。」是先生所以爲文之根源，讀是集者於此焉求之可也。程崟記。

方靈皋全稿目次

鄉會總裁同考諸先生鑒定
同里戴田有、劉月三論次
受業程崟夔震、王兆符龍篆、檀馨維德、劉師向封事、張曰倫序四、吴華國廷藻同編〔八〕

論語

大學

中庸

孟子

附録

論語

學而時習　全章

聖人以學之意示人，而使之自思焉。蓋説也樂也君子也，非不已於學，豈能心知其意而合德乎？（脱然畦徑〔一九〕。）且天下之事，苟習之終身不厭，而有以自得於心，則必有人焉心知而篤好之，而不復聽得失於衆人，以爲之憂喜，而况君子之學乎？夫學也者，所以盡吾之才，而復其性者也。天下之理，驟閲之未有不疑者也；吾人之心，驟用之未有不格者也。惟習之而時習之，吾時時閲其理，而不畏其相難，則必有忽然相遭之處；吾時時用吾心，而不求其速化，則必有油然自合之時。（親切有味。）如是而聰明之用，不至於虚耗；道德之任，無悔於初心；日月之流，不慚其迅邁，而不亦説乎？且夫學者之得意，固非可以一端竟也。〔二〇〕獨居深念，方悵悒於無徒，而山高水長之外，忽有叩吾廬而來請者，不患言無聽而倡無和，此心此理，既夙知其無二，而晦明風雨之中，復有棄俗尚而相從者，可以講其是而去其非，以此思樂，樂可知矣。（瀠洄脱卸，逸態横生。）雖然，天下之人，或異世而相慕，或日接膝而不相知，以其遭逢之難，故我友之遠不我遺，爲足樂也。若夫人之不知，固其所也，而又何愠乎？天下雖無知我之人，而我非無可知之人，則於己無恨；我本無意於人之知，而亦非人之不足以我知，而於人乎何尤？（此意〔二二〕更細，纔是下學上達，不是知希我貴。）古君子遁世無悶，而以成德爲期者，意在斯乎？意在斯乎！當亦無所多讓矣。吾嘗謂世無好學之人，今而知非好者寡也，學者寡耳。學之必習之，習之必時習之，可説可樂而無愠若此，而有不好之者乎？吾不識天下學者之聞吾言，其謂之何也，而吾之得於心而可言者，則歷歷如是也。

精實簡潔，已該題藴。（韓慕廬先生）

樸質斲雕，與王、唐、歸、胡不同於音律，而同於氣味，故足尚也。（李厚庵先生）

余近爲此題，累日不就。及成，頗自喜詰題精實。及誦靈臯作，乃嘆其吐棄凡俗，無一語爲時下所有，無一意非闡發先儒。吾謂宋人之書，必得才子之筆出之，其境界乃一新，非老生常談所能盡其妙。余遂焚棄其稿，不敢自存，思欲從之而不

可得也。(劉大山)[二二]

氣骨風神，與古爲化，故其闡發儒先義藴，能去膚而存其液，此種境界，如登閬風而吸沆瀣，俯視一切，語言意思皆塵垢粃糠矣。(吴荆山)

信然以生，癯然以清。(左未生)

如此文，世人所目爲虚渺也，而慕廬先生以爲精實；所駭爲奇變也，而厚庵先生稱其合於王、唐、歸、胡，知此然後可與讀靈皋之文。(戴田有[二三])

人不知而　一句

學有以處人之不知，而説與樂可常矣。蓋學者信道篤而自知明，人之不知，與吾學之可説而可樂者無與也，而何愠哉？且世之終身於學，而役役焉聽於人以爲憂喜者，何多耶？(旨謐辭潔，超然獨鶩。[二四])蓋其始也，非以爲學而以求知，故不得於人而不勝其自阻焉。若夫明於學之意者，當其始而已無人之見在其意中矣，况學之久而充然其有得者耶？何者？是非者，聽於人者也，而爲是爲非之實，非人所能易也。吾學誠非耶？雖人以爲是，而可信耶？吾學誠是耶？雖人以爲非，而何疑耶？(文境清沁。)用舍者，聽於人者也，而可用可舍之實，則與人無與〔二五〕也。吾苟爲世用，而實無所可用，人豈能代吾之耻耶？吾雖爲時舍，而實有不可舍，吾何必代人之憂耶？審如是，則人不知而何愠乎？凡人有所邀而不得，而悔其事之無功，則愠生焉，而學者無是心也。方其從事於斯，而已有不易乎世之見焉，未嘗招之，彼焉得而應之？未嘗炫之，彼焉得而鬻之？蓋其本指固殊矣。（心凝形釋，神光瑩然。）夫誠無所冀於其前，而又何所觖於其後耶？凡人内自視爲有餘，而迫欲求伸於衆，則愠生焉，而學者無是候也。（儒者之言。）雖當成德之期，而有闇然下學之思焉，物之未動，可積吾誠以觀其通也；名之未成，可寬其時以蓄吾德也，蓋其自待者厚矣。夫且時覺己之難信於心，而敢謂人之不當吾意耶？或謂一時之人心，不足與争，而悠然以俟諸百世，然有望於後，即愠也。道德仁義，亦當其時自快於心耳，（六經精液。）不因一時之不知以擾其情，亦不藉百世之知以消其憾〔二六〕也。或謂在己之沉淪，無足深惜，而道固遺恨於斯人，然非爲身圖，則無愠也。悲天憫人，亦盡吾心以聽其所會耳，所望於人知者，惟天下之義而無所私，故所以處人之不知者，雖引天下之憂而未嘗不自得也。故以知希爲我貴，則薄斯人爲無知，而氣已囂而不能静，務自隱於無名，則以人知爲有累，而心轉累而失其常。若夫學之能悦諸心而有以相樂者，其道甚大，其遇人甚平，而其處知不知也甚適，非君子之信道篤而自知明者，豈足以語於此？

探〔二七〕孔、孟、程、朱之心，擷左、馬、韓、歐之韵，天生神物，非一代之珍玩也。（張彝嘆）

載籍之腴，溢爲光潤，有藍田日暖、良玉生烟之意。（韓祖寄）

白樂天云：「爲詩義在裨益，言義皆有所爲。」況爲文以詁古聖賢人之言乎？如此文，三數誦之，使人狹隘矜躁之心頓釋，於學者實有裨益也。（戴田有〔二八〕）

禮之用和　全章（其一）

知和知節，而禮乃成矣。蓋禮以爲節而和寓焉，故貴美而可由也，彼有所不行者，又可以爲知和也哉！且人有性與情而不能自達，故先王之禮制行焉。然或以爲先王之禮，而不知其爲己之性與情也；（已見了義。）又或以爲己之性與情，〔二九〕即先王之禮，而不知非徒己之性與情也。〔三〇〕蓋禮之名雖存，而其實之不行於天下久矣。何者？生民之初，耦居無等，雖君父兄而常以爲吾儕，故囂凌詬誶，習爲故常，而有欲致其相親相愛之道者，亦用違其分，而不可以安。先王憂之，制爲之禮，使知貴本而親用，以爲其性與情之既離者，吾以禮柔其氣，而即以禮感其心；其性與情之未離者，吾以禮足其心，而即以禮防其弊。故禮者所以立人事之節，而導人心之和者也。無有所致而中必蹙，故勞苦恭敬，乃所以養安；苟近其物而情亦生，故物采容儀，皆所以體性。知此意者，是禮之所以行，而用之所以貴也。（《荀子》中，此等精語亦少。）如其不然，而惟是化性起僞，屈摺以匡天下之形，則夫恣睢其性與情，而决先王之禮者，不俟終日矣。而先王之道，何以爲美小大之事，何以必由也哉？（輕處反點。）雖然，天下無知和者而禮亡，天下無知和者，而間有知和而和者，而禮亡而和亦亡，何者？和無不行，而有所不行者，知和而和，不復以禮節之也。以兄弟朋友之愛，而上施於君父，則出者不自覺，而受者必不安；去周旋際會之文，而放浪於形骸，則貴於外者無可觀，而鬱於胸者亦未暢。且性之既蕩，則反其道即可以爲非，志即無他，而由其風亦可以亂俗，苟如是，是亦不可行矣。（亦不可行，實義該盡於此。）夫先王之制禮也，非徒爲性與情之既離者也。謂夫相親相愛者，無以自達而有所不行，而今乃以無節者爲性與情而增其放哉？惟守禮者，若以身爲梏，故不足以厭知和者之意，而獨任其情；惟知和者，復與道大乖，益以阻用禮者之氣，而使之不適。二者皆譏，是禮之實未嘗一日行於天下也，可不惜哉！

行文至有明諸公，局法之奇變，氣體之高古，皆備矣。必於義理求勝，乃能出一〔三一〕頭地，如篇中實義，皆歸、金二公所未發也。（劉〔三二〕潔言）

心無隔礙，手無蒙雜，理得氣順，浩然若江河之運。（戴田有〔三三〕）

禮之用和　全章（其二）

禮以和行，故由之而無弊也。蓋和者與禮相安，而非無節之謂也，安得以不和病禮，而文〔三四〕以不行病和也哉？（先秦氣格。）且禮始於天而成於人，知人而不知天則僞，知天而不知人則野。先王惡其野而疾其僞也，故禮興焉，而不謂其後之復爲天下裂也，何者？禮以立人事之節，而導人心之和，兩者相持而長，而不可離異者也。（從源頭說下，「禮」字、「和」字，分合處俱見。）詘放傲而袪嗜欲，一似有刦於外而後成，然使不因其天資之材，必將決裂以爲安，而非可以威馴而化服；立分界而設威儀，一似日蕩其真以爲僞，然使盡去其達情之物，亦且手足無所措，而不覺其顔變而愧生。審是則知禮雖人之所設，實天之所爲，而用之不可以不和矣。苟或不然，雖盡筋骸之力，以赴屈〔三五〕信俯仰之節，而靡有違背者，亦何足以爲貴哉？且非獨用之者之不貴也，天則無是而人爲之，雖創於先王，而亦不可以爲美也； 天則無是而人爲之，雖先王以爲美，而亦不能强天下以必由也。先王以是爲道之精，而用者棄之，則其美先盡，雖由而無異於不由，雖用而無異於不用矣。雖然，世之能守先王之禮，而文〔三六〕知其所以云之意，以達於小大之事者，百不一有得焉，而先王終不以世無知和者而廢禮，而必使用之由之者，何也？夫亦逆知夫後之人，必有因和而廢禮者，而有所不行也。（深知禮意。）彼病天下之不知，而獨以其和自貴，恃所行之無僞，而不復以禮自閑，推其心固謂其事甚淺也。（發六經之奧秘。）然偶有一事之失其節，而理爲之虛，則非事之有缺，而心之有格矣。亦曰： 吾情有餘也，乃不能曲折以致其情，而使受者不安，則非情之有餘，而情之不足矣。（更精。）苟如是，是亦不可行矣。蓋貴且美者，禮中之和也，而無節者，禮外之和也。以禮爲不和，則不知禮； 以禮外之和爲和，則不知和。蓋離和與節而二之，而禮幾爲天下裂矣。雖然，用禮而不和，其失止於無可貴； 知和而廢禮，其勢將有所不行。世無知天知人而不疚於禮者，則與其知和而蕩，（鑿然可據。〔三七〕）無寧用禮而拘也。

義理則取鎔六籍，氣格則方駕韓、歐、唐、歸、金、陳諸公，壁壘盡變矣。（韓慕盧先生）

取精既多，擇言復慎，其不當於理者亦寡矣。（兄百川）

此自是先儒一通論禮古文，不當作制義類。（戴田有）〔三八〕

二篇皆先生乙亥客涿鹿作，正歐公所云，異其少時雋逸之氣，根蒂前古，就於法度者。學者能於是盡心，可以漸見古人情狀。（馨謹識）

君子不器　一句

觀君子之不窮於用，而知其道之大也。蓋道足於己，則不疑於其〔三九〕行矣，而豈可以器域之乎？且三〔四〇〕古以還，士之遭時致用，而功建名立者衆矣，然未有任天下之所求，（高瞻遐矚。〔四一〕）而恢恢乎不能窮其際者也，此不待試之而後知也。所見者卑，所積者薄，苟有可觀，而即以自喜矣，豈可語於君子之學乎？何則？凡人之可以自見者器也，而君子不然也。器者，因其量以程功，少溢焉而已不能受，而君子兼懷萬物，尚有餘地以相容；器者，守其方以待用，易地焉而弗能爲良，而君子百試不窮，初無一長之可見，蓋於是而知先王之教，所以成天下之材者，至深遠也。凡可爲身心性命之益者，無弗圖也；凡可以爲家國天下之用者，無弗備也。至於纖悉繁賾之物，（大言炎炎。〔四二〕）大受者所不必經心，亦使反覆求詳焉而不敢廢。至其材之既成，咨以謀而無所不通，試以事而無所不效，追論者以爲上古之人才，有天授焉而不可幾，而不知先王所以成其材者，其教固如是也。抑聖賢之學，所以自成其身者，爲不苟也。沉潛高明，可以任其質而不敢安也；道德術藝，可以速其成而不敢迫也。即至天人性命〔四三〕之間，所值者已迫不及待，而猶遲迴自試焉而不敢輕，迨其身之既出，大可以持天地之變，而細亦能屈萬物之才，觀聽者以爲夫人所挾持，非關學焉而不可强，而不知彼之所以成其身者，其學固如是也。雖或發名成業，終身於一事而不遷，然不過因其時位之所遭，以抒其才實，而未出者可以信其非絀，即已效者不得謂其獨優。抑或修身慎德，闇然若世事之不識，然一旦付以生平所不習，以試其經綸，而疑之者訝其有意外之功，而信之者知其爲本然之事。世之小器易盈，沾沾一得以自喜者，聞君子之風，其亦可以少愧矣哉！

每題入靈皋手，便見得大處，俯仰吟嘯，高廣淵深，他人那有此胸次？（胡

襲〔四四〕參）

金鐘大鏞，叩之便無細響。（吴七雲）〔四五〕

言室滿室，言堂滿堂，相其胸襟識力，蓋非一世之士。（龔孝水）〔四六〕

子曰由誨　一節

誨勇者以知，不欲其輕於自信也。蓋輕於自信，則誤以不知爲知者多矣，故與子路切言之，謂夫天下惟一無所知者，乃不敢自冒於知，若有知而不盡，則往往執其所蔽而以爲己明，又自信其中之無欺而不可奪焉，故所以自别其知之限際者，不可以不慎也。（深入骨理〔四七〕。）由乎，女固不甘自棄於知者也，而抑知知固有知之本乎？而抑知知固有知之實乎？世之臨深爲高，加少爲多，明知己之不知，而矯作修飾，以外欺於人，而内違其心者，在由當不慮此。然意以執而易偏，理每遺於所忽，知以體事，而吾之所知，未必盡得乎事之分也。假令〔四八〕所以處此者，斷無以易於吾之所見，則亦可以介然而不惑矣。苟返之此〔四九〕心，而幾幾乎有不能自必者，而遽以一往之意行之，或他人所知有進於是者，而又以先入之見錮之，則終無以得乎此事之分矣，而因無以酌乎他事之分矣。（字字對針子路。）知以入理，而吾之所知，未必遂宅乎理之歸也。雖有不止於是者，而據吾所至以爲程，夫亦可以隨時而自驗矣。苟掩所未至，若恢恢乎其有餘地也，而以恍忽之意居之，將後日所知，本〔五〇〕有可進於是者，而返以游移之心失之，則無以究其理之所未至矣，而並將迷其知之所已至矣。（中學者隱微深痼之病。）夫既已〔五一〕知之，而何容自昧也？吾有知而自昧之，將吾有不知而亦自昧之也。不知而何容自匿也？吾暫匿此不知之端，是長杜其可知之徑也。知之爲知之，不知爲不知，則不能使物無遁形，而已能使己無遁情，内之自障者既開，則物之窒於外者，亦攻之而易達矣，是知之本也；未然者雖有待而難通，而已悉者則見前而不〔五二〕爽，學之自審也既詳，則後之役吾心者，亦有基而可據矣，是知之實也。若夫不能盡知天下之理而耻之，不能自知其心而不耻，是自奪其鑒而益其疾也。由也慎之哉！果能不忘吾誨，而亦可以毋墮爾知矣。

思力微入，兼章、陳二公之妙，而局幹又似正、嘉前輩。（韓慕廬先生）

理奥思幽，隨其心境，筆與俱到。（顧有常）〔五三〕

微言洞心，亦可祛學者之惑累。（吴東巖）〔五四〕

筆筆對子路發論，即注意而擴充之，更見精彩。（戴田有）〔五五〕

子曰苟志　惡也

專其志於仁，所以絶惡於未萌也。蓋仁與惡相畸而志介焉，出乎此則入乎彼，而安得不專其志以絶之哉？且仁人心也，有善而無惡者性之體也。乃感物以動，而心之本仁者，不足恃矣，而恃吾心之所注以堅之；而性之無惡者，不足憑矣，而即憑吾心之所堅以絶之。（清勁。）故學莫先於辨志也。仁者，理之可安者也，志乎此，則遇事而必求其理之所當，雖未必能盡乎理之精微，而決理之閑以自恣，我知其無是矣；仁者，情之大順者也，志乎此，則遇物而皆覺其情之可矜，雖未必盡宅乎情之中正，而賊人之情以自快，我知其無是矣。凡人於己之有善，往往易悦而自足，一念之能克，一事之無虧，而不禁快然滿志曰：仁在是矣。而不知苟如是，是獨可謂遠於惡耳。理必精其分而後無疵，心必要於久而後不息，方引其端而遂竟其委，無是事也，獨由是而之焉，則已有其地耳。（思徑危險，文氣縱適。）凡人知道之甚艱，又往往中怠而自止，重其任而責不勝，遠其途而咎不至，將自謂於仁無望，而志益衰矣，不知苟如是，是亦可以免於惡矣。竟其業可以至於聖仁，而守其心亦不失爲寡過，上方不足而下比有餘，胡可易也？特過此以往者，則未之或知耳。惡每乘虛而入，惟中無所主，乃有地以相容；惡又以類相從，苟趣既絶殊，自無緣而驟附〔五六〕。待其蔓之滋而後去之，不若絶其萌而勿使能植也；疵其流之污而務澄之，不若治其源而勿使能濁也。夫志固發於一旦，而無所牽制者也，生平之蕪累，不必深求，第一念能明，而此心如濯矣，夫亦可以慨然而興矣；志又隳於一旦，而無所底麗者也，夙昔之秉持，無足深恃，苟一息自昏，而群邪來宅矣，夫亦可以惕然而懼矣。人果有志於仁，未有僅自安於無惡者也，（敏妙。〔五七〕）吾願其毋以志自多〔五八〕也；人雖無志於仁，亦未有自甘於惡者也，吾願其早以志自決也。

兩意相承，層疊往復，以竟其緒，並虛字神理亦出，真苦心獨造之文。（韓慕廬先生）

廣川通谷，從仄徑嵚巖中轉出，奇絶險絶。（張復庵）

深湛之思，出以顯易，何心手之相調也。（武商平）

稱心而談，人亦易足。（左未生）〔五九〕

發揮朱子之説，語語精警透闢，當令有志者益奮，而無志者亦爲之點頭。（戴

田有）〔六〇〕

大士先生作已見此意，吾師終竟其緒，義愈密，而辭加遒，遂覺青勝於藍，冰寒於水。（曰倫謹識）

子使漆雕一節

不自域於所能信者，聖人之所説也。蓋仕，開所能信者也，更有所爲未信者，而開自此遠矣。子之説開，亦猶使開之意也。夫且學者之才分，易知者也，而其志趣，則聖人亦有不能盡知者矣。非不盡知也，所志愈〔六一〕大，則其自信也愈難。是聖人所不敢輕以望之者，（高淡。〔六二〕）而其人已見及此焉，則向之所得於其才分者，又不足言而無窮之望，且自此始矣。子之以仕使漆雕開也，蓋謂吾黨之學，非徒使之自有餘，而苟有所施，既〔六三〕於世不爲無補，子之於開，固自以爲得之矣。而開則曰：吾斯之未能信。噫，開不自信，而子之信開者，果安在哉？蓋才分已然者也。子之使開，實有其可信者矣，而志趣未然者也；開曰未信，又實有其難信者矣。倉卒以就功名，皆後世苟且之行，而古人無是學也。（開之所未信者〔六四〕如此。）不出户庭以終其身，而天地之變萬物之情，悠然在吾之心目，故一旦舉而措之，而不啻行所無事也，苟臨境而有躊躇，必其先故〔六五〕有不能自必者矣。慷慨以自期許，亦豪傑闊疏之病，而儒者不必然也。吾誠不欲苟於自待，則天民之行，大人之學〔六六〕，可默以自驗其盈虚，雖師友之朝夕與居，而不必使知吾意也，苟〔六七〕相就而商出處，則此中固有不得不自明者矣。（意象高深。）異哉開也！其心之所不自信者，雖聖人不與易，信道篤而自知明也；其心之所欲自信者，雖聖人不及知，自待者厚而所思者遠也。（愈淡愈深。）夫用舍行藏，子於顔氏子之外，無他望焉。不謂此意乃日往來於開之隱私，而將以進取也，則向之於開淺甚也，而能無説哉？雖然，才分者已然者也，而志趣者未然者也。故開之所學，亦終無所考於後云。

獨見此題真際，雖熙甫、正希，爲之减色，思白〔六八〕、文止而下，不足言矣。（韓慕廬先生）

能將許大見識尋求，亦明道先生所稱豪傑之士〔六九〕。（謝允調）

落落數語，已盡大意。（韓祖語）〔七〇〕

芟削浮游，迥立塵表。（儲禮執）〔七一〕

他人多以曾點之能見大意，與開相形，不知見大意則同，而所以能見大意者則別。此文以顔子之用舍行藏襯「説」，妙與「仕」字關會。蓋用之則行，舍之則藏，其所以有得行、有得藏者，即此未信之理也。開由未信，造到能信地位，則亦可行可藏矣。讀書如靈皋，乃爲識透宋儒道理。（李岱雲）

此題自來無佳文，非靈皋抱負非常，安能推勘及此。（戴田有）〔七二〕先生曾言，此文亦止是借題發攄胸臆，究竟未識得當日意思如何，學者繹此可以見先生爲文之源，務學之實。（峑謹識）〔七三〕

夫子之文　一節

聖人之道，惟聞者能明其分也。蓋未嘗聞之，安知可不可之分乎？故子貢辨此至悉耳。且聖人順性命之情，以達乎百爲之節，其形而下者，皆其形而上者也。即學者豁然貫通之後，亦自有以見夫彼之非粗，而此之非精。而當其先，則有不能强同者矣，而聖人之示之，亦有不得不異者矣。（老當。）如吾黨之於夫子，固概乎其嘗而聞焉者也，而吾謂可得而聞者，夫子之文章焉耳。天下之形名法迹，因所附麗以見其義者，皆有所由然，而學者所爲依類以測義者，獨其即事之條貫而已；即夫子之耳目百體，各由順正以行其義者，皆積於其本，而學者所謂目擊而道存者，獨其外見之英華而已。（潔凈精微。）夫夫子之望吾黨以聞者，當不止於是也，而其予吾黨以可聞者，止於是。蓋以其道爲易明，而於人爲易行，其資力所至止於是者，可循焉以束其身於無過；即其資力所至有不止於是者，亦可歷焉以俟其心之自開，進退皆安，故足術〔七四〕也。（深於學問之意。）若夫理之在人爲性，而流行於天爲天道，其於人雖至切，而其分爲甚精。君子之學不至於是，所見皆爲膚末，而求至於是，其道非由見聞。凡物皆性也，而未嘗聞之，則見物而不見性；凡人事皆天道也，而未嘗聞之，則見人事而不見天道。（紆迴縈〔七五〕宕，古文化境，而又深入題奥。）故傳其人不待告，而告非其人，雖言不著。是以夫子未嘗不言，而於言爲最慎，即學者非終不可聞，而得聞者爲甚稀也。向使舍文章之可聞，而諄諄於性道，則人之不能至於是者，（密察。〔七六〕）徒蔽其精神，而日用爲之失守；即其人之可至於是者，亦躐其節次，而體驗有所不詳。吾於是而知夫子之於吾黨，所以陶冶而成之者，其心爲最苦也。

學者當屏氣静慮，逐句求其義意，又通篇玩其氣脉，沉潛反覆，豁然貫通，當不知足之蹈之，手之舞之也。（韓慕廬先生）

實理真氣，鬱爲幽光，其在制義中，前未有比，後可爲法。（劉月三）

觀其迴旋分合，如流風舞雪，不能尋其起滅之迹。（韓祖寄）

剥蝕凝瘦，膚肉皆盡而神氣甚腴。（查德尹）〔七七〕

入理精湛，筆亦瘦硬通神，維節〔七八〕、大力做得著題目時，往往有此境界。（戴田有〔七九〕）

六經暨漢、唐以來儒者精藴，無一不囊括其中，而行文亦盡得古今之體勢，兼人人之所獨專。（兆符謹識）

季文子三 一節

思當其可而不已，非所以正行也。蓋思則非冥冥而行者矣，再而詳，三而惑，豈可以訓哉？（勁氣迴薄。）且天下惟至愚之人無思，自衆人以至於聖賢皆有思，然聖賢之行，以能思而成；衆人之行，以多思而陋，而甚且有不可問者，以不若聖賢之能斷也。其所以能斷者，何也？軌於正而用之有限度也。昔季文子之三思而行也，蓋至孔子之時，而猶不没於魯人之口焉。夫思以爲行地也，則思不徒以多爲貴也，即曰多而後精，而亦必問其所精者何道也；　行亦不徒以慎爲貴也，即曰慎而後完，而亦必問其所謂完者安在也。（銛鋭。）今文子之思不可知，而其行具在也，其果有得而無失乎？抑得者多而失者少乎？而殊不然也，而何以三爲哉？子聞之曰：　夫思有所必用，以發此心之昏蔽；　亦有所必止，以靖此心之紛紜，成敗利鈍，非可逆睹者也。　君子之所思者，惟其事之是非而已，一思焉而事之當行與不當行，固已判然也，至於再而所以終始乎此事者，曲折無不詳盡矣，愛惡毀譽，惟人所命者也；　君子之所思者，惟此心之安否而已，一思焉而行之自得與不自得，固已炯然也，至於再而所以求愜於吾心者，義類無不彰明矣。（二比實義已盡。）在學者窮高極深，以盡萬物之理，或有積日以思，而未易通其故者，若身之所行，不越人倫日用之常，豈有幽深之故哉？苟循分以求其義，而更加審焉，其亦可以無悔矣，而安用此擾擾也？古聖人經綸創造，以合百王之緒，或有憂思萬變，而不敢易其行者，若文子之行，不過一時一國之事，豈有難窮之變哉？使率道而不及其私，而謀所處焉，不待再計決矣，而何爲是區區也？（駁勘〔八〇〕盡致。）從來忠孝之行，常半有所昧以成其志，無他，得其當然之分，而遂置其餘也；　從來苟且之行，亦多方自審而以爲安，無他，雜於後來之見，而轉疑其始也。　由斯以談，再斯可矣，而何以三爲哉？嗟乎！文子之所思者不可知，而其行具在也。鷹鸇之逐，（確證。〔八一〕）所常自矢者也，而奸人之逞志於君者，且比肩共事以終其身； 莒僕之出，所敢專行者也，而大國之相要以亂者，常降心相從而不敢犯。是皆其所得於三思之後者耶？而魯人至今以爲美談，甚矣！其蔽也。（冷。）

每一題入靈皋手，必得人所未發之義，而細按之，又題所應有，不知造物者以何物造其靈府。（季弘紓）〔八二〕

刻核嚴冷，於先輩名作外，又出一奇。（戴田有〔八三〕）

胡君襲駿此文中二比云： 思以得理爲斷，學者窮高極深，終身不得，千思萬思，算不得一思； 及其得之，千思萬思，只算得一思。一思云者，非輕快之辭也。人倫日用之常，一時一國之事，盡有可思，亦不能輕快而得之，再斯可矣。夫子爲萬世立思之準，若粘煞文子道理便隘，叔父深以爲然。道希因問朱子言此，特臨事之思，而以范氏通學問求道言之爲誤，又云周公仰而思之，亦謂其有不合耳。若事理曉然者，何待於如是？正中二比義，叔父曰：「朱子雖有此言，胡議甚確，不可奪也。」（侄道希記）〔八四〕

子華使於　全章（借刻汪選房書〔八五〕）

賢者之所爲，聖人言之而知其不足異也。蓋學者欲無失於與與辭之義，則求思之誼與子之所以進之者，皆可考也，故並記之。且聖人之道，辭受取與之間，（直入，樸老。〔八六〕）蓋有至當而不可易者焉。苟徒緦緦然求遠於衆人之所爲，則其於衆人也何以遠哉？（王介甫之文。）昔者子華使於齊矣，（直入，老。〔八七〕）而冉子爲其母請粟者，一再而未有已也，子既與之釜、與之庾〔八八〕矣，而冉子猶與之粟五秉焉，彼其心蓋有感於衆人之惜於財而忘其友者，而動之以概也，而不知求之與，與衆人之吝，其於重視此粟均耳。謂子之於赤必與粟而後爲稱，則所以待人者過卑；謂己之於赤必多與而後爲忠，則所以自待者太淺。曾是師弟朋友之交，道德性命之合，而顧以五秉爲厚薄哉？（善於持論。）求以爲輕於粟，而不知視粟也太重；求以爲重於友，而不知視友也太輕，何求之胸中擾擾於釜庾與五秉也？（古雋之極。）且使赤而急，雖不爲使而何必不周？赤而富，雖爲使而何必繼？肥馬輕裘，夫豈不足於粟者乎？而何以與爲哉？昔者原思爲之宰矣，而子與之粟至於九百之多也，粟之與亦與其爲宰耳，而思乃辭焉。彼其心蓋有激於衆人之利於禄而愛其官者，而以身爲礪也，而不知思之辭，與衆人之貪，其於重視此粟均耳。思誠不足以堪乎宰，而姑辭其粟，則所以處其身者甚苟；思誠足以堪乎宰，而不食其粟，則所以處其上者不情。曾是守官敬事之大，立身行己之方，而徒以九百爲輕重哉？思以爲所輕者粟，而不知視粟也太重；思以爲所重者宰，而不知視宰也太輕，何思之胸中，擾擾於粟之九百也？且思而有所用於九百，則受之而不必辭；思而無所用於九百，則受之而亦可與鄰里鄉黨，豈無所置此粟者乎？（對伏俱極自然。〔八九〕）而何以辭爲哉？夫夫子所云，若無以遠於衆人之情，而足以立萬世之標準，而求與思之矯焉以求異者，要無以遠過也。即曰過之，以求與思之賢，而徒過於衆人，豈夫子所望哉？

氣體高老，猶見先輩大家遺則。（李厚庵先生）

立論超出衆説之上，而用筆之高妙，則所謂丹砂空青、金膏水碧，物外難得，自然之奇寶也。（汪武曹）

意定而辭立就，使人愛其愜適，忘其艱辛。（汪枚亭）

層層轉，筆筆雋。（戴田有）〔九〇〕

冉求曰非　一章

聖人於不悦道者，必窮其自棄之情焉。蓋力之不足，非畫者所得言也，廢尚不得言，而况言悦哉？且學者之與道相遁也，吾知之矣，彼徒以爲是師之所以相屬者，而不得不勉强以應也。（獨開窔突。）故其心常自格於道而情不生，而其事之勉强於外者，亦日疏日廢，而遂真有力不足之象矣，是聖人之憂也。昔冉子之於道，誠不知其何如也，而一旦自言曰：非不悦子之道，力不足也。嘻，異哉！求不言，子固未嘗責求之不力也；求不言，子亦無從知求之不悦也。而今云爾，蓋其驚顧難安之情，忽發於與人同學之際，而輾轉自飾之苦，終莫掩其愧負師説之真，求至是而可進矣。（精神躍露。）雖然，求終不可以進也，求於道有不知，是求自棄其明也；求於道有不能，是求自賊其德也，而奈何曰子之道哉？求悦之於子何益？求不悦於子何損？求力之於子何功？求不力於子何過？（飄舉駘蕩。）乃始也若屈於子而爲之，今也又若慚於子而謝之，何怪其心之不悦，而力之不足哉？夫子〔九二〕聞之而瞿然曰：求誤矣！求不言，吾亦不復望求之力矣！然吾不言，求真謂吾〔九二〕不知求之力矣。世安有自力於道而憂其不足者哉？即曰有之，亦必其中道而廢者也。曰中道，則實有所歷之境矣；曰中道而廢，則〔九三〕未廢之前，實有可程之功矣。而女不然也，中道亦女所未歷之境也，廢亦女所不可居之名也。女畫焉而已矣，行無艱，塗無遠，苟沿而不已，則亦或先或後或勞或逸以至之；尺寸之不前，則顧盼所及，而終身隔矣。（抑揚頓挫，古意〔九四〕鬱然。）女趨而歧焉，吾能爲女導之；女行而蹇焉，吾能爲女策之。今女畫焉，則力雖不足，女亦無由知其不足也。吾雖告女以力之足，女亦無從信其足也，而如女何哉？嗟乎！道不遠人，心有不悦，力無不足也。力能至於中道，則不止能至於中道矣，其廢也，亦至是而不悦，至是而不力耳。（透徹。）而與畫者言道，則未暇及此也。夫畫者，私於内而格其外也，不以爲己之道，而以爲子之道，則其畫也固宜。

從首句着眼，刃迎縷解，而文境浚滌沉潛，莫由窮其奥美。（韓慕廬先生）

摘發學者肺腑隱痼之病，可作方子《勸學》篇。（劉月三）

其間架氣格未嘗效古人所爲，而固與之併。（張彝嘆）〔九五〕

氣如纖流，穿巖擊石，迴洑噴薄，曲折生奇。（喬介夫）

於「子之道」上，又冒以「非不悦」三字，分明是自畫樣子，亦分明有「力不足」句

在口頭，故只從首句着眼，而全題精神迸露。（李岱雲）〔九六〕

冥心孤詣，刻意搜尋，入作者手，題無一閑字。（戴田有）〔九七〕

巍巖絶湍，峭奇環曲，使人耳目旋眩，心神愈朗。（兄百川）〔九八〕

丁丑秋日，先生以是題課向兄弟，閲文畢，拈此爲式，俄頃立就，辭無點竄，因言四書文本容易作，逐句逐字，皆有理趣，公等平時看書，只是隨文逐義，未與此心膠粘，是以臨文枯燥，没漿汁出來。（師向謹識）

行不由徑　三句（其一）〔九九〕

賢者之觀人，於其所不爲而信之焉。夫人有不爲而後可以有爲，若滅明之行不欲速，而交必以道，真其人已。且夫迂闊之行、不近人情之事，亦非君子之所尚也。（清通簡素。〔一〇〇〕）乃今人所謂迂闊者，非果有迂闊之行也，由其所當然，而乃以迂闊加之矣；今之所謂不近人情者，非真有不近人情之事也，安其所無事，而乃以不近人情怪之矣。偃於滅明，蓋嘗於步趨之際而聞其爲人焉，又嘗於交接之餘而見其爲人焉。夫周道如砥，（直入，高雅。〔一〇一〕）而君子履之，未聞所謂徑也。吾不知徑之由倡於何人，吾不知徑之由始於何日，而人人由之，若且以不由者爲怪也。彼將曰： 是非有蕩檢逾閑之失，而由之何足以爲嫌； 是非有進禮退義之防，而不由何足以爲節？不知夫世之無所不由者，彼其初皆以爲何不可由者也。（心精辭潔。〔一〇二〕）識徑之便，懷由之心，而徑之外又將有徑矣，滅明曰： 彼由徑而達者，即不由而未嘗不達者也。尋常無事之日，尚不能居以從容，則夫迫於利害之交，而乘於倉卒之際，尚安有思而不前、行而不懼者也？（透澈之論。〔一〇三〕）夫是以不由也。 長吏之庭，而士民見之，何必至於室也。 吾不知至於室者之有何事，吾不知至於室者之爲何心，乃至者以爲常，而宰亦以至者爲常也。 彼將曰： 宰非不可見之人，而升其堂何必不入其室； 吾非有干於宰之事，而入其室不異於升〔一〇四〕其堂。 不知夫非公之事，固未有卒然而干於宰之事，日入其室，日出其室，而非公者視之若公矣。 滅明曰： 吾非與宰相避之深，吾無事而何必與宰相見之數也。 時會月吉之辰，吾嘗往而即事。（丰標絶俗。〔一〇五〕）非不可以合上下之交，非不可以通彼我之懷，而豈以私接爲親旅進爲疏也？ 夫是以不至也。（睆睆無刃迹。）滅明之爲人，偃蓋於是二者而得之。

煉神宅虚，使氣不耗，猝然相遇，無所用意，而得之以天合，天技之所以疑神

也。(秦雒〔一〇六〕生)

妙騁心機,隨方合節,殆類天成,非人巧所能到。(徐亮直)〔一〇七〕

昔韓退之文,怪怪奇奇,無所不包,李翱、皇甫湜及宋六家皆偏得其支流,靈皋時文亦盡得有明大家及同時諸賢之體格,如此文幽約潔素,蓋沈眉生、吴次尾之長技也。(張彝嘆)

此亦吾兄集中絶頂文字,非深於古文,不知其思韵之淹濟也。(弟萅記)〔一〇八〕

行不由徑　三句〔一〇九〕

賢者之觀人,於其所不爲而信之焉。夫人有不爲,而後可以有爲,若滅明之行不欲速,而交必以道。真其人已,謂夫古之君子,其自處也雖小而不苟,其與人交也,常淡然而可思。偃於滅明,蓋聞所聞,見所見,而知其有異於衆人之爲人也。(老淡高峭,通篇扼要,以後都從此轉身,大士先生筆意也。)偃之未至武城也,武城之人,蓋傳其行不由徑矣,此偃之得於所聞者也。偃於是深有意乎其人,而又以嘆夫衆人之情之多蔽也。夫不由徑何異?由徑之人異之耳。豈不當由者由之爲常,而當由者由之爲變也?而吾又以嘆衆人之心之尚明也，彼不由徑之稱，由徑之人稱之耳，是由之者之心，未嘗不知不由者之爲是也。偃於是深有意乎其人，而尚未敢以決其爲人，何者？末俗之敝也，人皆知通方之可諱矣。畫地而趨，務自飭於形迹之間，諸凡可以出入之節，持之必嚴，而未必其中之果可信也。事異而情遷，或大於此者，而乃以爲可矣。衆軌之齊也，人將以巧趨者爲厭矣；當途之子，所願推心於方恪之人。故凡動人觀聽之處，争務爲名，而未必其爲之無所爲也。立譽以廣游，即平日之硜硜〔一一〇〕，而巧作之合矣。而滅明何如乎？偃也深有意於滅明之爲人，而滅明若無意於偃之爲人，武城之寡事也。時會月吉之暇，願得心期古處者，相與爲忘形之交，而滅明不然。其於偃也，未嘗遠而卒不可得而近也。滅明若無意於偃之爲人，而又似深有意於偃之爲人。賢者之與人也，必不責以依附之私，則以巧媚求親者，亦殊非相待之厚。〔一一一〕滅明之於偃如此，是滅明自爲君子，而亦不以偃爲衆人也。偃也心儀滅明久，始猶不敢遽以所聞決其爲人，及見其非公事，未嘗至於偃之室，而後斷然信其爲不由徑人也。嗟乎！世之言得士者，皆曰是嘗〔一一二〕往來吾室矣，不知能使入吾室者，即不能保其不爲途人者也。不然，胡滅明者，未嘗至於子游之室，而子游津津然道之，以爲己所得士哉？

層折上下，寓以感慨，風致自别。（李厚庵先生）

起境逼窄，便已山窮水盡，以下轉身，乃得寬勢，即一草一禽，莫非靈氣異采矣。時賢只解得寬以養局法，迤邐而來，一路皆平岡漫陀，何處復覓瑶草琪花耶？大士生平秘法，只是前半落筆逼窄處，人不能及，不知者但賞其轉身後，而詆其前半，以爲率易，真貪看鴛鴦，忘却金針者，可嘆也。（謝雲墅）

截講即逐句挨講法，前提後應，即俗下所講公家法。有何奇誕，而觀者競相怪嘆，何也？只是落筆不同，世人自生眩迷耳。（又雲墅評）〔一一三〕

風骨倏然塵外，不多著筆墨，自覺意旨遥深。（劉大山）

盡謝煩蕪，直追古昔，其文境如素月之行清秋，異常皎潔。（戴田有）〔一一四〕

余己巳歲試受知於宛平高素侯先生，辛未從入京師。先生命閉特室，勿與外通。大司成新安吴公謂先生曰：「吾急欲識此生，吾擇生徒之尤者與子弟會文，生能過我乎？」余以疾辭。又數日，召飲酒，再三辭。公因自訪余於寓齋，余因先生以謝曰：「某名掛太學，而部牒未過，以賓客見，義不敢也；以生徒見，又非所安。請稍俟之。」公以癸酉三月禮先於余。秋闈畢，余始報謁，仍執不見之義，而公愛余益厚。公卿間或問太學人材，必曰：「有方生者將至矣，耿介拔俗之士也，吾未得見而知之最深。」用此見居門下者皆若有憾焉。是題公所以試教習諸生者，余偶擬作，篇末云：「蓋感公知己之義也。」及余名過牒而公已去太學，尋歸道山，竟未得一見。每與公子東巖兄弟言之，未嘗不氣結良久也。（自記）〔一一五〕

王介甫言：近世學術之弊，在人心錮於功利，飾小名，立小義，正以便其私。篇中所抉摘，真足使汗出而食不下也。（華國謹識）〔一一六〕

不有祝鮀　一節（其一　借刻《立誠集》〔一一七〕）

觀人之難免，而世可知矣。夫必鮀與朝而後免，則生斯世者危矣，而世爲何如世哉？且夫人共生天地之中，而甘以其身媚人於耳目之際，吾甚怪夫爲此者之甚不情也，今而知怪其不情者之甚不情也。夫今之世爲何如世哉？第依乎理以論之，則君子終日正言，終日正色，而與世無傷，即自問亦可以無患也。乃以今人之耳，而聽今人之言，其佞者不以爲佞也，而以爲是忠信無僞之人也，而不然者，逆於其耳而因逆於其心矣，且或以其耳之不習於是言也，而疑其不忠不信焉，而隱憾生矣，苟如是，是必人皆祝鮀而後可也；以今人之目，視今人之色，其美者不以爲美也，而以爲是和易可親之人也，而不然者，拂於其目而因拂於其心矣，且或以其目之不習於是色也，而疑其不和不易焉，而禍機伏矣，苟如是，是必人皆宋朝而後可也。（滔滔者皆是也。）嗟乎！佞即可學，而鮀之佞可學乎？雖有能學爲佞者，以爲庶幾可免，而稍不如鮀，則更有一如鮀者而信〔一一八〕之獨深，安知其不一旦而巧相構也；美不可强，况朝之美而可强乎〔一一九〕？雖有幸生而美者，以爲庶幾其免，而稍不如朝，則更有一如朝者〔一二〇〕而愛之益甚，安知不一旦而陰相賊也。且使學鮀而鮀焉，學朝而朝焉，偏得其一，以冀〔一二一〕人之悦其言而不憎其色，悦其色而不詘其言，亦第可幾幸於或然，而要非萬全之策也。（愈轉愈緊。）而今之人耳欲鮀之聽焉，目欲朝之視焉，萬一有兼之者，則特出者過其望外，而愛將益專；偏至者以爲無奇，而恩將日替，既不能保其情之不移，即不能必其變之不出也。〔一二二〕嗟乎！即此好諛悦色之人，而責其爲鮀，責其爲朝，固有所不能，而終不以己之不能而恕人之不有。〔一二三〕即此不佞不美之人，自聽其言，自觀其色，而亦覺其無味，又安能以己之所自厭，而冀〔一二四〕人之或容？蓋其成風之久，浸尋於歲月而不自〔一二五〕知，而入人之深，膠固於隱微而不可化，微一二者而更無求免之術，舉天下而無一可免之人，不其難哉？不其難哉！（有味外味。）而吾向者猶欲人之正色而不撓，正言而無諱也。

着眼「今之世」句，故詞意輕婉，而已徹題之深處。（韓慕廬先生）

清真婉逸，倏倏自得。（劉長籍）〔一二六〕

人情物態，摹繪逼真，知其胸中感慨多矣。（戴田有〔一二七〕）

不有祝鮀　一節（其二　借刻汪選《房書》）〔一二八〕

聖人嘆人之難免，而憂世之心切矣。蓋觀鮀、朝之宜於世，而不然者可知矣，此夫子所以嘆也。謂夫子之栖栖於世久矣，轍環以來，幾遍天下矣。（便似永叔。）人情之愛惡，世塗之險易，無一不在吾目中，而今乃爲人之居此世者悲也。夫古之時，士雖終日正言而莫捫其舌也，而巧言者有誅焉，而今則爲祝鮀之世矣。鮀何人也？人而有鮀之佞，何如人也？（逸致。）然而免矣，而不然者難矣。古之時，士雖終身正色，而莫改其度也，而令色者有誅焉，而今則爲宋朝之世矣。朝何人也？人而有朝之美，何如人也？然而免矣，而不然者難矣。物莫不有機，而動即與之相觸，既不能不在一世憎愛之中，苟不爲人所甚暱而不忍傷，而何能保其相貸也？（切佞、美。）人莫不逢世，而生質自不可强，苟不爲天所生以惑世之人，縱不至盡蹈於危而莫之脱，而自顧要無可恃也。（切鮀、朝。）夫昔之尚忠而務樸者，豈獨非斯人也哉？（是「難」字。）無端而有以佞與美自憙者，即無端而有以佞與美相好者，其自一二人倡其端，世未必不相與驚之而相與惡之也；而浸尋變易，至於舉世皆然，且不知其所以然，而非是有所不可，夫豈一朝一夕之故哉？（此言積漸之久，是從題前説。）今之駭正而怡邪者，豈復有人心也哉？而欲易爲佞與美者之心而使之自慚，而欲易好佞與美者之心而使之相疾，非百年必世之正其趨，未必能更之而未必能盡之也。（此言移易之難，是從題後説。）而陷溺迷惑，且惟恐其不工，而惟恐其不甚，月異而歲不同，安知其何所終極哉？（俱作兩層洗發。）夫士生於今，正言正色以犯世患，既慮其身之不免，即免矣，而日居此世，日觀人之居此世者，此心亦何能自處也哉？（兩股尾與「今之世」三字神合。）

文氣酷似昌黎《與李習之書》。（韓慕廬先生）

末兩比即從「今之世」三字窮源極流，慨乎言之，遂致神妙。○擺落頗似正希，然撥華存根，語皆中鵠，正希不及也。（李厚庵先生）

就今世好諛悦色立論，前此已多名作，文更從題之前後着筆，閔其積漸之久，而憂其移易之難，一彈三嘆，俯仰悲懷，較之前賢，尤覺意味深長也。至其氣骨之古，所不待言。（汪武曹）

直從孔子胸中流出，直從孔子口中脱出，此等文以視歸、唐，真有過之無不及也。（劉言潔）〔一二九〕

方見此題正義，若以諧嘲〔一三〇〕爲工，徒覺村貌棱棱耳。（朱東御）

務民之義　知矣

專所務者，以其知之無不盡也。蓋民之義則務之，鬼神則敬而遠之，而天下之理得矣，可不謂知乎？謂夫明於性情之德者，不可惑以神怪，蓋深知夫人之道，故有以立之，而可以聽鬼神之所爲；亦深知夫鬼神之情，故有以處之，而不至混〔一三一〕人之所爲也。（手目開利〔一三二〕。）知此者可與言知矣。蓋知必精於義而識所務者也，既已爲人，則亦求盡乎人之義而已。凡事爲耳目所狎見，則昧者忽之以爲易循，不知民義之難盡者，豈必盡性至命之深微也哉？（一、二比搜抉題義無遺。）即此日用飲食之故，其義至密亦至難，非務者不知也。一事必具一義，而由一日以至終身，無一息之間而得以自寬，雖竭上聖之聰明，而終無以溢乎其分也。凡事爲宇宙所共由，則愚者冒之以爲己得，不知民義之難盡者，豈必參天兩地之廣崇也哉？即此子臣弟友之間，其義至深亦至變，非務者不知也。一事各異其義，又蒙於形迹而不易推，往往有爲善之心而適以自背，雖積大賢以上之資力，而猶未易得其所歸也。（**理得辭順。**）至於鬼神之事，亦民義中所當知也；事鬼神之道，亦民義中所〔一三三〕當務也。或屬民之氣，以致霜露悽愴之思，然接以歲時而莫敢朝夕者，恐數以生玩而益怠也；或告民之功，而爲春秋報賽之禮，然致其誠敬而無所禱求者，恐私以相干而近狎也。（**《禮》經精語。**）然則敬而遠之，非以鬼神爲無而遠之，乃知鬼神之有而遠之，以全其敬耳；非以鬼神爲民義之所無，而處之以鬼神之道，正以鬼神爲民義之所有，而事之以民之道耳。故世有凉德之人，置民功於不事，而勤於鬼神，神於是乎誑之以福，而遺之以禍。彼蓋不知神者依民而〔一三四〕行，苟棄其義而瀆於神，不敬莫大焉，所以爲天下之至愚也。又有術數之士，測鬼神之吉凶，不爽毫末，而君子獨斷之以理，而深詘其謀。彼誠知夫天道遠而人道邇，苟民能立而義不愆，鬼神將聽命焉，所以爲天下之大知也。（**聚内外傳之英華，而恰與題義相比附。**）非夫通幽明之故，而協神人之宜者，孰能與於此？

非融會義理，穿穴載籍，雖刓精竭慮，不能爲此文。（韓慕廬先生）

務民之義，説得精微，敬鬼神而遠之，説得平正，皆多讀書、能窮理之效。（韓祖寄）

煉神駕氣，措意遣言，自成一家之法，目中邈焉寡儔。（鮑季昭）

直造奥窔，皆聖經賢傳之具其理，留其藴，以待靈皋者。（戴田有）〔一三五〕

志於道據　全章〔一三六〕

學有全功，而體之必以漸也。蓋道德仁藝，以漸進而得其安。君子之事其心者，必如是而後盡也。學豈可以苟哉？且學者苟不欲自安於小成，必先正其趨，然後有以實用其力。而身心之間，積漸而有獲者，始一一可以自驗。而其終也，乃能會内外本末而歸於一焉。故夫志也者，貫乎學之始終而不可不早辨者也。百家之隱怪，既以蕩而失其真；小道之精專，又以拘而滯其用。使於是而誤入焉，則亦不必問其後之何似矣。有道焉，吾身吾心所爲受，中於天地而著爲日用之經者，離之須臾而有所不可。（字字精當。）萬事萬物所爲轂，列於性命而呈其不易之則者，失之毫末而有所不安。志於此，則所知者皆正義而不迷，所行者皆坦途而不妄。夫而後學之得力，始可得而言也，而繼此可以觀所據矣。夫向者望道而猶未見也，志之久而不將有得於吾心乎？然偶有所獲而不能自待，則德非吾有也。必也，忠孝敬信之觸境而有發者，迫著於心而不使復奪於異物；視聽言動之因學而能閑者，力防其怠而不使復縱於異時，則前者之力非虛，而後亦有所藉矣。而至是可以觀所依矣。夫向者執德而猶未純也，據之深而不幾漸復其天性乎？然迫以操之而惟恐其離，則仁與我二也。必也，寂然不動而萬理具備者，根於所性而無一息之或間；感而遂通而體事不違者，動於天機而不知其所以然，則相持之迹可化，而間亦無由生矣。如是則心之德全，而吾學可謂幾於成矣。然道之散於天下者，其理本不遺於細微；（酷似朱子古文。）而德與仁之具於身心者，其養亦或資於外物。有藝焉，是先王之教，所爲預於小學之中，而吾志道據德依仁之際，所無時而不與之俱者也。游於是，則以博其物，以窮其理，而道益以明焉；以達其材，以利其用，而德益以固焉；以適其情，以養其性而仁益以安焉。夫然後内外本末一以貫之，而吾學無餘藴矣。功必規其全，而無一端之可缺；進必循其序，而無一節之可凌。學者誠欲深造而自得，則舍是何所務哉？

文中子曰：終日言文而不及理，是天下無文也。然終日言理而言不文，則理亦晦矣。如斯文，可謂兩得之。（吴荆山）

句山王仲賢謂開講太實而盡，大山云籠舉大意，理體亦合。余於時文有知其未善而仍之者，蓋恐以費日也。（自記）

必也臨事　二句

觀聖人之所與，而勇者可以戒〔一三七〕矣。蓋由之動色而言三軍之事者，能無懼而已矣，而抑知非懼無以成其謀哉？且兵危地也，（勁峭。〔一三八〕）而或易言之，則君子窺其氣之輕，慮之淺，而知其不足深恃矣。故三軍之事，必始之以懼，而終之以謀。（「懼」字真確。）禮教信義之皆窮，而致決於武力，無論其孰爲勝負，而皆將賊虐無罪，以干天地之和；昏明仁暴之異用，雖自信於平時，而致決命於須臾，又未嘗不並蹈危機，而無獨全之地。（《泰誓》所謂「受克予」是也〔一三九〕。）如是則安得不臨之而懼乎？懼之甚，則謀之甚，或内自爲謀而亦外爲人謀，聲加之而民不剿，稍痛之而武不究，無赫赫之功，而其謀益遠矣。蓋第欲其事之成，而非敢以民命嘗其勇也。或致己之謀以敗人之謀，耆昧取亂以務烈所，殺敵致果以昭戎經，操必勝之謀，而其痛愈深矣。（文王再伐崇而絶之忽之是也。）蓋大懼事之無成，而不忍以養惡滋其毒也。故其懼也，非有所怯也，有懼以自堅其義勇之氣，而後能出入於生死之地而不摇；其謀也，非奮其詐也，有謀以自固於險難之中，而後能必伸其仁義之心而無憾。蓋聖人之用兵也，皆非其本衷，故常肅恭詳慎，以要其事之始終，而當其時無奇功，亦竟其事無厚禍；君子之知人也，無待於既事，故常從容言笑，以驗其人之氣量，而處經事甚詳而不苟，即遭〔一四〇〕變事可屬而不疑。（絶大本領。）不然，三軍之事，非可嘗試者也。必行焉以觀其懼，則敬與肆未可知也；（卓識。）必行焉以觀其謀，則明與暗未可知也。（「必也」字、「者」字俱出。）故其事不必試，而其人可知，有不得已而後行，必也臨事而懼，好謀而成者也。

通篇以偶語硬語相承接，宛然一則《荀子》、《孫子》之文，而其理粹然，一本於六經，制義中有數文字。（韓慕廬先生）

瑰偉絶特，先秦結構。（王崑繩）

本仁祖義以鏡理，規常達變以立説，遂足衰經益史，凌古鑠今。（吳來

岐〔一四一〕

諸變適懷，縱舍規矩，斯文之成，必有物焉以相之。（張漢瞻）

如此説行軍，正與用舍行藏一路，非儒者不能爲此言。（朱履安）

二語乃孔門兵法，孫、吴兩家未能窺見斯旨，得靈皋文而其義乃盡出。（戴田有）〔一四二〕

子在齊聞韶

記聖人之聞古樂，非偶然也。蓋聖人之於物也，無所苟焉，況其所欲聞之《韶》，而適得之於齊也哉？且辨其鏗鏘鼓舞而不能知其義者，不足以言樂，固也。而樂之義，實有寓於鏗鏘鼓舞，而不可以憑虚而得者，未嘗聞焉。（已包孕通章神理。）而曰：吾已盡其藴，雖聖者不能也。如子之於舜，固所稱異世而同神者也，而魯備六代之樂，則《韶》又宜所肄業及之者也，而《魯論》特記其在齊而聞《韶》也，何居？蓋覽樂頌之遺文，不過得之想像而已，而精神之運，依於形器而效其情，彼琴操有師，而文王睪然可見，則知入耳而動於心者爲切也；備先朝之舊典，不過存其髣髴而已，而國故之沿，别有師承而不相喻，彼武音非遠，而有司尚失其傳，則知世官而宿其業者爲難也。（二〔一四三〕語該《樂》、《律》二書之蘊。）在昔虞氏中微，而三恪之封，胡公實承其事〔一四四〕守；及夫敬仲播越，而《九韶》之奏，齊人實志其遺音。（靈山飄渺，烟雲綿聯，蒸爲佳氣。）蓋古者開國承家，尤重於祖宗之典物，雖支庶奔亡，而猶抱其遺樂，誠不忍神明之業，久而就湮，而斤斤習數以存其神，以視夫吴札之所觀，周太師之所職，吾知其必有異也；而吾子删《詩》定《樂》，每資於列國之見聞，雖一詠一歌，必求合於《韶》、《武》，而況乎盛德之同，曠世相感，而一旦睹物而窮其變，以視夫萇弘之所傳，賓牟賈之所誦，吾知其必有異也。嗟乎！周之季也，五帝之遺音盡矣。（澹遠得歐陽子之神。〔一四五〕）自夫子聞之，而流連詠嘆，《韶》如至今存焉，其事蓋非偶然。不然，雖齊之工師世守之，其異於他樂之亡者幾何哉？

醇古淡泊，味之不盡。（胡襲〔一四六〕參）

優柔平中，如金石琴瑟，尚於至音，非里耳所能辨也。（錢亮功）

文境清絶，超然塵埃〔一四七〕之外，正如海水汨没，山林窅冥，嘆先生將移我情也。（劉素川）

處處爲不圖爲樂句，領意如燈取影，至辭意穆深幽約，如三代法物，使人瞻望徘徊，久而生敬。（儲禮執）

五色相宣，入音協暢，玄〔一四八〕黄律吕，各適物宜。後有作者，不可及也矣。（朱東御）〔一四九〕

子所雅言　一節

記聖人之雅言，皆其不得不言者也。蓋《詩》、《書》、執禮，皆切於日用而不得不言者也，故記者習聞之而因傳爲雅言云。且學者日聞聖人之言，而以爲循循無異也，於是乎欲得所不常聞之言以爲快，而不知聖人爲天下之學者而不敢輕其言。（清淳無滓。）苟非先王之經，可以明道而正其傳者，不敢及也；苟非學者所聞之而即可知，知之而即可行者，不敢詳也。蓋觀於子所雅言以知之矣。述往事以詔來者，纂修删定，時得其意義之所歸，而不忍自秘，遂不覺其言之長也；則古昔而稱先王，動静云爲，深知其服習之可樂，而舉以示人，遂不覺其言之屢也。故夫備美刺之形，而可以吟咏性情者，莫善於《詩》；記先王之事，而可以疏通知遠者，莫善於《書》；正視聽言動之節，效喜怒哀樂之情，使天下執而不廢者，莫善於禮。（曾、王之文。）是三者，雖後生小子，習之可會於心，而上智大賢之資，紬繹終身，而莫能窮其藴； 天下國家，無往不得其用，而日用飲食之近，斯須舍去，而無以即於安。 故夫子爲博文而有言，則夫比興敷陳之體，典謨誓誥之文，文物威儀之細，皆學者所一事不知而宜引爲耻者也。（清〔一五〇〕切。）其類廣則其說不得不詳，有朝夕言之而猶若不足者矣。 夫子爲約禮而有〔一五一〕言，則貞淫正變之何所同歸，繼禪征誅之何以一體，神人上下之何以相聯，皆斯道之一間未達而不爲大成者也。 其義深則其詞不得不切，有反覆言之而不能自休者矣。 至於《易》之道幽以微，《春秋》之學約而不速，故吾子晚而喜《易》，而編年紀事。 吾黨不能贊其辭，蓋有非其人不得聞，而不敢輕於發者。 學者審此，可以知所先務焉。

此等文，如笙磬之音，圭璋之器，雖庸耳俗目，必知雅正之可貴，温潤之可寶也。（謝允調）

其於題也，内無遺義，外無溢〔一五二〕言，而沖和淳静，穆如清風，先輩中到此境者亦罕。（劉北固）

若聖與仁　全章

聖人不敢以道自信，而以其可學者示弟子焉。蓋聖仁〔一五三〕不可幾者也，而爲誨之不厭倦，則不能學而猶可以學者也。子之語弟子者，豈徒好學之謙言哉？（消息甚微。）且學者日與聖人居，而徒高之以爲不可及，是聖人之憂也。故姑辭其名，而恐不足以相發也，取其實之可居，學者所可自力，而習焉不察者，以微動焉，而明者可以爽然而自失矣。昔吾黨之以聖仁推夫子者衆矣，第不知其心將皇皇焉有所望而未見，而求其所挾以造此者乎？抑悠悠焉以爲夫人之能，而忘其將所以從事者乎？（通節骨脉皆動。）夫子曰：若聖與仁，是道之所歸，而學者之終事也。以是謂丘，則吾之自計審矣，而豈敢謂能哉？第其心以爲未嘗求之而自限者，惰也；己之所慕而不與人共之者，私也；既已從之而復去之者，棄其勞也；與人同學而不要其終者，欺其志也。故雖至於今，而猶自惜其無成也，而爲之則已有年矣。身之所爲，不自知其至猶未也，而誨人則嘗亹亹矣，不厭不倦，則可謂云爾已矣。（一篇樞紐。）夫聖仁者夫子之所獨，而爲誨者弟子之所同也。夫子之所以不厭不倦，弟子之所不能學也，而夫子之不厭不倦，猶弟子之所可學也。（二比意味濃至，在篇中却止是淺處，非深於文者不解。）動於天者常循之而可樂，他人所作而難致其情者，深入其中而彌嗜焉，則不覺其事之爲勞矣；而定於人者，亦易强而有功，人情操之不能終日者，力持其隙而久安焉，而亦不患其忱之不屬矣。試思吾子寢興食息之下，蓋有斯須不釋於心者，豈皆二三子憤樂相尋之候乎？吾子居游出入之餘，所爲無行不與道俱者，豈皆二三子就將相勖之境乎？由斯以觀，則吾子不厭不倦之時，皆二三子厭焉倦焉之時也。二三子毋言子之聖與仁，而若有餘慕也。（愜心滿志。）第觀子之爲與誨，而皆有餘愧矣，而公西華果蹙然而興曰：正惟弟子不能學也。（與俗解迥別。）夫華知弟子之不能學，似曾用力於爲誨者，是夫子之所樂也。然華以弟子爲不能學，恐有益滋其厭倦者，是又夫子之所憂也。（細入無間。）

此題俗解俱作夫子聞人譽己，而承之以謙，公西華又自貶之〔一五四〕，以推崇其師，鄙陋極矣。作者獨於語句之外，兩下針鋒相對處，討出消息，真空前絶後之文。

（韓慕廬先生）

夫子以爲誨自居，又揭出不厭不倦，正是痛下針砭，故公西華當下爽然自失，

此題正解，向來幾墮雲霧中。（方允昭）

司馬温公云，古人規模間架、聲響節奏皆可學，惟妙處不可學。如此文妙處，吾心知之而不能舉以告人，須讀者痛下工夫始得。（王永齋）

此時文化不可爲境界，即靈皋集中，亦僅得數篇耳。（劉月三）

每一題入靈皋手，必另開生面，直決破三百年來作者藩籬，真制義中之一奇也。（戴田有）〔一五五〕

先生每作一題，必翻覆本文，盡其義類，然後檢閱先儒之言以參合之，世人承虚接響，正如東坡説某處豬肉，衆客稱美耳。（曰倫謹識）〔一五六〕

興於詩立　一章〔一五七〕

聖人序學者之所得，而各本其功焉。蓋人不能自興自立自成，則《詩》、《禮》、《樂》之功何可少也？且吾竊怪夫先王之世，士之成材者何其多，而所成之材，又何其閎廓深遠，而非後世所可望也。蓋其時風教隆而典文備，（古茂。〔一五八〕）而管弦鐘鼓之聲相聞，士之所以成其材，而治其身心性情以歸於道者，自小學之時而已具矣。今有人焉，見善而不知慕，聞惡而不知懲，則其心頑然不可興起，而後此之教無所施矣。即慕矣懲矣，而所據不深，未嘗强立而不返焉，又或者矜心作意，不能納情合性以幾於化，則其人尚未成也。先王知之，爲之形四方之風，陳朝廟之故，指遠而境近，言淺而思長。其爲道優柔夷愉，深微而寥渺，使人之真意觸而自流，而又恐其吉凶哀樂，起居出入之無所守也。**（渾灝[一五九]流轉。）**則天之明，因地之義，定人之經，有所勞焉以安其情，有所緣焉以達其性，而又知其不可以速化也。**（曾文。）**於是乎存天地之神，而合之度數以達其音聲，潛移默率，使物受之而不能知。夫先王所以教天下士者，其事之詳且密如此，而又皆豫之於小學之中。其用志不分，則歷久而不忘；其爲時多暇，則煩且勞而力有以相給。七[一六〇]年而學幼儀，十三而學《樂》誦《詩》，二十而學《禮》，優而游之，饜而飫之，使自得也。**（從小學立論洗發，所以能興能立能成之，故極爲淋漓痛快。）**學操縵焉以安弦，學博依焉以安《詩》，學雜服焉以安《禮》，藏焉修焉，息焉游焉，交相養也。**（是朱子學南豐之文。）**夫道德仁義之旨，原未嘗不寓於語言法迹音容器數之中，而其委曲繁密者，既寬治之幼學之時，而綽[一六一]有餘地矣，故一旦知類通達，而身心性情皆異焉。**（此方説到[一六二]《大學》成功次第。）**見一善而其興也勃焉，見一不善而其興也勃焉，觸物感興，而哀樂過人，則向之深於《詩》也，而且視聽言動之有閑也，戎祀賓喪之有執也，倉卒急難之不爲威惕而利疚也。（題面俱就現成説。）其能立如此，其所據於《禮》者深矣。夫然後終日言而匪僻無由入，終身行而矜躁無由生，化與心成，而中道若性，則《樂》之道歸焉耳。夫先王於小學之中，而豫以養其大成之德如此，故其學之成，則身心性情得其安；其材之成，則天下國家賴其用。上焉者會通而不滯，而卓乎有成德之期；下焉者日習而不離，而不失爲專家之業。嗚呼！可謂盛矣。自庠序學校之教衰，士皆苟焉以自逸，而無所藉以成其材，其爲憂豈淺鮮哉？雖然，先王之教不行，而《詩》、《禮》、《樂》之遺具在也，以不興不立不成之人，命爲學者而不知耻，則幾非人矣。士縱不念先王之經〔一六三〕，而悼道之鬱滯，獨不爲己之身心性情地耶？

根源盛大，異日當與南豐、臨川代興矣。（李厚庵先生）

取鎔經意，亦自出精言，是謂儒者之文，數十百年無此也。（劉北固）

從小學説來，發得所以能興能立能成之故最透，通體以灝氣發其精理，根柢槃深，枝葉峻茂，故不得不以此事相推。（張日容〔一六四〕）

興於詩　三句（其二）

聖人叙學者之所得，而各原其自焉。蓋六經之道同歸，而《詩》、《禮》、《樂》之用尤切，觀興立成之所由，而人可以不務學乎哉？且先王設教以牖民，蓋無日不取其身心性情而陶冶焉。其始之多方以博〔一六五〕習者，初不必明其所以然，而至其久而有得，則身心性情之變化於所學而不可誣者，有一一可以自驗者焉。（醇醇而古。）何者？好善而惡惡，人情也，不學之人，未嘗不感發於須臾，而境過則情與俱泯，非真能興者也。若夫《詩》之教，其本在於正人之心，而其端在喜怒哀樂之際，習其讀〔一六六〕則相迎以解，按其義則一往而深，不獨忠孝貞良，隨事而可發人之歌泣，即山川草木，無情而亦動人以流連。故夫學之始，好惡不愆，温柔敦厚而有餘於情者，必於是焉得之也。（可入《詩》大序。）無偏而無倚，人道也，不學之人，未嘗無天資之强毅，而師心則動過於中，非真能立者也。若夫《禮》之教，其本在於養人之性，（恰合。〔一六七〕）而其用在視聽言動之間，探其原則依乎天理，尋其類則即乎人心，不獨賓喪戎祀，有所守以存天地之中，即動作威儀，亦賴其閑而無外物之誘。故夫學之中，强立不返，齊莊中正而無愆於度者，必於是焉得之也。至於純粹以精，合同而化者，道之極也，爲學之始，即務以檢束其身心，而强合則道非在我，未可以爲成也。若夫《樂》之教，其淺在於移人之情，而其微通於精爽神明之際，鼓天地之化而執其機，應人心之動而成其變，正聲所感，鬱者盡暢，而天機自張，神氣所運，薰然成和，而百物皆化。（《樂記》、《律書》並魏、晉人論樂之文，括盡於此。）故夫學之終，和順積中，内外醇備，而無可瑕疵者，必於是焉得之也。所以養其生質者，至詳且密，故其積厚，而所成者，多宏闊深遠之材；而且豫於幼學者，以漸而深，故其力寬〔一六八〕，而所養者有轉運密移之候。（數語可化作曾、王一篇學記。）世有篤於學而終身不厭者，身心性情之間，當有驗之而不爽者矣。

數百言耳，而於三經之義，先王設教之旨，學者進修之事，索焉而皆獲，究焉而皆得，考焉而皆當〔一六九〕，非深造自得之後，豈〔一七〇〕能爲此？（汪武曹）

海寧許公視學江左，時余在京師。公遺宛平高先生書，稱爲江東第一能文之士。還江南，謁公於澄江，未嘗執諸生之禮，稱謂用後進所施於先達者。越日，公招飲使院，同謁者聞之，大駭。余乃自悔失禮。而公愛余益厚，居門下者乃莫能先焉。癸未榜揭，公見韓城張先生，言闈中得曠九號卷，淵懿高素，有陶、鄧之風，必海内老學，細叩則余文也。二場屬對工者，尚能舉其詞。余時南歸，薄遽未得繼見。逾歲，而公出理北河。每見朋游，必囑曰：「爲我語方君，家貧親老，乃爲舉世不好之文以與群士競得失，將以爲名耶？何所見之小也！」今年入試禮部，易爲嚴整明暢之體，蓋感公相責之語而自悔曩者辯義之未審也。此篇乃臨場揣摩之作，故並記所由，以識余之鄙劣而數爲賢者所器重，益深懼其無以稱焉。（自記）〔一七一〕

天下有道　二句

以道衡天下，則不疑於所處矣。蓋道之有無，乃天下所以盛衰之本，而君子之隱見視焉，所以有濟於世，而無失於己與？且君子之自處也蓋審，而觀世也甚微，〔一七二〕安危治亂之迹，庸人爲之動色而警心，而君子弗問也。〔一七三〕獨有相窺於本原之地，以決其可爲不可爲，而制吾身之進退者，則亦曰道而已矣。天下有道，庸人安坐而無所事，而泉石孤隱之流，亦或自屏於寬閑以匿其短，而君子則有不泯於世者焉；天下無道，奸人乘時以濟其欲，而豪傑有志之士，又或卒投於禍亂以枉其材，而君子則有善藏其用者焉。其見也，非徒已治已安，而與天下賢人君子出而樂之也。（真氣驚户牖。）有時內憂未寧〔一七四〕，外患迭起，其勢岌岌不可終日，而君子獨慨然身任而不疑，無他，信其道之不失耳。（管、葛襟期。）其上有怵惕惟厲之心，其下有深固不摇之氣，則天時人事之相困者，吾一出而旦暮可袪矣。其隱也，不獨已危已亂，不復利其權寵禄位而以身爲殉也。方其朝野無事，民物滋豐，舉世從容以頌太平，而君子〔一七五〕肅然心憂其不逮，無他，兆於道之先亡耳。其事皆墮壞於冥昧之中，其患已伏積於蕭墻之內，則斯世斯民之相屬者，不得不留吾身以有待矣。或謂上安下全，似畏天憫人者，可自暇逸之侯〔一七六〕，而不然也。從來宇宙之患氣，多萌於極盛，不有人焉由〔一七七〕而持其後，吾恐天下之有道不長也。（《周易參同契》理藴皆在其中。）且既已有道，而何容隱而不見也？堯舜三代之隆，幾見士有不遇者哉？運殊事極，固撥亂反正者，所當自試之時，而不然也。雖事勢之流極，無不可轉移，而苟令君子得以盡其才，豈得爲無道之天下也？且隱而不見，正欲易無道爲有道也，莘野渭濱之間，豈嘗須臾忘天下哉？苟不知以道爲衡，則可見而不見，以爲貴愛其身以存道，而已後而失其時；宜隱而不隱，謂可艱難其身以濟時，而終困而失所據。隱與見之間，一身不可以再誤，而悔將何及哉？

深明大略，有陳同甫氣象。（韓慕廬先生）

四子語得此等文爲義疏，若掀雷抉電，撐扶於天地之間。（楊濟川）

高山深林，龍變虎躍，使人精神震悚。（秦[一七八]雒生）

讀此等文，當求其根柢濟用處。（錢亮工[一七九]）

龍睇大野，虎嘯六合，沖霄貫日，裂石穿雲，豈經生家言也！（戴田有）[一八〇]

子曰禹吾無間然矣（癸未遺卷）

夏王之德之純，聖人所深與也。蓋惟德之純，而後使人無間焉，此夫子所以有意於禹之爲人也。且世嘗謂儒者之責人過詳，而不知非過詳也。道之在人，本無可間，故聖人之盡道而無虧者，必求詳而後其全體始出焉，吾以得於禹矣。（他人極意刻劃，總不是禹之無間，不是夫子之無間，於禹得此文，可證其粗疏。）蓋自治者，必於其間而治之，精神有忽，而瑕隙生焉，謹持於此，然後存於心者不息，而被於事者有常；觀人者，亦必於其間而觀之，毫釐不失，而權衡得焉，第舉大凡，則疏於自治者有遁情，而密於自治者有匿美。至於禹則吾無間然矣。統承二帝之傳，其盛德大業，有敻絶而難爲繼者，尚論者於此，非特[一八一]深苛之論，即懷輕量之思，而惡能滿志也？（可作《禹本紀》贊[一八二]。）乃觀於禹，則其道相師，其德與功相爲始終，而不見隆替之迹，豈非惟精惟一之有以預絶其萌歟？身底平成之績，則任重憂深，有未暇及乎其餘者，尚論者於此，雖懷震驚之心，亦設寬假之見而未敢備責也。乃觀於禹，則其德愈遠，其心與事益以兢業，而絶無闊略之端，豈非不矜不伐之有以盡弭其缺歟？道之體無在而弗充，有斯須之離，即不能滿道之量，雖合者十九，而究之於道有間矣。（或豐或儉，道之在物者本如此。）禹於道之在物者，任其所值而不違，故道之量至禹而無憾，而論道者之心，亦至禹而無憾也。（裁[一八三]是無間然。）心之體無時而可息，有出入之候，則無以盡事之理，雖旋復其常，而此時之心有間矣。（使心有二三，使不能在在得其理。）禹於心之體事者，一以致之而無二，故心之德至禹而無歉，而觀禹之德者，亦自覺其心之無歉也。（用董子語，妙合。）殷周繼起，而世乃傳有救弊之政，於此見其道之無疵；天地爲官，而帝獨以其不怠爲功，於此識其心之獨謹。（簡穆似羅文止。）故夫聖人之德之純者，不厭於尚論者之求詳也。

此題別尋議論，則失於支；籠罩下文，則苦於犯。惟此毫髮無憾，所謂句心

者。（劉大山）

探題之奥，筆筆正鋒，前輩中絶密細文字，百十年來殆成絶響。（喬介夫）

子畏於匡　全章（其一　借刻《立誠集》〔一八四〕）

道不可喪，聖人以信於天焉。蓋蒙難而不害者，前有文王，後則孔子，皆天之不欲喪道耳，故於匡人之厄而援以自信也。昔天之生我夫子，蓋憂斯文之將絶，而使述往聖以詔來者，非以爲春秋之天下也。而聖人不知也，栖栖列國之中，必欲發而見之事業，天於是阻之以遇合，而復困之以顛危，而患難死生之交，聖人亦遂悟天心之有在矣。吾子之窮於世久矣，而未有若匡之畏者，於時有所穆然深思焉，有所睪然高望而遠志焉，曰：予何畏哉？天之生人，必視所能任以授之事，而不枉其材，而予之一身，固非漫無所寄者也。蓋自文王既没，再世增修其業，而制乃備於成周，數傳微失其綱，而道大傷〔一八五〕於幽、厲，數十百年〔一八六〕以來，靡靡入於衰壞，而《易象》、《詩》、《書》、《禮》、《樂》之文，所以載道者，大率〔一八七〕散而不收，雜而不貫，鬱而不彰，以天之道，先王之靈，不容盡泯，而綿綿延延，以迄於今，蓋亦孤危之甚矣。（補得好。）以予歷觀近古以來，列國名卿，非無才識超然出於衆人者，然或守官於一國，或得志於一時，立事立功，以效當年之用，而未暇畢力於斯；　即與予並世而生，學士大夫，非無好學深思、心知其意者，然或識大而忘其小，或得粗而遺其精，抱殘守獨，紛然各自爲家，而不能會歸於一，自今思之，其不在茲乎？（「在茲」説得平近質實。）由前以觀，則去聖未遠，或斯〔一八八〕文方盛，而人無不明，即斯文微缺，而事猶可待，而今何時也？分離乖隔，已悵〔一八九〕然不見先王之大全，使更無人焉整齊其業，而世遠變生，有寖衰寖微以歸於盡者矣；（「喪」字實義。）由後而觀，則天之生人，或更有繼文王之志而光其道，任斯文之事而大其傳者，而必有藉也，旁搜遠紹，而中間並無微緒之可尋，從千百世後懸度其情，而風微人往，有將疑將信而無所從者矣。（實義。）若是乎予之死生，固斯文喪與不喪之所由判也；　使予死於匡人，而猶得與於斯文也哉？若是者皆天之所爲也。以予所遇之時，而默觀天命，欲其使天下宗予，而撥亂反正，令文王以後，凌夷衰微之統，至予而復振，此天下生民之故，而非予一身之故也，天固有所不能；　以予所任之事，而微驗天心，謂其竟假手凶人，而阽予危死，使文王以來，繼續留遺之緒，至予而遂斬，是天下後世之憂，而非予一身之憂也，天亦有所不忍。　天之未喪斯文也，匡人其如予何哉？而予何畏哉？夫吾子平日意念之間，時有以自下，而兹直自比於文王，何也？蓋患難死生之交，學者之能知命而不惑者亦鮮矣，不爲發其所以然，則當其時既有惴惴不能自必之憂，而事過之後，又以爲適然，而不知天之果可信也。夫平時不敢自上於中人，而患難死生之交，乃敢自〔一九〇〕比於聖人，以決其事於天，此其所以爲至聖歟？（聖人以天自處。）

實實説斯文，却是説斯道，理實詞氣，幾與本文相稱。（劉大山）

長趨闊步，見大家真實本領。（王予中）

識老力厚，氣清骨堅，古人之能事備矣。（魏方旬）〔一九一〕

整中散，直中曲，非深於古者不能。（薄聿修）

迂行嚴重，亦古文家老境。（劉紫涵）〔一九二〕

氣象閑〔一九三〕放，涵蓄深遠，人所共見，至於義藴之微密，格韵之孤清，非深於文者莫能曉也。（弟譚友〔一九四〕）

子畏於匡　全章（其二　借刻《立誠集》〔一九五〕）

道在而天可必，所以無畏於暴人也。蓋天無喪道之日也，使終欲厄子於匡，即奈何以斯文相屬哉？且天之生人，苟有異於衆人之爲人，則必有事焉以命之，其所爲者未成，未有使之漫然以死者也，而况聖人乎？故子畏於匡，而不禁慨然曰：自古聖人之道，施於當時則爲治，而留於後世則爲文，聖人既遠，則其治不能不衰，而其文亦不能不晦，事有所返，時有所極，數百年之中，不有人焉起而繼其治，則必有人焉起而紹其文，是固道之不容盡泯，而天之猶有可知者也。（曾子固之文。）蓋自文王既没，周道衰微，斯文之放佚湮沉而無所底麗者，蓋數百年於兹矣。生吾前者，吾未見有修明而整復之者也；與吾並世而生者，亦環視而無人焉，而斯文之岌岌以就滅微者，又不可以遷延而更有所待，自今思之，其不在兹乎？（紆迴反復，深情如揭。）夫丘向者固嘗有志於斯文，特以謂吾之得吾志、失吾志尚未可知，使吾之志可得，則文王之道將復見於今，而何必汲汲於此哉？故雖心知其意〔一九六〕，而實未嘗與其事也。使匡人克遂逞志，而吾身泯焉，則雖欲與於斯文而不可得矣，是天之將喪斯文也。夫人無所不至，惟天猶可信。以予所遇者觀之，謂天能大興吾道，而使丘得所願於時，所不敢知，而謂其使吾身泯焉，斯文喪焉，非惟無所得於今，並將無所傳於後。（節脉既古，意思更自深長。）天之生丘也，而命之如此，則丘之所能必其不然於天者也。夫自古仁聖賢人，遭時不遇，而阽於危死者有矣，然若是者，天蓋以死成其人，而非使之漫然以死也。使丘死於匡人，而豈天之所以命丘哉？雖匡人之悖能違天乎，而如予何哉？

苦心獨造之文，不知者方忽爲平淡。（徐子檖〔一九七〕）

無聲色臭味之可尋，獨存其謬然而清者，所謂精氣入而粗穢除也。（劉大山）

煉心大〔一九八〕清，俯視八極，油然不形而神，不可以文字求之也。（劉月三）

高視遠舉，倏然埃壒之外。（韓祖寄）

激之而清，廉之而節，古文老境也。（張日容）

沉鬱頓挫，絶得子長風神。（戴田有）〔一九九〕

靈皋常嘆古文之衰也六七百年，而自恨其疾病憂患、家貧多事，不得從事於斯，相其氣格，固不得謂所志之妄也。（兄拱樞）〔二〇〇〕

固天縱之　能也

聖之至者有其本，所兼不足以名之也。蓋夫子之縱於天者，徒聖不足以盡之，至於多能，則亦其聖之無不通者耳，此可以解太宰之惑矣。且不知天者，未有能知人者也。

凡人一才一德之出其群，亦以爲天之所授，而况聖人之爲天所厚者乎？苟不能深探其本，而漫於行〔二〇一〕能之小者窺之，是昧其實之所至，而稱名亦未當也。故子以夫子爲聖，是不待言也，即以夫子爲多能，亦非不爾也，而獨以多能爲聖，是不知夫子之所以聖，與所以多能也。〔二〇二〕蓋人之生而聖也，天爲之，而夫子之聖也，天實縱之。人至於聖而道無可加者，其量有以限之也。昔之聖人，其知之非不盡，其行之非不至也，使無夫子，亦似道之量無可加，而夫子於知盡行至之中，更有深閎而不測者焉。天固未嘗閎道之量，而使群聖人不能至也，而夫子有加焉，是天於夫子，若恢道之量以恣其充衍，而創爲大成之局也。（破堅發奇。）人至於聖，而質無可加者，其分有以限之也。昔之聖人，未嘗不生而知，未嘗不安而行也，使無夫子，亦似聖之分無可加，而夫子於生知安行之中，更有神化而不可名者焉。天固未嘗靳聖之質，而使群聖人有所歉也，而夫子有加焉，是天生夫子，獨竭盡其資以任其取携，而表爲生民之盛也。唯其聰明爲天所縱，故天之性命，既已不思而得，而觀於小道，往往觸目而知其數，入耳而會於心，而旁通不滯焉；唯其材力爲天所縱，故道德仁義，既已不勉而中，而方其息游，往往藝有執而必精，物不習而皆利，而兼體不遺焉。在夫子道無不貫，則盡其大而不遺其細，執其粗而以得其精，其所以多能，未始非所以聖，而論夫子者，則不可不知其聖之縱於天，與多能之異於人也； 在天於夫子獨致其隆，故使備群聖之道而無所遺，因使盡生人之能而無所缺，其縱夫子以多能，未始非縱以聖，而論夫子之聖，則無所能而不爲損，能雖多而不爲益也。（疏豁〔二〇三〕清瑩。）自我觀之，固天縱之將聖，又多能也，苟昧其本源〔二〇四〕，震其末迹，而以其小者名其大者，則於夫子爲失實，而於聖爲失名，豈可以弗辨哉？

平平寫去，氣極深渾，巧者至此皆尖削矣。（韓租〔二〇五〕昭）

此題觸手皆俗義，獨此清思奥旨，滔滔而出，乃知每題必有正義，爲俗學所封耳。（張彝嘆）

文境如太虛無物，而升降飛揚，氣之所蓄甚厚，天下奇觀也。（戴田有）〔二〇六〕

仰之彌高　全章

大賢體道之深，故始終嘆其難也。 蓋大而化者聖人之道也，宜顔子自序其學，而終嘆其難幾也哉？ 謂夫學者之求道也，非艱苦備歷而無所入，不知聖人之教之切實而可循也； 非體驗積久而見之親，不知聖人之道之神化而難幾也。（神動天隨。）蓋〔二〇七〕

即回之一身而察之，凡數變焉：　其始也見道未真，故入其中而茫然，博〔二〇八〕觀其外而駭然，嚮〔二〇九〕道雖切，而心困於所欲知，力屈於所欲逐〔二一〇〕，第覺道之無有窮盡，而高堅者窮我於仰鑽焉；　第覺道之無有方體，而前後者迷我於瞻忽焉，使無夫子之教，則亦將終焉耳矣。（淡宕。）而子則按其節次，以易其迫而過苦之心；　達所固有，以振其畏而自阻之氣，蓋循循乎其善誘也。　自夫子博我以文，而後知道之散見者，精吾知以察之，在在可以相遇，而吾向者索之空虛，是以徒厲其心，而高堅前後之卒無所據也；　自夫子約我以禮，而後知道有歸宿焉，斂吾心以體之，息息可以自驗，而吾向者求之汗漫，是以自棄其力，而仰鑽瞻忽之卒無所歸也。　由是而向之心苦其難者，至此而欲罷不能矣；　向之力無所置者，至此而才可自竭矣。（隨方〔二一一〕合節。）於是乎有得於博，而自《詩》、《書》、《禮》、《樂》，以及於象數方名，皆若有會於一原者，顯爲的於心目之際；　有得於約，而自人倫庶物，以及於動静語默，皆若有立乎大本者，樹〔二一二〕其質於日用之間。　回於斯時，未嘗不忻〔二一三〕然有無窮之心，而庶幾與道爲一也。（片言可明百〔二一四〕意。）然殫心以測之，而惟恐大原之或昧，何由與不思而得者同其神乎？畢力以守之，而惟恐大本之或逾，何由與不勉而中者同其化乎？是非予之不自竭也，道之體如是，而非夫子之誘之所能爲也。（風動瀾生，頃刻萬變。）夫吾向者艱難而莫達，恍惚而無憑，亦自以爲終焉耳矣，乃幸賴夫子之誘以自竭，而遂有卓爾之期，今雖欲從末由，而以視夫向之一無所入者何如也？然則〔二一五〕過此以往，敢謂其不可以速化也，而隳吾力哉？

字字相生，字字相顧，神情領會，天機自〔二一六〕流，荆川先生而外，未足相擬也。（唐赤子）

反古曰復，不滯曰變，使規橅先輩不能自出新意，未免有燕石之誚矣。讀此文，當玩其反古而不滯處。（兄拱樞）

此及「志於道」篇皆丙戌臨場作，是時閲大山新稿，遂仿其格製。（自記）〔二一七〕

有美玉於　全章（其一　借刻汪選《房書》〔二一八〕）

觀聖賢之論玉，而知處玉者宜慎也。蓋子之玉固未嘗藏也，特善賈未之或至耳，求而沽之，孰若待而沽之也哉？且賢人君子之處於世，有以應物而無求於物者也。自負其美者，皇皇焉急於自售，而賴其用者，反若有所挾以相難，凡此者蓋成於不忍自棄其美之心，而不知自棄其美也亦甚矣。（曲折瀉清快。）維賜於吾子行藏之際，蓋幾營度於心，而輾轉不能釋也。故其言曰：天下之物，屈伸隱見，亦惟人之所以置之，苟於世無足重輕，則其陳於市肆，與置於匵中等耳。有美玉於斯，而藏與沽何可不早自決哉？夫子曰：嗟乎！賜乃以予爲藏之也乎？以玉之輝然外見，而顧匿之以鬱其奇，既有所不必；以天下之急於所需，而顧艱之以窘其用，亦有所不忍沽之哉？其誰以善價〔二一九〕來者耶？凡物在人耳目之前者，夫人而知其美者也，而非常之物，知者常希，有不能旦暮遇之者矣。（珠華玉潔。〔二二〇〕）其知者則什襲而珍之，其不知者則猶泥塗而棄之也，雖吾不謂天下終無知玉者，乃方其未之或知而出以相示，則彼不疑吾玉之有瑕，即疑吾賈之未實，而吾能無暗投之耻哉？凡物利於尋常之用者，可終朝而得其賈者也，而希世之珍，不可近玩，有措之不知何地者矣。懷寶者以爲世不可無，而操賈者且謂吾固無所用之也，雖吾不謂天下終無用玉者，乃當其不知所用而迫以相就，則彼或賤賈之而惜其資，或小用之而傷其質，而吾能無輕擲之悔哉？（此意更高。〔二二一〕）蓋藏則吾不忍言，而沽實非吾之所能自主也。我待賈者也，如賜所云求，毋乃自喜其玉之甚，而過爲不沽之慮歟？亦何其待玉者薄，而所思者淺歟？蓋吾子之於玉也，處於藏與沽之間，惟世無以善賈來者，故其迹近於藏，而不知其爲待也，求以爲沽，沽之後〔二二二〕豈復有玉哉？夫自三代而下，行藏之義不明，士自輕其身，而天下亦不得其用，皆職此之由，其可慨也哉！

著筆都在首句，鑄思造句，一語足敵千言。（劉大山）

中幅[二二三]數語似涉計功謀利，然借俗情以詁聖諦，固宋、元以來儒者所不廢也。（戴田有[二二四]）

其旨遠，其辭文。（崟謹識）

有美玉於　一節[二二五]

觀聖人之處玉，而玉乃得自完其美矣。蓋子之於世，其皇皇也似欲沽，其介介也似欲藏，故子貢以爲疑，而不知介於藏與沽之間，所以爲待也。且物之凡近而無奇者，往往循分以自置，有異材焉，將惟恐人之或遺，而傀然如不終日矣。夫傀然如不終日，而惟恐人之或遺，雖以施於不甚愛惜之物，而輕擲之，猶有不可，而况其有異材者乎？夫君子之處世也，如玉之韞於匱中焉，吾知其美足爲世用，而又不匿其美，以恝然於待用之人，而吾事畢矣，其善賈而沽之乎？（「美玉」二字分出。[二二六]）吾不得而知也；其終韞匱而藏之乎？吾不得而知也。（虛涵「待」字意，逆入。[二二七]）而自子貢言之，一似藏與沽不必聽於人，而直可決之已者。一於藏，雖有沽者而亦藏；一於沽，雖宜藏也而亦沽。何其隘哉！夫子曰：賜乎，藏而不沽，而玉毀不用，予何忍言？獨奈何有美玉於斯，而子若蹙然無所以置之也。（緊根「求」字意，落下。〔二二八〕）夫沽之，豈非有玉者所深願哉？而善賈，夫豈有玉者所能自主哉？非不欲人之知玉，而不能强不知者而使之知；非不欲人之用玉，而不能强不用者而使之用，則亦惟待之而已矣。〔二二九〕非曰物情好反，投之者急，則應之者疑，而故難焉，以爲要重之地也。彼方漠然無情，雖薄取其酬，而豈有合哉？（轉進一層，身分甚高，文情甚曲。〔二三〇〕）待而不來，是世不應獲玉之用，而吾所有者未嘗去也。人不以失玉爲憂，而我乃代之汲汲乎？非曰屈伸有時，躁者未必得，而静者未必失，故姑任焉，以爲達觀之見也。夫豈無捷得之徑，爲世所争趨，而豈可蹈哉？我不能待，是我不復有以自珍，而所爲美者已先盡也。人又安能以萬鎰之資，而市不珍之物乎？賜乎，有美玉於斯，吾願子之少安而無躁也。（奇變。〔二三一〕）夫行藏之義之不明也久矣，懷寶者汲汲而求之，操賈者漠然而待之，人懷市心，而交不以道，此中豈復有玉哉？

叙題、點題皆出人意表，後幅説「待賈」處，更能翻盡舊説，令人耳目一新。（汪

武曹）〔二二三〕

此題末句神理，殊難著筆，文於一切尋常之解，刊落都盡，苦心孤詣，與題宛轉，不獨聞清歌喚奈何也。（劉大山）

韓、錢諸墨，視此何如？文章之雅鄭，固視其根柢之厚薄也。（戴田有〔二二三三〕）

子曰語之　一節（借刻汪選《歷科房書》〔二二三四〕）

大賢之善學，惟聖人知之深也。蓋七十子之徒，成德達材，豈皆語之而惰者？（卓識。〔二二三五〕）而夫子獨許顏淵爲不惰，此可以思矣。謂夫二三子日從予遊，而常以我爲隱，窺其心，若深惜乎予之無以語之者，然未嘗語之，而二三子若有惜於予，既以語之，而予轉以自惜也。夫二三子之從予遊者非一人，予之與二三子語者非一日矣，然使予追思之，而不自惜於心者，獨何人也？（思徑清〔二二三六〕微。）顏氏之子，其庶幾乎？夫予所以語回者，未嘗異於所以語二三子者也。凡有志於天地古今之際者，予未嘗不明其義，以與其勸學之心也；凡有事於人倫日用之間者，予未嘗不陳其方，以作其自前〔二二三七〕之氣也。凡吾有以語之者，皆欲其亹亹於吾言而不惰者也，而不惰者誰歟？蓋二三子之聞吾言也，其患有二：其或有高視吾道之心，徬徨於其外，而不敢自任也。彼先挾一自惰之意，以承吾之言，而方吾語之之時，已知其苶〔二三八〕然頽然，而不可振矣。其或有篤信吾道之心，艱難於其中，而不能遂達也。彼且外假吾之所言，以自策其惰，而其不惰之志，亦有數前數却，而忽不及持者矣。（子路未之能行，惟恐有聞，正有〔二三九〕惰根未除。）而回皆不爾也，吾想未嘗語之之時，回之心必有幾幾其欲萌者，而吾言特適然而與之遭也。回之心既幾幾其欲萌，雖終不語之，亦將久而自悟，而一旦迎其所欲然，遂不覺如嗜好之不可已也。（就注中「心解」二字抉出所以不惰之故。）夫人有自趨其嗜好，而倦而思去者乎？吾想未嘗語之之理，回之身必有隱隱與之合者，而吾言特從外而爲之證也。回之身既隱隱其有合，而未嘗語之，無以得其所歸，而一旦指其所由然，遂真知爲性命之不可離也。夫人有自安其性命，而久而欲怠者乎？蓋同是説也，或百思而猶旺然，或一聞而已了然，旺然者惰，而了然者不惰矣；（惟其心解，是以力行。〔二四〇〕）同一境也，或蹈之而不勝其苦，或由之而自喻其樂，苦者惰，而樂者不惰矣。語之而不惰者，其回也歟？不惰可幾，而回之不惰不可幾也；回之所以不惰不可學，而其不惰可學也。奈何乎二三子日從予遊，而使予追思所語，而不自惜於心者，獨回也哉？他日者，顔淵既没，而曾氏子之學，以真積力久而得之，其殆聞斯言而興起者歟？

語之而不惰，固於行上見，然所以不惰，却由〔二四一〕知來，饒雙峰謂「惟其心解，是以力行」是也。此文就知上抉出所以不惰之故，識解既高，行文更有正希先生筆意。（汪武曹）

曾、閔豈語之而惰者？惟其心解處不及顔子，故夫子獨稱顔子爲不惰，向來作者殊夢夢。（劉大山）

此靈皋初入成均作，風簷中無一膚語，良由所蓄者深。（儲六雅）〔二四二〕

其於題也，每剥進數層，皆他人思索之所不及者，其義意却又在人意中，靈皋之文，大率如是。（戴田有〔二四三〕）

子曰歲寒　一節（其一）

觀歲之有寒，而知宜爲松柏也。蓋有後彫者以爲之質，則歲可不寒亦可以寒，人可不〔二四四〕知亦可以知，要不失其爲松柏耳。且流俗之汶汶久矣，均是物也，由其先或寂寞而不見賞，由其後或交口而嘆其奇，節見於時窮，而悟開於事後，此亦人情之常，何足深責？顧物之自定其天，而不爲摇奪者，殊可念耳，吾於松柏驗之。夫松柏之異於衆物者，以其後彫也。松柏之後彫，宜夫人而見之於早也，乃時之未至，草木榮華之態，其相掩者多矣，世太〔二四五〕可欺，耳目混混之中，過而問者寡矣，而不謂歲之一日而有寒也。斯真松柏之時也，木落冰堅，物之生意俱盡，而松柏乃相薄而發其光；斯真松柏見知之日也，變衰摇落，物之情狀悉明，而松柏始森然而入人目，蓋至是而群知松柏之後彫矣。歲之寒也，其於物爲無情，而於松柏不爲無意，然亦非歲之私於松柏也。彼蒼肅殺之心，於松柏未嘗少容其寬假。（自是衆木亂紛紛，海棕焉知身出群？〔二四六〕）而物自覺其難堪，遂謂寒之相乘太急，彼非欲彫之而自彫，此非不欲彫之而竟不彫也。物之彫也，由其新者已故，而松柏則故者日新，然亦非松柏之求異於衆物也。春秋代謝以來，松柏未嘗一改其常度，而物顧群爲此態，遂使松柏獨擅其名，彫者以不彫爲怪，不彫者又竊以彫爲怪也。凡物之美，始則故匿之，而終乃自張之，松柏而至〔二四七〕歲寒，大昧忽開，當亦松柏之所滿志也，而松柏不爾也，假而自矜晚節〔二四八〕，以耀於蕪穢之中，則其氣已浮動而不能收，必不能貫四時以堅其節；（置身千仞之上。〔二四九〕）鑒賞之加，未然者則矜之，而已然者則賤之，知松柏而在歲寒，雷同之迹，當亦松柏所不屑受也，而松柏不爾也，倘以困於群愚，而時挾其不平之意，則其氣已弱喪而不能振，必不能甘危苦以遂其奇。（此意不可不省。〔二五〇〕）獨是終歲之中，不寒之日多，而寒之日少，蕭條巖徑間，長爲衆葩所笑，迨曰知之而爲時無幾矣。（舉世不可與莊語。〔二五一〕）故士之識時務者，羞言松柏之德，而競爲桃李之容也。

聖賢身分，豪傑本領，寫來一一出色。（謝雲墅）

形容松柏身分，到歲寒時仍復收斂退藏，愈細膩，愈高遠，若瞬目揚眉，昂視霄漢，風格便減矣。（劉大山）

有正希之奧，而不自修飾，亦如之。（何屺瞻）

若在松柏意中爲感慨之辭，即與凡卉何異？此處見作家根柢。（戴田有）〔二五二〕

子曰歲寒　一節（其二）

因時變以驗人心，而知物之貴於自立也。夫有後彫之質，以與歲相守，而寒不能傷，則不知何病，不知然後見松柏耳。且人世何知？受知之分，惟吾自决耳，吾急欲人知，而人竟知矣；吾不欲受人不足重之知，而人亦不知矣，而亦非終不知也。（作者真有此識力。〔二五三〕）其藏德深者，其收名也遠。旦暮之間，囂然自炫，雖不爲一時所困，亦必無千古之榮也。若松柏足貴焉。（蒼漭〔二五四〕而入，古韵鏗然。）今夫雨潤而日暄者，不多得之時也；朝華而夕秀者，不可强之容也；庸耳俗目，混濁而不分者，不可覺之勢也。孤堅之質，雜於衆芳之中，當蒙昧之時，而決得失於衆夫之目者，必不勝之數也。雖然，徒患不爲松柏耳，果松柏耶？則必有後彫之實矣；果後彫耶？則亦有歲寒之時矣。何事人知，亦何患無知哉？時者物〔二五五〕之所争，方其忻於所遇，物每善呈一日之姿，以邀人顧盼，欲其稍〔二五六〕待，而有所不能，而不知其爲菁華衰竭之徵也，斯時有偃蹇巖阿，坐觀夫競謝之榮，而默以自喻者，其積乃於此厚焉；名者實之所附，方其真是未明，人每易徇目前之好，以助其浮華，與之深言，而有所不惜，而不知其有情見勢出〔二五七〕之日也，乃獨有孤芳自賞，發聲於衆譽之外，以見其真者，其論乃自此定焉。（純是一段〔二五八〕精光，悶悶濇濇而念顯，此文家最上乘也。）争妍而貢媚，彼亦一時也，第不堪使榮華之態，與摧折之情，並舉而懸斯須之頃，淪落而幽貞，依然如故也；而第不堪以落寞之情，與咨嗟之態，並舉而問一人之心，嗟乎！第患不爲松柏耳。（然則人當知所以自立矣。）苟非松柏，而舉世之相視蔑如，未有不轉而自疑者也。（開合變化，自闢神境。[二五九]）乃後彫者松柏之質，而不知其後彫者未歲寒之人心，人自無知松柏之才，人自不應收松柏之用，而松柏何傷焉，而何愧焉？苟非松柏，而一時之聲價赫然，未有不爲之心動者也，乃後彫者雖一警悠悠之目，而歲寒已終無可轉之機，方且追恨於人心之蔽，方且不勝其世運之悲，而松柏何榮焉，而何幸焉？（二比寫出松柏全身。）嗟乎！此之謂松柏也。

一往幽雋，空所依傍，駸駸乎入嘉魚之室矣。（劉若千）

爲松柏寫出全身，悲壯蒼涼，可歌可誦。（汪武曹）

歲寒有得之言，此亦文章中之松柏也。外此，雖有榮華，旋即消落，安能與作者爭千古乎？（戴田有）[二六〇]

子曰歲寒　一節（其三）

觀松柏之受知，而知人之蔽也。夫人之棄松柏久矣，知其後彫，乃在歲寒時乎？是乃松柏之所羞也。且〔二六一〕天有極而必反之時，物有窮而不變之節，庸人處其中，其心目常爲之顛倒，而不能以自主； 至人俯仰時變，而流連物情，亦感慨所由集也。何者？宇宙非常之物，其幽光亦斷無一世不發之事。（吾終不謂然。〔二六二〕）方其一無所試，識者觀之，而早有以信其然。受知者既抱無窮之感，而世亦傳其相得之甚奇，終古憒憒之人，其〔二六三〕昏庸亦斷無一世不破之事。待其自爲暴露，公論昭然，隨聲而依附之見，譽者既無知己之稱，而愈以著其雷同之無識，如松柏非後彫者乎？然不待歲寒而知之者誰乎？松柏之所以自定者，殊未有以異也，然而未寒之先，一松柏也，既寒之後〔二六四〕，似又一松柏也。今之松柏，非昔之松柏矣，群而嘆其希矣，獨不思向者寂寞窮山，松柏固無時不在人耳目間也，而瞢然者直至於今也。知松柏之知心，亦非假諸他人也，然而前之視松柏，歲未寒〔二六五〕之心也，後之視松柏，歲既寒之心也。今者之心，非復昔者之心矣，徐而知其誤矣，使直至木落冰堅之後，終無覺悟之期，而松柏轉可以無恨也，而嘖嘖者，又爭爲太息也。（更名雋〔二六六〕。）夫歲之寒，不自此一歲之寒始也，使當未寒之時，回而思之，曰： 昔日之寒如是，昔日之後彫者如是，則目〔二六七〕前之彫者，與後彫者，其情形一一可睹矣。早擇後彫之松柏，以禦歲之寒，抑亦前事之師也，而不能也。(翻出新意。〔二六八〕)一日之寒未至,若不知有前此之寒也。歲之寒,亦不自此一歲之寒止也,使於寒過之日,切而誌之曰: 寒之可畏如是,後彫者之可敬如是,則後日之彫者,與後彫者,其情形又一一可睹矣。先設歲寒之心,以求後彫之松柏,抑亦後事之救也,而不能也。一日之寒既去,絶不知有後此之寒也。然則未歲寒而知松柏之後彫者無有乎?曰: 有之。古之君子,當無事之日,而識禍亂之萌,遇有心之人,而商終身之事,是誠松柏之所托命也。然斯世混混,覺者曾有幾人哉?

有何深理,只是眼前口頭語,從來未經人道,遂爲此題另辟生徑。(謝雲墅)〔二六九〕

胸中有物,寫來不顧世眼驚怖。(汪武曹)

巧心濬發,波瀾不窮。(史西眉)〔二七〇〕

此題名篇如許石誠、倪鴻寶、金正希、羅文止皆能窮極物態,而靈皋此篇,更爲目空千古。○余向評正希文云: 若爲松柏作不平語,使一字無是處,將彫者與不知者情狀極力摹擬,而松柏全身以現,文境亦如嶺上孤松,披離突兀,而濤聲謖謖,使人骨冷神清,今移以評此篇,夫復何讓?(戴田有〔二七一〕)

子曰歲寒　一節（其四）

松柏有不欲受之知，可以觀其世矣。夫歲既寒矣，後彫亦何事人知乎？此松柏之窮也。且千古志士仁人，困於人世之無知，而不能以自白者多矣，乃以人世之無知，盡昭然於志士仁人之心，而悔其從前之誤，則時事可知也。（廉悍。）何者？歲寒然後知松柏之後彫也。天亦習見夫靡靡者之相争，而未有已也，彼其天資媚弱，既易得人憐，而時復助之，轉使幽貞者自比於不材，而黯然無色也。於是不勝其震怒之心，以快之於摧折，使之百不能支，而向之寂寞山河者，乃不言而自異。（雷霆走精鋭。）天亦習見夫昧昧者之相蒙而不可破也，彼所極意綢繆，大都速敗之質，而時復蔽之，殊覺耳目間更無一物焉，而足加愛惜也。於是一假芟夷之力，以驟振其昏庸，使之肅焉易慮，而向之風塵淪棄者，始嘆息而稱奇。物莫不屈於不知，而伸於知，而松柏之知，獨不可以言伸。彼既負不彫之質，使早有人焉，滋培而護恤之，其增榮宇宙，當復何如？豈願於蕭條剥落之會，一羞憎者之顔哉？（太阿出匣，寒光射人。〔二七二〕）歲寒之景，既令人不忍見，後彫之狀，尤令人不忍聞，徒使抱奇者搔首於彼蒼而已矣。人莫不以不知爲昧，而知爲明，而人之於松柏，則以知而益其昧。方未及歲寒之時，塵埋異物，近斥而遠遺之〔二七三〕，其釀成禍敗〔二七四〕，已非一日，安賴於時窮事過之餘，一寄欷歔之泣哉？未寒之先，不知固無如人何，既寒之後，知之又無如松柏何，徒使論世者追恨於終古而已矣。故夫松柏之遇，最上者未寒之知，次則終於不知，最下者則以彫之後而得知，况猝遇斧斤，未及於歲寒，而中道夭者，豈少也哉？甚矣！松柏之窮也。

悲壯蒼凉，意超象表。（劉海觀）

蒼然之色，淵然之光，使人不敢迫視。（黃詒孟）

此靈皋少作，然其胸中已充實不可以已如此。（程若韓）

憶辛未秋，余初至京師，偶思此題，成四義。言潔、田有、詒孫三君子深許之，遂訂交。余每以事出，必詣三君子；三君子以事出，必過余，問辯竟日，往往廢其所事而歸。壬申冬，言潔還錫山，引余至其寓，教以植志行身之事，相語至夜半，已寐復起，坐達旦。既歸後，余客涿鹿，又遺書過千言，示余以所處。癸酉秋，詒孫還青陽，余與共乘單輪席車出郭門，已交手背，行近半里，詒孫復下車呼余，立道旁哭失聲，曰：「吾與子會見不知何時，或數年，或十數年，不終隔絶足矣！」詒孫在京師時，不三數日必宿余寓，酒罷往往無故悲嘯，夢中或大哭。余驚起而詒孫尚未寤。詰之，則終不肯言。既歸，余見青陽人，問徐子悲憂窮蹙之故，乃知其天屬遭遇，蓋古聖賢人所難處者。余恐其以恨苦殞生，再書喻以徒死無益，而詒孫已成心疾矣。再答余書，漫言他事，不及所以。去年冬，余在澄江，夢見詒孫面積垢，向余赫然無言，心怦怦不能自克。尋復自解，以謂夢寐之事不足深究。逾歲七月歸金陵，而田有來告余曰：「詒孫死矣！有吴生者至自青陽，言其心疾至昨歲轉劇，泣笑類顛者。一夕張燈，書數十紙不休。妻子問故，曰：『告吴君，此書致我友戴子、方子。』既又索書展視，一一自焚之。開户出，若將便溺，久不返。妻子怪而迹之，則已死村外小溪中，頭面泥漬。」時余一子始殤，意忽忽不樂。及聞詒孫凶問，出郭西向，號而哭之，不復覺子死之痛矣。言潔先三年丙子以疾卒，余與田有俱在〔二七五〕燕南。其邑子邵君義書客金陵，偶心動，歸往省之。既瞑復蘇，惓惓以不得見余與田有爲恨。義書爲余言，未嘗不流涕。言潔蓄道德而有文章，余意其爲天所生以扶樹道教之人，而不得竟其業以死，此理數之不可究測者。然觀荆公之銘深父，則古嘗有之。若詒孫之孝弟純明，粹然有儒者之質行，而死於非命，則自書傳以來，吾未之見也。使天下不知詒孫之所以死，則無以白詒孫之志；使天下知詒孫之所以死，又恐傷詒孫之心。此余與田有所以幽痛而不敢言也。言潔、詒孫皆有子，雖幼，頗能承父學。恨余與田有困窮無聊，未有以扶進而存恤之。欲刻其遺文，亦未得就。近以坊人刊余文稿，檢舊篋得其四義，覆閱之，詞義甚粗鄙。然念得交於三君子自此始，因不自棄。四義向者自寫兩通，一言潔閱，一田有、詒孫閱，以硃墨別之。言潔閱者留北平方允昭所，數年索歸，崑山張闇成持去。田有、詒孫閱者，内丘王永齋持去，而允昭、闇成、永齋先後皆奄忽矣。念之終夜氣結，晨起志之。時己卯十一月朔日，船過寶應書。〔二七六〕

滌瑕蕩穢，獨露清真，靈皋抱歲寒之心，矢後彫之節，而見憎於狂花妖木，宜其發憤言之，愈出而愈奇也。（戴田有）〔二七七〕

子曰知者　一章（庚辰遺卷）

學之所自得，觀其遇於物者而可見矣。夫可惑可憂可懼之形，不能不接於心，而無知仁勇之德以主於中，安能以無動哉？嘗謂人心之觸境而撓者，非物之能攻而心之能召也，蓋惟中無所恃以自固，而外至者始得其間以相凌，故吾心通塞純雜虛實之體，一試於物，而皆有不能掩焉。（淵渟〔二七八〕岳峙。）何者？未事而明其心，即物而窮其理，學之所以開其知也。知不知平時若無以辨，有可惑也而立見矣，日用常行之故，亦有毫釐易失之衡，事物未判之機，更多百出不齊之變，惑之所以接時而生也。（精密。）而不足以窮知者，所措於躬者，屈伸隱顯，皆歷體而知其分者也；所施於天下者，始終起伏，皆素察而得其情者也。要不過行其所無事，而何惑焉？苟遇事而茫然，抑惑與不惑之相半，必其於知未有得也。內以澄〔二七九〕其無欲之源，外求貞於所處之遇，學之所以力於仁也。仁不仁平時若無以辨，有可憂也而立見矣，艱難險阻之交，既以迫人情而使之難遣，崇高顯榮之地，有時滋物累而重覺不寧，憂之所以無在可釋也。而不足以窮仁者，順乎物之自然而無私，則利與害，不至相摩以自寇也。（精義微言。）明乎道之當然而求盡，則夷與險，皆可無憾而同歸也。夫既已無入不自得，而何憂焉？苟終日而戚然，或憂與不憂之無常，必其於仁未有得也。敬以直其不屈〔二八〇〕之體，義以養其自生之機，學之所以致其勇也。勇不勇平時若無以辨，有可懼也而立見矣，矜〔二八一〕其力以求勝者，及其力之既困而志不充〔二八二〕，乘〔二八三〕於勢以求伸者，值其勢之將衰而氣必奪，此懼之所以不可强弭〔二八四〕也。而不足窮勇者，不計其衆寡强弱，而以理爲壯，則物所以相撼之形已屈也。不計其成敗利鈍，而立志不欺，則己所爲自餒〔二八五〕之本已除也，以此浩然於天地之間，而何懼焉？（氣沮金石。）苟遇物而靡然，或懼與不懼之異所，必其於勇未有得也。同是可惑可憂可懼之事，而應之之情各異焉，以是知惑、憂、懼之形，不生於境；同是不惑不憂不懼之事，而其中之分又殊焉，以是知知、仁、勇之量，未有所終。（同狀異所，見《荀子·正〔二八六〕名》篇。）幸於物之未〔二八七〕交，則臨境〔二八八〕之受困倍甚；而强其心以不動，則冥頑之害義尤深。故所以求至於知仁勇者，不可以不力也。若夫明理而後能去私，去私而後能養氣，又其序之不容紊者矣。

雄深勁肆，迥拔流俗，千人皆見之文，然闈後或目爲一字不通，一時閧然不能辨也。慕廬先生見之，以爲真古會元風格，然後衆言漸息，甚矣！物論之難齊也。（劉北固）

韓城先生語余：榜揭後，與諸公齊宿天壇。長洲韓公後至，自始見，及竟事，誦余文不置口，太息吁嗟，若忌公子祖昭之遇也，聞者莫不駭然。嗟乎！公之心胸光明純粹，雖求之古賢中，豈多遘哉？（自記）〔二八九〕

《春秋》二房評本房佳卷甚多，而限於額數，未免有遺珠之嘆。似亦在鑒賞之列，而墨筆抹至三十餘條，或云主司中有一見即惡其詞義險怪者，恐亂文體，檢擲隱處，群主司俱未得寓目也。（又記）〔二九〇〕

可與立未　一句〔二九一〕

聖人慎言權，雖能立者不輕與也。蓋未至於能權，則所立之道猶未至也，而要豈可輕與哉？且聖人道天下以經而必極於權，非謂不易之理，至是而可以變通，謂不易之理，必如是而後得其歸宿也，而可與立者，至此又恍然失所據矣。（見極之語。）夫天下惟能立者可與言權，爲其本得而不至於歧趨也；而能立者仍未可與言權，恐其誤用而反失其故轍也。有一定之方而後可立，而權則無方也，情形畢肖〔二九二〕，而其用不可以通；彼此互違，而其趨未常不合，未得所歸，何所恃以守乎？有已然之迹而後可立，而權則無迹也，欲往從之，而其進也無所依；離而去之，而當其時亦無所鑒，苟違其候，豈可迫而取乎？理勢之窮而權生焉，苟移於彼而不爲非，則第至於此而猶未爲是也。此爲行其所安，自彼行之而更有其可安，非接而生時於心者，吾知必毫釐失之矣。精微之盡而權得焉，其分不可知而常以意制之，又非可以意處而實有其分也。得之者不待告，告非其人雖言而不著，即信道篤而自知明者，吾猶將徘徊俟之矣。（清思窈深〔二九三〕。）自古非常之原，黎民所懼，而聖人處之，不啻日用飲食之安。人以爲聖人爲天下而達其權，聖人以爲爲吾身而盡其經，彼抱咫尺之義而終之者，夫孰能決焉？堯舜三代之軌，百世所師，而當其作始〔二九四〕，實兩託是非邪正之界，迨其後天下群奉爲經之正，而幾忘聖人始用其權之難，彼規前古之迹而就之者，其孰能通焉？夫立者知經，而有可以權之具者也。（詞盛〔二九五〕而義正。）地必相近，而後可不可之形生，惟能立，而後知權之難，亦惟知權之難，而後可以權望之也。彼世欲自託於權者多矣，抑知可與立者而猶難之如此哉？

方之荀子，則鋒更鋭，方之韓子，則義能精〔二九六〕，豈可於八股中求之？（韓慕廬先生）

皇甫湜稱退之之文，栗密窈眇，章妥句適，精能之至，鬼入神出，時文中足當此數語者，其吾靈皋乎？（儲禮執）

開闡〔二九七〕微奥，意到筆隨。（秦雒生）

章大力集中造極之作。（王予中）入幽窮險，其鑱刻已用全力矣，而聲色不動，氣度淵然，靈皋於此道，可稱神勇。（戴田有〔二九八〕）

子曰先進　全章

聖人欲用禮樂之中，而不牽於時論焉。夫世無樂爲野人，而不樂爲君子者，則其從後進而不從先進也固宜，觀夫子之所用，可以爽然失矣。且風俗之變，先王所不能預爲謀也。人情無不厭故而喜新，而復以一時之議論，奪其信古之心，而遷於時好，士生其間，安能顛倒任時，違初心而失作者之意也？吾觀今之論禮樂者，而不能無異焉。夫禮樂者，先王制之而後世從之，雖百世不易可也。自今之用禮樂者皆後進也，於是乎有先進之禮樂焉，有後進之禮樂焉，以後進而言先進，則以爲野人；以後進而言後進，則以爲君子，蓋俗之淪胥，而是非之失實也亦已久矣。吾嘗切而求之一人一家之事，其父兄之力勤而守約者，大都無所芬〔二九九〕華，而子弟以風流相尚，遂漸覺先人之迂曲，不近於人情，則夫上下數百年之間，其流失更可知也；又嘗近而徵之一鄉一邑之間，其長老之談笑而嬉遊者，大率見聞皆古，而少年之潤色爲工，竊以爲上世之衣冠，不宜於大雅，則夫邦國朝廟之間，其變遷更可想也。（原評：倏然〔三〇〇〕古淡，不與衆人鬥聲競妍，百年以來，見此風調。）丘也，目擊近代之風，而慨想先民之業，縱不能使天下之後進，由吾之説以易其趨，而揆其所用，亦竊有志焉。夫萬物之數之餘而未有所終也，其勢將日加焉而不能已，節文度數之中，凡今人之所謂極簡略者，皆昔之人百慮圖之而未及者也。吾非敢以鄙野倡天下，第覺先進之禮樂，已彬彬乎質有其文，而至今卒無以易焉耳。天下之變之窮而無所復入也，其機將自返焉而不能留，文勝飾窮之後，舉天下所相視爲固然者，忽參以淡泊之風，而轉覺其可味也。吾非敢以私心易天下，第覺先進之禮樂，又寥寥焉當代所希，而末流亦終於倦焉耳。（原評：歐、曾真氣。）自吾思之，舍先進無從也。夫先生以神聖釐定之物，數傳而後，不能不敝於流俗之譏評，而吾欲以一人之力，挽其所向而使之從風，亦知其難。然非先進是從，而避野人之號，標君子之聲，則吾不敢，則吾不願也。

幽深曠逸，矯然軼群，正今日能自開風氣者，乃以數字之累，羈躓駿足，爲之惋嘆。（本房暢素庵先生評）

於古文大家中，伐〔三〇一〕毛洗髓，脱盡藩籬，獨存神骨，正昔人所云前未有比，後可爲法者也。○吾友〔三〇二〕素庵暢先生闈中拔得是卷，余一見擊節，快賞屢日，後以字句被斥，撤棘〔三〇三〕後，知爲方子靈皋之作。靈皋來謁，首賀余得宜興儲同人，因具言同人學老文鉅，負江左宿望，但同人遇，而靈皋蹶，殊可嘆也。豈臂九折而成醫，天固欲使靈皋爲同人耶？（《春秋》房廖〔三〇四〕蓮山先生評）

開講入題處，實不及江陵、震川，後幅蒼渾，便覺過昔人。（兄百川）

倚其豪横，雄詭殊常，議論筆力誠足馳騁數千載，雖使江陵、震川睹此奇特，猶當畏後生也，靈皋豈非超群軼倫之士？（吴荆山）〔三〇五〕

棘子成曰　全章

文質之説，兩賢俱未有當也。蓋文以輔質，盡去之則失，而等視之，亦未爲得也，是惡可以定文質之論哉？且君子當時俗之流，而觀質文之變，蓋有不能自已者焉。〔三〇六〕其一時相與論議，或憂思而發爲感慨，或平心而有所折衷，莫不自以爲至矣，乃以己意爲衡，而不求其理之至是，以合諸先王之大全，安在其能無弊也？夫生民之初，質而已矣，聖人知其徒以質行，而其質亦有所不能達也，於是乎制爲緣飾之用，以載其性命之情。而其隨世而變，因漸而加者，亦遂浸以繁多，而不能復返於其始，是其本末先後之相需，而不可以偏廢者也。（**文質本末源流，數語提盡，兩家滲漏皆見。**）在周之衰，而文之弊極矣，故棘子成者，悄然傷之，以謂君子任質自然，而何以文爲也？斯言也，豈〔三〇七〕非君子尚質之心哉？雖然，以爲後起之數，鑿其本根，而思去之，至於一切去之以至於蕩然，而吾心亦爲之不適；（**説本蘇氏。**）方其未嘗有是，而以爲固然，故相與安之。（**説本昌黎。**）至於既已開之而禁之勿用，則其勢將有所不行，心之不適而勢之不行，棘子雖獨能任，奈天下何？宜子貢之瞿然惜之也。而惜其所以折之者，則曰：文猶質，質猶文；所以喻之者，則曰：虎豹之鞹，猶犬羊之鞹。嗟乎！棘子誠〔三〇八〕不宜易其言，而子貢之言亦何容易哉？竊先王制作之心，則或抱爲根源，或由是假道，既不能盡泯其低昂；論末流補救之道，則寧重内而輕外，無務華以絶根，亦不得漫無所左右。（**大家風力。**）且夫君子之與小人，異其質而文附之者也；虎豹之與犬羊，異其鞹而文從之者也。使君子去其文而無異於小人，不可以爲君子；使小人舍其文而無異於君子，不得謂之小人。（**快絶。**）且既同爲鞹矣，而猶別而白之，曰虎豹之鞹焉，曰犬羊之鞟焉，則雖去其文，而其質之不能混而同者可見矣。（**文質不可平論，即從末二句指破，敏妙極矣。**〔三〇九〕）故君子之爲説也，要於理之至是，而不求苟異於人。子成之説，異於衆人矣，而見病於子貢； 子貢之説，異於子成矣，而於先王之道，本末先後之間，參差而不能盡附也。（**隨手收應，古文章法。**〔三一〇〕）文質彬彬，然後君子，天下靡靡，入於衰壞，而學者不見先王之大全，各持一説以爲宗，往而不返，其終能以復合哉？

節奏與子固爲化，尤可敬者，一往瑩粹，矜囂不作。（李厚庵先生）

根據朱子意旨，發得精透，而筆力馳驟，則尤蹂躪於蘇氏之庭。（劉大山）

深明文質源流，故於兩家之論，折衷平允，真如身在堂上，辨堂下人曲直也。（張巖舉）

得眉山神髓，不僅在氣局之間。在制義，靈皋固已自辟一境。（戴田有）〔三一一〕

質直而好　三句

觀達者之心，而知其責己之詳也。蓋出於身者如此，而接於人又如彼，其自治不已詳乎？且達也者，理之可通者也，而必先求其理之可信，至於求信，而內自身心性情，以及周旋倫類，諸所爲不可自信之形，常循生迭起，而兢兢焉中自刻苦以求免於過，而不可必得矣，而奚暇外慕乎？（鋭入題堅。）故吾觀達者之行，而知其初無達之見在其意中也，使有意於達，則必以英華爲附物之資，以曲折爲便人之術，而不知務於華者必絶其根，惟質可久也；　詭於外者必傷其中，惟直〔三一二〕可安也。（近裏着己。）以天性自遂，不諧於俗，而心亦有以自居；　以無妄與人，縱無可歡，而情不至於獲戾，資之近者可治，而習之離者可復也。（天趣四溢。）如是則内行立，而可以宜於世矣。　雖然，難言也。凡人見他人所行之義，而莫不暢然，似好之者多也，乃試諸其身而不必爾，則好之之難也。　蓋非盡屈其私，無以軌於正義，故必得於天者獨異，而後欲罷而不能；　非心知其意，不能服以終身，故必喻於學者既深，而後更端而不倦。　彼質直者既端其本，則所動不遠于〔三一三〕中，而自謂無他，或遇事直行其意，今有近義之資，而復有好義之實如此，庶幾不疑於所行乎？　雖然，義非一人之私義，而天下之公義也。（鑿開奥府。）人無論賢愚，其心知皆爲理義所不遺，故以之鑒物則必悉；　己之有真妄，其形著而動於人者爲難掩，故用以自鏡則甚清。（使人忘其爲對偶之文。）然而人非與我相愛之深，未有直攻吾過者也，其微發於言與色之間者，非察而觀焉，斯交臂而失之矣。　況我有使物可畏之氣，則人又有深匿其情者也？慮非下之而使不吾忌，則言與色之間，吾亦無從而得之矣。此皆達者好義而不敢自信之心，所迫而出之以全其質直之性者也。

精語層出，不用鉤連，而氣脉凝結爲一，其源蓋出於《荀子》。（韓慕廬先生）

每句作數層洗發，義極繁重，而舉之甚輕，由其氣盛也。（兄百川）

其體格如李營丘畫樹，無一寸直枝直幹，而干霄拔地之勢益奇。（吴東巖）

藏短比於各段之中，只如散行，在今日惟靈皋獨步。然此外貌也，世人不旋踵而學之，亦可得其形似，若其道理精研，字字刺骨，人人未經道語，道來皆在意中，人人琢煉不出語，出之又似無意，此方子之所以獨絶也。（李岱雲）〔三一四〕

層層剥换，段段聯貫，精言妙義，疊出不窮，在荆川集中，亦爲有數文字。（戴田有）〔三一五〕

善人爲邦　全章

聖人思善人之治，而嘆古語之可信也。蓋勝殘去殺，善人猶俟之百年，而謂易致乎？古語誠信而有徵矣。且德教積而民氣厚，刑法積而民氣衰，刑法之積既深，則非德教之積，亦不足以易之。（蒼秀疊積。）今天下之網蓋密矣，而民之作奸者亦衆矣，始也以多殘而極之以殺，繼也以亟殺而益生其殘，不獨上之致罰有詞，即民之即刑亦無説也，而不知殘之可以勝，殺之可以去也，獨不得善人以爲邦耳。雖然，難言矣。狹隘酷烈，盡去夫先王所以致民之具，使嚚然大喪其樂生之心，而甘於自賊，則其氣之傷者，不可以驟復，而性之激者，亦不可以驟平。優柔馴擾，一反乎末世所以防民之術，使油然自悟夫名教之樂。而君子自爲，則其事非一時所能效，而不得不迂其程；其功非一人所能收，而不可不善其後。人亦有言，善人爲邦百年，亦可勝殘去殺矣，此蓋望治之深，哀亂之迫，而不覺其言之悲也。（直從宣尼心腑流出。）蓋殘之生也，幾何世矣？殺之積也，幾何世矣？哀惡之氣〔三一六〕之入而爲主者，反覺源遠而流長，則雖休養數十年，教訓數十年，計其漸民，猶不若曩者之久，雖或僅以勝之，而猶幾幾乎未可必也，而天之生善人也鮮矣，善人而得爲邦者抑又鮮矣。肌膚之痛之迫而無告者，求緩須臾而不得，而欲上歷其祖宗，下觀〔三一七〕其孫子，更〔三一八〕相表裏，如出一人之心，而無有異而敗之者，此又必不得之數也。貪殘之肆於民上者，百年世濟其凶，而猶若未厭；仁賢之足以庇民者，一日安於其位，而有所甚難。不獨人謀之不臧，天心亦何其痛而不德也。由前而觀，恨不得生其時，而相與沐浴詠歌於其間〔三一九〕；由後而觀，其事既不可期，而又不能留吾身以有待。日〔三二〇〕觀民之居此世者，亦安能忍而與此終古也？誠哉！是言也。安得聖王有作，大治濯俗，而風動時雍，使群生指顧而見太平之日也哉？

從聖人立言時，心目中體貼摹寫，末句不待梳櫛，而意常躍然〔三二一〕言外。（韓慕廬先生）

獨有生氣，淋漓蟠鬱，所以永不澌滅者，恃此耳。（丘〔三二二〕邇求）

都在末句着意，絶不呆疏，上二句理解最得。（李子固）

上觀千古，下觀千古，悲涼憑吊，神致如生。時下秀才肺腑，安能作此種文字？（戴田有）〔三二三〕

如有王者　一節

觀天下之不易仁，而愈思王者矣。蓋有王者而必世然後仁，則人心之變深矣，此夫子所以言之而滋蹙歟？且世變愈甚而成功愈〔三二四〕易，此言夫撥亂反正、致治平者之大略也。若夫人心幽隱之地，欲爲導迎善氣以復其初，則必視其陷溺之淺深以爲遲速，雖聖人亦有無可如何者矣。（至理。）今天下之不仁極矣，上之人淫昏悖亂以從其欲，而篡弑之迹，襲焉以爲故常；下之人辛苦仳離以棄其情，而倫紀之間，泛然一無可恃。此非一二賢人君子，補苴〔三二五〕於一時一國之間，所能盡其根源，而絶其流蔓者也。如有王者，體弘〔三二六〕而用博，氣盛而化神，庶幾計日而見至仁之象乎？雖然，難言也。王者之仁天下有其道，而道固不可以驟成也。狹隘酷烈之餘，先王所以致民之具，掃地盡矣，不經其兵戎衣食，以漸養其孝弟之源，而遽及於興禮和樂，浹於肌骨之事，爲之者且自覺其不情，而況計其成效也歟？王者之仁天下以其德，而德亦不可以驟感也。政散民流之後，生人所爲邪薄之氣，植根固矣，非使之蕩滌蘇息，以漸復其清明之體，則所爲道德仁義，幾若其性所本無，而駭然不知爲何物，況欲其俄而遍德也歟？（閎中肆外。）蓋言及於仁，則非徒一時之興感，而欲其久安焉，而欲其實有焉。故必漸推漸滿，使物受之而不能知，而無迫要之術。苟非王者，而欲天下之同風，固將當年莫竟焉，而屢世莫窮焉，惟至聖至神，炊累萬物而無其迹，故猶有可程之期，必世而後仁，蓋斷如也。嗟乎！古之帝者，時雍而遍天下者無論矣，在周之興，我先王受命惟中身，而化行俗美者且數十年，仁天下何若斯之易歟？由今以思，非其善之逮下者神，猶其惡之漸民未久也，由今之俗，繼今之治，豈能然哉？必世以爲期，雖王者而猶若斯之難，亦惟王者而後若斯之易也。（頓挫跌宕處，純是古文骨法。）夫王者不可期，有王者而必世之仁亦不可待，然則及吾身固不及見人民風俗之美也矣。

玩「如有」語氣，似非通論，自古王者解題獨得，而行文牢刺堅鋭，亦能自暢其説。（劉言潔）〔三二七〕

「如有」二字中發出絶大道理，雖余亦且退避三舍。（戴田有）〔三二八〕

定公問一　全章

決興喪於一言，於君心驗之也。蓋知其難，則其興也勃焉；而逞其樂，則其亡也忽焉。豈謂一言而不足以決哉？且天生民而立之君，蓋以至難之事付之，而不知者則以爲至樂之地而吾居之也。（妙語愜心。）夫古之聖王，違己之情以從民之欲，所以難也；後之驕君，執人之口而不欲違己之言，所以樂也。興亡之機在是矣。夫天下未有一言而可以興邦者，而亦有之，爲君難爲臣不易之説是也。（實發精警。）耳目口體之所安者，匹夫由之而泰然無患也，君人者少寄意焉，而遂以成禍亂之階；喜怒哀樂之所發者，常人過焉而害止及身也，君人者少自任焉，而遂以棄天地之性。古先王克謹天戒，畏於民巖，而欲其臣之交修而罔棄者，此物此志也。爲君者知此，而邦之興也勃矣，然爲君者知此，而無樂乎爲君矣，何者？人之所樂乎爲君者，惟其言而莫予違也。（落得敏妙。）嗟乎！安得此亡國之言哉？蓋人之言，未有不自以爲善者，有違之者，而後知其不善耳。言之不善必有能違者，而後可返，即言之皆善，亦必素有能違者而後可信。且君之於臣，欲其〔三二九〕違予言實難，欲其莫予違亦易易耳。左右便辟，莫不私君，百官族姓，莫不畏君，誰敢違者？此亡國敗家之所以相屬也。夫人君之惡違其言者，非惡違其言惡違其欲也，耳目口體之所安者，不違而君志荒；喜怒哀樂之所發者，不違而民生瘁矣。而爲君者，非是不樂也。未有以君爲樂而不亡，未有以君爲難而不興者，此爲君者所當知，而責難於君者之要術也。（掉轉前文，首尾一片。）

滅盡筆墨痕迹，而行文更古健絕倫。（汪武曹）

變換處甚佳，言亦有物，雖簡而不覺其蹙也。（龔孝水）

峻若連雲，快如削玉。（張聲百）〔三三〇〕

不事鈎棘，簡老堅實，直奪嘉、隆諸公之席。（鮑季昭）

其體高潔，其氣流轉，其機法自然靈變。（戴田有〔三二一〕）

此文峻削處，殆得《國策》神致。（吴思立）

不得中行　一節

聖人難所與，而深有意於狂狷之爲人焉。蓋能進取而有所不爲，則進可爲中行，而退亦有以自處，舍斯人而誰與哉？子若曰：道之有中也，所以盡萬物之理而不過也。雖有過人之才，不可拔之守，而猶未能即合焉，豈可與世之齗齗者言之乎？（清峻絶俗。）蓋自先王之道化既失，而雖有秀良，亦不能詳密優柔，治其身心内外以歸於道；而學者之自治甚疏，大端不失，遂任其有所出入離合，而不能損益變化以規其成。（絶大源委，又確是言外實理，言中隱神。）此中行之所以不可得也。雖然，不得中行而與之，而終豈可以無所與哉？（次句發出如許精義，時人亦不解如此着想。）與之則必其可至於中行者也，故夫形迹之際非所求也，必其中真有與之相似者，而後有砥礪磨礲之地與之；又非能必至於中行者也，故夫成德之期，不必言也，即終無所變，而故有可以相恃者，而後無流從墮壞之憂。自吾思之，必也狂狷乎？狂固行之過於中者也，然所取甚高，而意中若不可一世，使能自抑其矜心，而相扳〔三三二〕於大道，可以動而處其中矣。即不然，亦不失其爲狂，而不至如衆人之墮且棄也，以其能進取也。狷固行之不及於中者也，然中自刻厲，以卓然於污俗之中，使能擴其所不足，而增其所未高，可以方而造於中矣。即不然，亦不失其爲狷，而不至如衆人之流且放也，以其有所不爲也。（兩層隱承中二比，血脉流通。）吾嘗得之夙昔從遊之士焉，爲狂爲簡，真吾徒也，嘐嘐者其志，踽踽者其行，吾所以顧而樂之，而又復不釋於中者，以吾之所望不止此耳；又嘗遇之邂逅風塵之際矣，接輿荷蓧，亦其侶也，其志孤以遠，其行潔而芳，吾所以曲意從之，而不忍與之遽絶者，以其人正復不可多得耳。（確注。）嗟乎！世之以狂狷爲譏者，徒謂其行之不軌於中耳，然趨異而塗實同，地懸而類則近，當吾世而無中行者出也，當吾世而有中行者出焉，必自於此，不自於尋常之徒也。夫不與其人則孤，與之而非其人則亂，吾豈可以不慎耶？

深得韓、柳集中一種清削之氣，非淺學所能乍尋而得其味也〔三三三〕。（韓慕廬先生）

簡秀韶潤中蒼然有骨。（汪牧亭）

自行自止，古氣盤旋，真天生異才也。（戴田有）〔三三四〕

古之學者 二句

觀學者之所爲，而不能無古今之異焉。蓋爲人則失己，非學之本指也，有志之士，其將何從哉？且天下事未有無所爲而爲之者也，無所爲而爲之者，其學乎？非謂其無所爲也，謂其皇皇以求而不已者，夫皆所以自爲之事，而與人無與也。雖然，此亦第古之人則然耳，觀於今而感慨係之矣，何者？學之事，古人與今人同焉者也，而學之心，今人與古人異焉者也。博涉乎《詩》、《書》之途，而一事不知則耻之，耻之誠是也，而或耻其心思之有所窒，或耻其論辨之無所資；生當聖賢之後，而早夜孜孜以效之，效之誠善也，乃或效之以爲彼能是而我乃不能是，或效之以爲彼既然而我安得不然。蓋學一也，而爲己爲人則異焉。謂古人之智處其優，而智亦非今人所少也，知其切於己而求通焉，其用心必至將求勝於人而挾是以張之，其用心亦有無所不至者矣。（掐擢腎胃。〔三三五〕）以今人工於爲人之術，而專其心以極理道之精，雖古人無以加，而如其用心之異何也？謂古人之業精於勤，而勤亦非今人所難也，有所缺於己而求復焉，則其力自生有所冀於人而假是以要之，其力亦不覺其何以倍矣。以今人迫於爲人之情，振其力以入聖賢之路，雖古人不難至，而如其置力之非何也？（先儒講學精器。）獨言而恐人聞，獨行而恐人見，古人曰： 此中之甘苦得失，已自受之耳。 而今人曰： 人之不聞，而吾何樂乎有是言？人之不見，而我何樂乎有是行乎？無求於人，學且無味，其精神有不能作而致者矣。 己苟能是而必張之，己不能是而將飾之。 今人曰： 凡人之耳目見聞，皆可術取耳。 而古人曰： 己則能是，人曰不能而何傷乎？己則不能，人曰能之而可信乎？（從作者胸中流出。〔三三六〕）無得於己，所學何事，其寤寐有不能暫而安者矣。（如見其肺肝然。）使爲人者而生於古，必衆疾其誣； 使爲己者而生於今，必群怪其拙。 寧爲今人所怪，無爲古人所疾也。 必盡今之學者而反於古，乃可以清其源； 得一古之學者而立於今，亦可以遏其流。 今縱不能清其源，豈可導其流使轉盛也？夫古今異變，係人之感慨者多矣，不謂學之中而亦有是也，吾獨奈今之學者何哉！

或總領，或對舉，或側串，或互説，變換反覆，總是將爲己爲人心術，處處相形而出，真所謂「力争於毫釐之間，而深明乎疑似之介」也。（汪武曹）

由其本領高，故能發揮親切，此當入程、朱講學之書，時文中未之有也。（戴田有〔三三七〕）

作者七人矣（其一）

觀作者之衆，而世益無人矣。蓋聖人常欲得人以共輔斯世，而作者如是之衆，能無以慨於心哉？若曰：以吾之心，固謂天下無不可爲之時，而賢人君子之身，終無可以自釋之日也。（遐瞻遠矚。）乃治亂之數，莫不有氣機之動，而見於人心之所不言而同然者，以予觀於天下，而作者蓋七人矣。枯槁沉溺之士，甘心自絶而不悔者，吾固常責其無情焉，若諸君子至於今而乃作，則未至是而猶不忍恝也。智盡能索而無可奈何，則吾不暇相責而悲之矣。（苦調商聲。）寬閑寂寞之濱，抱器深藏而不市者，吾猶將望其復出焉，若諸君子困於世而後作，則非無所試而猶欲有爲者也。物情時事而無不具知，則終不能驅之使就故地矣。夫人之負其能而欲有所施於世者，其心固較之有國與民者而更切也，使雖無所遇於時，而猶可以得於後，則將遲回以有待焉，而安能忍於自棄耶？（刻露清秀。）使一二人而然，吾猶慮其觀變之未深，而何以投袂而起者相接也？豈真天下無邦，而終無〔三三八〕復望諸君子所見有略同者耶？凡人之生亂世而猶不遽隱其身者，其人亦非少不得意而不能堪者也，使雖不得行其志，而猶可以容其身，則將隱忍以俟時焉，而何以如不終日耶？使一二人而然〔三三九〕，吾猶慮其意氣之過激，而今則擇地而蹈者相聞也，豈非側身無所而不可久留，諸君子遭逢有一轍者耶？宇宙之功緒，恃乎人材，斯世斯民，非一人之身所能任也。（深清如訴。）諸君子不能稍留以相待，則丘雖幸獲所願，而亦悲於助理之無人，況吾道之通塞，關乎氣類，天時人事，又凡有志者之所同也。世不能與諸君子一日而相安，則丘雖獨任其難，恐亦終於徒勞而罔濟。吾故觀諸君子之所爲，而深以自懼也。

抑揚哀怨，使讀者心怦怦然，真有得於《離騷》、太史之幽潔者也。（韓慕盧先生）

洞壑幽異，使人心目一開。（魏東之）

借他人之酒杯，澆自己之塊壘，俯仰情深，欲歌欲泣。（戴田有）〔三四〇〕

神氣融散，誦之如登山臨下，幽然深遠。（曰倫謹識）〔三四一〕

先生集中，此等文凡十數篇，讀者當澄心體會，臨文〔三四二〕感發平時醞釀處，徒謂句讀音節不類於時，則失之遠矣。（兆符謹識）

子曰作者七人矣（其二）

聖人憂世之心，於作者而一動焉。夫人之作而可以計數者，乃斯世不可多得之人也，而能無心動哉？且天之生人衆矣，而異於衆人之爲人者，舉世數人而已。然其厄之也，如恐不克，而所以處之者，未嘗不同，既生之而復棄之，使其人亦悟天心之相棄也，而群自棄焉，豈可以爲天下之細故耶？（**獨有千載。**）自吾周流以來，幾遍天下，凡材有可倚而志不自私者，其屈伸顯晦，無日不往來余懷也，乃今計之，而作者七人矣。以生人之日尋於禍變而無所歸也，有欲號呼以從、顛蹶以赴者，而身其憂者蓋漠然也。道足以濟之而無所施，身可以徇之而無所補，於是乎忍而斷焉，以爲責之無所與而已矣。以時事之日就於亂污而無所底也，真有目不欲視、耳不欲聞者，而生其世者皆恬然也。欲易其轍而力無可置，日與之居而心又不能堪，於是乎潔而逃焉，第求身之無所見而已矣。（**二比寫盡作者心事。**）道之敝也，舉世不謀而同俗，奸欺苟簡，以爲中庸而愛之，有賢者出焉，舉事而皆以爲不便，發言而皆以爲不祥，於以執其手足，爊然不能終日，而潔身高蹈以自完者，遂不約而同趨矣。（**五岳起方寸。**）亂之成也，彼蒼異事而同心，仁義中正，必有物焉以敗之，一賢者立焉，其上皆將執狐疑之心，其下皆能奮讒慝之口，使之觀其氣象，凛乎不可久留，而感〔三四三〕時撫事以思避者，亦異人而同轍矣。（芭〔三四四〕含全史，又恰是此題理實。）以是知士有所立之艱難也。與余並世而生，慨然有爲，而終竟甘於廢棄者，已比比若是焉，則犬〔三四五〕上下今古，摧傷蔽抑以枉其材者，又可勝道耶？（純是歐陽子神致。）以是知世之棄人足憫嘆也。以余聞見所及，中道自引，而聲迹有可窺尋者，已纍纍相望焉，則夫山林巖穴、枯槁沉溺而無所試〔三四六〕者，當復幾何耶？謂諸君子之作爲是乎？而滔滔者何所止，攘攘者何所依也？謂諸君子之作爲非乎？而余之栖栖竟何所就耶？安得聖王有作，使諸君子洋洋然動其心，而成其初志哉？

此等文必具古人心胸，乃能爲之，非乞靈於《左》、《史》、《莊》、《騷》諸書，而能得其形似者也。（劉言潔）

較前篇用意尤深，蒼凉悲婉，千年絶調。（錢亮工〔三四七〕）

蕭條高寄，使人三數誦之，心神悽斷。（吴七雲）

二作刻畫七人處，俱有實理，見其用意不苟。（兄百川）

太行聳巍峨，是天產不平；　黄河奔濁流，是天生不清。　讀此文可以怨矣。（戴田有）〔三四八〕

子擊磬於　全章（借刻《立誠集》〔三四九〕）

以果爲難者，終未知聖人之心也。　蓋可已而不忍已不敢已，夫子所爲有極難者，而荷蕢乃以果爲難乎？且石隱之流，其所見未有不鄙者也，謂人不能已而我已焉，此獨可以傲夫利人之知，以濟其身之欲者，而持是以驕聖人，則豈知聖人之難哉？（高着眼孔。〔三五〇〕）適自形其鄙而已。　昔吾子之擊磬於衛，吾子蓋無心也，而不謂其心之若或傳之也，而不謂荷蕢之聞而識之也，曰：　有心哉，擊磬乎！　夫荷蕢非鄙人也，過其門未入其室，而聞其聲如見其人，豈非見微而知清濁者歟？荷蕢非鄙人也，乃既而觀其後言，而荷蕢依然一鄙人也，蓋觀其所以鄙夫子者而知之矣。（敘次處全用古文法。〔三五一〕）世莫己知，而終不自已，子豈真不知淺深之義，而待荷蕢者，賦詩以相諷哉？（神行。）深而深之，淺而淺之，而終無能濟之期，欲厲不可，欲揭不可，而又無可以不濟之道，此聖人之難也。（道得「難」字出，是聖人身分〔三五二〕。）故一聞斯言而不禁喟然曰：　夫夫也，若以予爲難於己者，夫不已者難耳，豈已者難乎哉？（淡語入妙。）列國之蹤而將遍矣，凡吾所與周旋者，皆所謂不知己之人也。（反復迴環，當日聲情如聞如對。[三五三]）我本多方以相爲，而彼反若漠然而無情，理亦可以相絶矣，乃絶之而斯人復何賴乎？已實無求於世，而乃屈心抑志以至於今，此中蓋有甚不得已者矣。若果於遺世，而盡謝不知己之人，以與其徒相樂，此人情所大快也，而何難哉？齟齬之迹亦多端矣，凡吾日爲圖望者，固[三五四]明知其爲不可爲之事也，我非不欲自竭其心，而天偏不能少假之遇，情亦可以自謝矣，然謝之而吾志竟長負乎？時事已了[三五五]可知，而乃低徊輾轉以冀其一當，此際蓋有無可如何者矣。（此所爲[三五六]不敢已也。）若果於自棄，而盡釋吾所不能爲之事，而脱然無累於身，此私計所甚便也，而又何難哉？彼荷蕢者惡知子也，夫世之莫己知而不已，亦誠有可鄙者矣。然使其不已爲可鄙，而尚得爲有心人哉？（深妙。）且以能已爲無求於人，則將以人知爲有利於己乎？（發明小講意[三五七]。）鄙哉！硜硜乎，荷蕢當之矣。（結明。）

獨弦哀歌，感心動耳。（韓慕廬先生）

其氣格在介甫、子由之間，以面貌求之，即不可得。（劉大山）

清微淡遠，心境空明。（韓祖昭）

虛夷潔素，如平湖四[三五八]望，惟横白烟。（李法護[三五九]）

一面寫聖人，一面寫荷蕢，兩邊皆極刻露，魯叟、賓王諸公有此機法，無此深曲也。（戴田有）[三六〇]

群居終日　一節

聖人難群居者，以其果於自棄也。夫終日群居，而所言所好如此，則其自棄也決矣，安知其所終哉？且生民莫不各有其職業，而儒者獨聚其儔類，託之空言，終日蕭然而若無所事者。（長趨闊步。）然其爲功甚大，而用力亦倍勤，蓋誠慮夫大義之斁，而禍於生民者不細也。乃士至今日而重爲天下所詬病，亦無怪其然矣，蓋有群居終日，而言不及義者焉。業固精於各治者也，無故而處一堂，其神志已涣矣，而復外於名教以爲樂，是以同惡而相滋也；時不可以再得者也，優游而多暇日，其出人不遠矣，而復漫爲鄙倍以相娱，是不獨日力之坐耗也。（深於學問，乃見得此意。）若是者彼豈好爲不義哉？夫固自以爲慧也。蓋天下惟義之所在，其言亦平近質直，而無非常可喜之情，不及於義，而旁涉乎物理之無稽，既汪洋可以適己； 近取乎人情之最鄙，亦曲折可以動人，是固大智者之所羞，而小慧者之所易好也。（至理。）其言爲理道所不載，而一從一横，機之所觸，亦若有意趣之可尋； 其趣爲他人所不知，而此倡彼和，論者莫當，亦自有聰明之獨擅。（六朝人清言。）由是而〔三六一〕風流之譽，争相引致，不覺黨徒之日盛。 法度之士，偶出其門，轉覺面目之不情。 斯人也，其於吾人道德之廣崇，古今禮樂之懿美，非不知也，乃知之而以爲不屑，故誘〔三六二〕進之術窮，其風聲爲自修者之所避，其志行爲有道者之所傷，恬不怪也。 而其徒足以相歡，故懲創之途絶，以之爲己，則狂易而溺心； 以之爲人，則滑稽而亂俗。 天下有道，而程實論功，爲英君察相所必棄； 天下無道，而放言階亂，爲父兄子弟所深憂。 既無道以轉之，又無地以置之，其不亦難矣哉？要之，凡物之情，逸居而無事，則心蕩而氣昏。 故先王慮四民之失職，而皆有以處之黨塾庠序之間。（作家收束。）蓋終日群萃，以專攻其術業，而非使之漫然以居也。 終日群居，而所言所好，有不入於非義者哉？有國者之所以正其士民，有家者之所以閑其子弟，一而已，而奈何其不之察也！

思致雋刻，氣格寬博，所謂曲而有直體。（韓慕廬先生）

循節按部，變化自成。（丘〔三六三〕止所）

直抒胸臆，寫其所見，爲若輩哀矜惻怛而言之，此有關名教之文，至其文之古氣洋溢，此自靈皋之所擅場也。（戴田有〔三六四〕）

子貢問曰　於人

審於恕之一言，而行無不可矣。蓋人〔三六五〕之終身行而皆其不可以行者，人己之見隔而施不恕也，知此則一言亦足矣。且人之無不同者心也，心之無不同者理也。故可以行於一日者，即可以行於終身；可以行於一人者，即可以行於人人。學者誠能自見其心，以驗其理之不言而同然者，則所操者約，而所及者廣矣。昔子貢之在聖門也，求夫子於學識，蓋嘗博而要之繁賾之途，而穎悟之資，亦將有所窮而欲返；見夫子之文章，蓋嘗返而求之身心之際，而性道之旨，亦時有所觸而欲通。故一旦問於夫子曰：「有一言而可以終身行之者乎？」蓋以無所持循而漫於所行者求之，雖理有偶中，究之於吾心無主，而難恃以安，觀其會通。而第於所以行者求之，則歷之終身，要不過因事異施，而其原不二，斯言也，可謂切於問矣。（與「恕」字針鋒相對。）故夫子告之曰：天下之理，隨物而寓者也。生人之美行多矣，即奮取焉而不能無失〔三六六〕也，終身行而取必於一言，則必觀於萬物之源，而得其所謂體事而無不在者焉。君子之學，隨時而遷者也。斯道之層級多矣，日進焉而豈能無變也？守一言而行以終身，則必返之吾心之内，而求其所謂徹上下而不遺〔三六七〕者焉。（「恕」字實義，「其」字虛神，一一寫出。）若是者其惟恕乎？恕者，通人己之情而順其施者也。終身皆人與己相對之境，終身所行，不過施與〔三六八〕受相構之情，知其所不可行者，而可行之則見矣。身各自私，而各以所不欲者相勝，則終身不可行，而一日亦不可行；身各自知，而各以所不欲者相體，則一日可行，而終身亦可行。此下學強恕而行之事也。而中心安仁者，亦不過行之益熟，而進於自然耳。雖終身由之，豈能盡乎？賜也，其奉此一言以終可矣！（精潔似陶石簣、張小溪〔三六九〕諸公，氣韵古宕過之。）於此見子貢之能切問，而夫子則引之以近思。此一貫可啓之機，而性與天道得聞之由也。

規圓矩方，文家之極則。（龔孝水）

廉而不劌，温潤而澤，古人之性情形體具是矣。（徐觀卿）

金壇王雲劬曾語余：「君文不患不高，不患不深，而患不細。吾所以勝君，獨此耳。」壬午秋，偶作此並《薄〔三七〇〕博淵泉》二節文。握筆〔三七一〕時，頗體認雲劬所以教我者，不識雲劬見之，以爲合否也？（自記）

此題發「恕」字及下二句，離却「終身行」，便是泛語，此先輩一定成法。至於措意遣言，深微栗密，竊恐先輩逮此者亦鮮也。（鑑謹識）〔三七二〕

斯民也三　一節（其一）

聖人念三代之道，而明民之不可枉焉。蓋世降則道變，而非民性之有變也，豈可以不直行之哉？且風俗之衰，而是非之失其實也。其小人作意以行私，既曰舉世皆由〔三七三〕此道；其君子憂時而悼俗，亦曰古道不宜於今。嗟乎！已則不直，而謂斯民之過乎？（發盡此題蒙翳〔三七四〕。）吾之不敢漫有毀譽者，蓋以言出於身而加於民，其直也必有受之者，其不直也必有受之者。以斯民之昏然貿然而無所知也，亦誠覺其可鄙，乃吾深思之，而有不敢〔三七五〕相鄙者焉；以斯民之誣上行私而不可止也，亦誠覺其可薄，乃吾憫念之，而有不忍相薄者焉。夫自三代以還，天下囂囂而以不直病斯民者衆矣。以三代盛時之民，較今之民，而以爲如是其不直，不獨責之者非過，即令斯民反而自思，而亦懣然心服也； 以今之民，比之三代盛時之民，而以爲與之同其直，不獨聞之者不信，即令斯民反而自問，而亦赧然不信也。（使人心惻。）而不知斯民也，三代之所以直道而行也，今也所以行之者，非三代之道，而斯民非有異於三代之民。 彼夫禹、湯、文、武之君，以公無私之道，謹持於禮樂政教之間，世易代更，而如出一人之手； 故夏后、殷、周之民，亦以公無私之道，漸涵於耳目見聞之際，不知不識，而順其帝則之常。使斯民而幸生數十〔三七六〕百年之前，親被其風而沐浴之，上無違道，而下無拂志，其樂可知也。 今也是非汶〔三七七〕而刑賞乖，徒使斯民屈折於其中，而不可奈何，而反厚誣焉，若斯民之甚無良，而不可復以直行者，不亦悖乎？使丘而有一旦可爲之勢，掃除其迹而更張之，滌其澆風，而登之古處，依然可再也。 今也俗流失而世壞敗，坐視斯民陷溺於其中，而莫之能振，而反自欺焉，若不直之行爲，無若斯民何者，復何忍乎？夫三代以遠〔三七八〕，斯民被此不直之名，幾無以自解矣，亦嘗咎其所以行之者乎？大道之興，丘有志焉而未逮也，雖復無毀無譽，自愼其身，以求無負於斯民，而其負於斯民也亦甚矣。（清音哀厲。）

題義舊來爲俗解所蔽，得此如雲霧中忽見青天白日，快甚。（韓慕廬先生）

陳意抒旨，藹[三七九]然有當於人心。（江方山）

此題向來絶少佳文，得靈皋作而題之真面目出矣。（戴田有）[三八〇]

斯民也三　一節（其二）

聖人明人性之本直，而深慕夫古之所以行之者焉，蓋直[三八一]不直行之者爲之，而非民爲之也。不然，而古之民豈有異性哉？且三代之興，道不變而民亦不變，而人亦有言，今已異於古所云。夫今之異於古所云者，信亦有之，而非斯民[三八二]之故也。（淡蕩。）吾之不敢漫有毁譽者，何哉？蓋以是非者直也，而毁譽者非直也。毁譽之加，必有所爲受，而君子於不直之施於一人，亦怵然而念天所以生民之意；毁譽之發，亦出於偶然，而君子於不直之見於一事，即凛然而念民所以變道之由。今之議論者皆曰：吾不及三代之盛，雖欲直道而行，如斯民何？若斯民之不可以直行，而不直之行，爲不得已於斯民而姑試焉者。嗟乎，何其枉斯民之甚哉！夫三代盛時，其君爲禹、湯、文、武之君，故其道爲夏后、殷、周之道；其道爲夏后、殷、周之道，故其民亦爲夏后、殷、周之民。（言語妙天下。）極目滔滔之天下，而遥憶夫國不異政、家無[三八三]殊俗之時，幾不識其爲何狀矣，乃即此蚩蚩之民，其孫子之相承，祖禰之相屬者，沿而溯之數十〔三八四〕百年之前，而即望之爲古者也，而豈有異民哉？追原上世之民情，而下觀於愛惡相攻、愚知相欺之世，以爲幾無復人道矣，而不知古先哲王所爲愛之而不忍欺，敬之而不敢忽者，謹而持之數千百年之久，而不料其至於斯也，而道可終變哉？（醇意纏綿。）且夫直道之利於斯民，易知也，不直之道之不利於斯民，又易知也。今也賞不必有功，而罰不必有過，自以不直行之，而民亦忍而受之矣，豈一旦盡反其道以大便其情，而反慮斯民之不能受乎？（有聲有淚。）抑三代之直，有行之者，而與斯民無與也；今之不直，亦有行之者，而與斯民無與也。夫既不能建會歸之極，與道化之原，致斯民於三代，而使之與有榮焉矣。乃陰病之以不直之實，復顯誣之以不直之名，而謂斯民能受之乎？嗟乎！三代之衰，民之屈而不能以自明者，蓋亦不可勝數矣。（至言。）直道之行，徒付之慨想，而僅斤斤焉自持於毁與譽之間，此吾所以每顧斯民而心惻者也。

題義難真，題神更難肖，此獨於聖人意中體會摹寫，故能文外獨絶。（韓慕廬先生）

古在神理，不在膚色〔三八五〕。（徐文虎）

文情清泚〔三八六〕，如幽澗寒泉，净人襟抱。（戴田有〔三八七〕）

民之於仁　二句

聖人切言仁，而使人自省焉。蓋水火雖切，而以仁觀之則外物也，非夫子正言之，民蓋相與萬世而不悟矣。且民之失其性久矣，所以養身者，一日不具而燋然無以樂其生，而所以爲人者，梏亡終身，而殊覺於己無患也。（**發〔三八八〕人深省。**）嗟乎！亦嘗思民之於仁何如者乎？原其始，則一物無有，而仁獨與之俱來；要其終，則衆物皆逝而仁不與之俱盡。故民非水火不生活，而以仁方之，殆有甚焉。使人之一身不得仁以相貫通，則君臣父子若泛值，而民之器爲虚矣。以至耳目百骸，皆昏然妄行而無所守，雖水飲火食，以寓形於宇宙，而其道無以自別於群生。又使古之聖人不本仁以爲經緯，則親愛生養之道息，而民之類滅久矣。（**此義似粗而實精，非小儒所見及。**）夫且胥戕胥虐，日尋於禍變而無由弭，雖天作地成，備所養於五材，而一日不能自安其食息，况民之於水火也？雖待用之甚迫，而過時可以無需也。若夫仁則須臾而離之，即此日之心已亡，而所事之理必悖。民之於水火也，苟遭變而或窮，即異物可以暫濟也。若夫仁苟矯飾以託之，即五常之原已塞，而百行之善皆非。是以高賢傑士，不忍虧所性之真，雖水火可以必赴；即庚夫忍人，苟其抱傷心之痛，亦食飲有所不甘。觀於仁者，而後知衆人之昏迷而罔覺也；觀其暫發，而後知平時之冥頑而不靈也。有仁而無水火，則身雖困而道亨；有水火而無仁，則形不離而生亡。獨奈何其弗察哉！

先儒論體認與揣摩之别，謂體認者親見之又細認之，揣摩者未見而想像之。若此等文，則力行有得，言言中道，又不止虚見而已也。（劉素川）

先生邇年不作時文，然偶有所爲，必本人情、盡物理，解先聖之積結，祛學者之惑累，明白洞達，人皆可曉，蓋前集中所未嘗有也。如此文，再三誦之，使人中心怛然，哀懼並集，豈近代文人所能望其形似耶？（曰倫謹識）

天下有道　一節（其一）

聖人論當世之勢，而知其變有所歸也。蓋天下之統歸於一，而後可以百世，窮於下則反上，其幾不有先見者乎？且天下之勢，分必合，合必分，而其將大合而不復分也。其分之變，必先窮而無所入，而今之天下，蓋有其徵矣。夫天下之勢之所由分合者，禮樂征伐所自出者是也。我周之歷年雖多，然其間操柄出於一，而合天下諸侯大夫陪隸，各效其績以歸命天子者，不過成、康之世終始數十年之間而已。故天下至今以爲有道，而嘆其盛之不再見也。（歐陽公神韵。）穆、昭而下，宣、平以上，上之人雖不能盡謹其操柄，而賴先王之靈，尚無有起而亂之者，其後天下之勢屢變，而禮樂征伐之權屢移，諸侯竊之，大夫奸之，而陪臣又從而伺之，嘻其甚矣！無道之禍，遂至此夫！蓋天下之器，苟其人所固有而自執之，則衆相與安焉；一旦執之者非其人，則欲從而攫之者環相視也。（波濤蹙〔三八九〕起。）而得之道愈逆，執之人愈微，其失之之時亦愈速，故夫十世五世三世之間，吾有以知其交相敝也。（深識。）夫封建之設久矣，邃古之初，吾不得而知，而自唐、虞以及夏、商，天下之勢未嘗不分，而吾未見其分之禍，遂至此極也。彼其時，諸侯而爲禮樂征伐所自出者無聞也，而今且蔓於大夫，而萌於陪臣。物之過盛者，吾有以知其將殺也；勢之積偏者，吾有以知其將反也。大夫陪臣之變窮，必反於諸侯，諸侯之變窮，必反於天子，反於天子，而鑒於天下之洶洶，必爲一合而不可復分之計，而封建將自此而終。事勢之流，相激使然，曷足怪歟？

蓄縮變换，氣韵悠然。（韓慕廬先生）

如此文，氣格之古，雖求之有明古文之家不多見，而靈皋語余，深病其近時，然則靈皋之所謂古者何如哉！其視世之所謂古者何如哉！（劉月三）

於閑冷處著想，不驅駕氣勢以自雄，絶高絶雅。（季弘紓）〔三九〇〕

竟是一通古文，不辨其爲制藝，彼謂古文不可以入時文，强爲區畫界限，其爲妄庸，真不足一笑也。（戴田有）〔三九一〕

天下有道　一節（其二）

原道之有無，而知患不起於封建也。蓋觀諸侯大夫陪臣之紛紛，而以病封建者多矣，不知惟無道故至此，天下有道，而有不歸於一者乎？且天下之可以不移者勢也，而不能不易者道也，道不易而勢移焉，自古及今，吾蓋未之見也。今夫禮樂征伐，治天下之器也，而所以運之者道也。猶是禮樂也，出之以道，而後可以序人倫之統，達萬物之情；猶是征伐也，出之以道，而後可以消不軌之萌，昭文德之盛。故人知禮樂征伐自天子出，而後爲有道之天下也，而不知天下有道，則禮樂征伐自天子出也。夫今天下之勢岌岌矣，論者以爲天子之立國本弱，故諸侯得以承其怠而奪之權，諸侯而帝制自爲，故大夫亦得假其威而濟所欲，大夫而專行無忌，則陪臣亦將伺其釁而取所求，皆其勢之潛滋而不可遏者也，而不知天下之勢，始未嘗遽屬於諸侯也。禮樂征伐之不自天子出，非其器亡，道則亡也。（括盡周室中葉之事。）所以用禮樂者非其道，故數瀆而下不知其恩；所以用征伐者非其道，故威衄而力不可以繼。而禮樂征伐所以運動天下之器，又不可以久置而不用也。於是乎委靡放廢之餘，或有假於道以竊試者，而其後遂自出焉而不可返。夫所自出者既非其人，則所出者雖近於有道而愈無道，無道不可以常也。（《春秋》所以退桓文。）僭端見，則人皆有欲逞之心；理勢窮，則天亦有必返之數。十世五世三世之希不失也。蓋其道舛，則其勢愈危耳，於此而將何以反之？則惟道可以反之。何者？始惟無道，故下之人得乘其失而遞竊焉；今果有道，則上之人亦可因其失而漸收焉。（孔、孟志事。）斷之以義，計之以時，謀之以漸，則天下事未有不可爲者也。若不求道之不易，而患勢之或移，其事至於廢封建之典，奪卿大夫士之權而止矣。夫天下之勢，惟道可以持之耳，苟其無道，諸侯大夫陪臣之外，又無可以階亂者哉！（秦以後可見。）

議論高古，不但醇正。（韓慕廬先生）

高山大川，雄峙奔洶，而秀挺迴紆，不可盡藏，古文妙境。（戴田有〔三九二〕）因其失而漸收，便是聖賢救時濟變真實本領，觀孔子用魯可見。先生之文，不僅可作古文讀也。（師向謹識）

見善如不　全章

聖人述所聞，而慨所見之不逮焉。夫好善惡不善之誠，亦世之所謂難能而可貴者也，而求志達道者深遠矣，安得盡副其所聞耶？子若曰：世嘗謂古今人不相及，要非盡不相及也，第合並世之人材，而觀其量之所稱，相天下之事勢，而思其人之所宜，則不禁望古欷歔而不自克矣。夫今不異於古所云者，自好之士力持於善不善之間者是也。其得於天者，無衆人之昏蔽，而不覺至性之過人；其成於學者，望古人爲依歸，而遂以力行而不惑。如不及，如探湯，非吾實見其人，亦不知其言之善也。若而人者，其立志非不較然，而志之所守則狹矣；其信道非不甚篤，而道之所行亦隘矣。世變大而成功難，天下滔滔，豈一二三君子所能介介以持之者乎？（微妙難思。〔三九三〕）吾聞古之人有隱居者，非猶夫人之隱居者也，畏天命而憫人窮，有以待物，而常寬以居之，人以爲泊然無求，而不知其志，視當局者而更追也；古之人有行義者，非猶夫人之行義者也，觀天時而察人事，不疑所行，而後出而任之，人見其四達不悖，而不知其道之素所蓄積者然也。吾昔者蓋嘗聞斯語矣，第不識爲斯語者，親見其人，而以誌其生平之大略耶？抑感時撫事，以爲非斯人無與歸，而憂〔三九四〕心於未見耶？而吾今者蓋不能無憾已。（氣味古淡。）勳名必既試而後見，而器量則先事而可知，莘野渭濱，當年蓋嘗有終焉之志，使其人而有接吾前，吾不應貿然而失之交臂也。事功雖一旦而可成，而人材必彼蒼所素植，事窮運極，領此者固宜三代之英，乃當吾世而未有其人，吾又以懼天心之猶未厭亂也。（突兀峥嶸。）嗟乎！變古易俗而世衰，即吾所得見者亦寥寥矣，而况樂行憂違，確乎其不可拔者哉！吾終見斯人之沉溺而無所底麗矣。

文境高不可攀，在前半簡淡處。（韓祖昭）

柳子厚云：「立言者，存乎其中。即末以操其本，可十七八。」觀靈皋此等文，其精神氣象，固非百年中文士可與較其短長者也。（儲禮執）

此文靈皋客淮南時作，嘗批其尾曰：「温醇清深之氣，當與田有賞之。」蓋其信余之篤如此。（戴田有）〔三九五〕

温醇清深之氣，淵然意象之表，而筆墨之痕俱化，殆莊子所謂凝於神者。（吴思立）

子謂伯魚　一章

二南之當爲，觀不爲者而可見矣。蓋修身齊家之要，莫著於風始，故人不可面墻而立，則《周南》、《召南》不可以不爲也。謂伯魚曰： 生人之道有切近者焉，雖在神聖，亦不能少異於恒人，而雖在恒人，苟不得聖人之道而自任其心，將投足而即以自〔三九六〕困。（**曲折老健，神似昌黎。**）非曰吾不達於學，上不得爲聖人，而下猶得自適其爲恒人也。吾命女以學《詩》久矣，乃今思之，中和之德，人事之紀，皆在二南。（**醇意高言。**）先王以盛德之形，流爲正聲之感，而後之君子，亦得聽之以平其心，察〔三九七〕萬物之故，而孰其天則之安，而百世以下，不能他由而易其道。人之性情，未有生而自至於中者也，其或溢其分焉，而亦無由自鏡也。乃沉吟反覆之下，而古人之形神，淵然其可接矣，於以滌其邪心，而導迎善氣，而吾之性情異焉矣。人之動履，未有發而皆式於度者也，及其有所不行，而又不知其何故也。乃流連觀感之深，而物情之通塞，昭然其有的矣，於以按其離合，而察其向背，而吾之動履異焉矣。（沉浸醲郁。）女而既嘗爲之耶？則其當爲與不得不爲之故，女自得之，而無待於吾言矣。女而未嘗爲之耶？吾不能不爲爾懼也。蓋天下情之所可通，而理之所可達者，不必其在近也，千里之外，而猶吾户廷[三九八]矣；情之所不通，而理之所不達者，不必其在遠也，跬步之間，而已[三九九]然窮蹟矣。（古文化境。）[四〇〇]今有人於此，其發於身者，樂焉而至於淫，憂焉而至於蹙，欲有所窮，斯情有所窒，不獨人苦之，已亦苦之也，惘惘者將何入耶？其見於事者，作焉而皆不順，施焉而皆不恕，理有所蔽，斯境有所暌，不獨其行拂，其身亦甚困也，倀倀者將何之耶？（徵寔[四〇一]言之。）夫不爲《周南》、《召南》，而無以追先王之道化，統家國天下之大全，汝尚可以自寬，而吾猶可以任女之自執也。乃不爲而昏焉塞焉，耳目皆失其官，而手足不能自運，真無異於正墻面而立也，而吾能不爲爾懼哉！夫《周南》、《召南》，正始之風，學人之所習傳而循誦也[四〇二]，乃不知其不爲而遂至於面墻，則雖爲而無異於不爲矣。世之不達於學，而恣睢妄行者，彼其心不自知其猶正墻面而立也，而自學者視之，夫非正墻面而立也耶？

渺衆慮以立指，去陳言而新之。（李厚庵先生）

氣格在匡衡、劉向之間，子固尚當遜其醇厚。（劉北固）

爾雅深厚之章，居然西京遺軌。（戴田有）〔四〇三〕

鄙夫可與　全章（借刻《立誠集》〔四〇四〕）

窮鄙夫之情，使事君者知懼也。夫無所不至者之不可與事君，易知也，天下無不患得患失之鄙夫，又易知也，可勿懼哉！且事君者，進則圖其君，而退亦有以自處，而有人焉，其進也不以爲事其君，而以爲己之得之也；其退也不以爲不得事其君，而以爲己之失之也，而患之無已時焉。（中其要害處。）其鄙也若此，夫夫也而可與事君也歟哉？雖然，是夫也，其既得之後，夫人而知其不可與事君也；而未得之先，孰知其不可與事君也。何者？彼固未得而患得者也。患之之心甚苦，則患之之術必工，使夫人而知其鄙，夫人而知其不可與事君，則亦何由而得之哉？彼其揣時勢之所尚，而與之相邀，務人情之所難，而因以自炫，不獨衆人惑之，以爲可與事君，即君子觀之，而亦以爲可與事君也，而鄙夫則既得之矣。凡人之情，其得之也不勞，則其失之也亦不甚惜，而鄙夫於未得之先，其患之也若此，則其既得之而患失之也，亦何怪其然哉？心饕於利，惟恐後之去而離之；處非所安，惟恐人之攘而奪之。蓋患失之心生，而無所不至之事出矣。其心思面貌迥異於前，與事君者既不識其何以然，而地位事勢，轉而相迫，即鄙夫亦初不料其至此。（包羅萬狀。）蓋至此則君父有所不知，而何患怨及於朋友；身命有所不顧，而何暇念及於君父哉？嗟乎！使事君者早察其然，方其未得而不與之事君，則彼固無由而得之矣，即患之終身以自成其鄙，而何能爲國家之病哉？（計處鄙夫要道。）而多不察者，何也？蓋此無所不至之鄙夫，當其未得之時，而固居然可與事君者也。而君子知之，蓋即其未得而患得者鄙之矣。

於「患得」見「鄙」字根株，先輩無見及者，深得聖人立言之意。（張彝嘆）

文思清窈，倏忽離合，如飄風之自轉。（韓祖昭）〔四〇五〕

惝恍迷離，使人入其中，目弦而心悸。（劉北固）〔四〇六〕

千載鄙夫，同一肺腸，盡照揭於靈皋筆底。（戴田有）〔四〇七〕

先生云時閱《意園集》，遂仿其筆意，以此知世人高自標置，不能遜志取善，正由所得之淺耳。（華國謹識）〔四〇八〕

楚狂接輿　全章

隱士之識時變者，惜終不聞聖言也。蓋君子之道甚大，雖世終不可濟，而亦不至於自殆，使楚狂而聞此，則亦可以不已矣，而奈何相避之速耶？且避世之士，其於天下之故，漠然不關於心，且深嫉用世之人，而不相愛護者，非真能避世者也。蓋至楚狂接輿，而隱士之心迹，皆一〔四〇九〕異焉，何以明其然也？接輿有心於世者也，世不可入而以狂自嬉，其平日者聞東魯之國有賢人焉，是與吾同志者也，獨不忍世之滔滔而以身徇也，惟恐其抱德以遊於畏途，欲自脱焉而不得也。相愛之深，相慮之切，懷其胸中之言，而欲相告者，非一日矣，而無由致其身於其人之側也。（飛行絶迹。）一旦孔子驅車過楚，接輿聞之，私心自喜曰：夫夫也，其往者恨未得聞吾之言，不及於殆者幾希矣，而幸未也，及今語之猶未晚也。於是乎趨而過之，而假於歌以自達也，其曰「鳳兮鳳兮，何德之衰」，明其非不相知也；曰「往者不可諫，來者猶可追」，何其婉而動人聽也；曰「已而已而，今之從政者殆而」，時事可知，垂涕泣而道之也。（悽神寒骨。）斯人也，斯言也，非猶夫沮溺丈人輩之相譏而相侮也。同心之侶，平日崎嶇相怨慕，而一旦聚首於風塵，悲喜交集，款襟與共之言也。夫子聞之，私心自喜，曰：夫夫也，非隱者也，自周流來，是可與言丘之心者也。夫隱士之不可與轉計者，以世亂而隱，世治而亦隱也；身危而隱，身安而亦隱也，而若人不若是之甚也。其歌鳳德而嘆其衰也，是猶將覽德輝而下也；其悼往而傷來也，是丘之生平時惓惓於懷而不能釋也；其畏今之殆而欲已也，殆則已，不殆則亦可以不已也，是可與言丘之心者也。於是乎不覺其足之下也，而不料其趨而避也，欲與言而不得也。嗟乎，異哉！何接輿之心迹不可測若是哉？吾知之矣。接輿之心與夫子同者也，不知何所感觸，而以狂自嬉？自揣聞子之言而易入也，恐一旦愴然心動，不能救子之殆而自殆也，使其心果匪石而不可移，則與子言庸何傷？何必趨而避之？（惻然入人心脾。）且夫子固未嘗叩接輿之廬而來請也，而乃躊躇大道之旁，微伺屬〔四一〇〕車之過，其欲與夫子言，而惟恐不得與夫子言，爲何如者，而謂接輿惡聞夫子之言哉！

注家及先輩時文，從無作此解者，然自有是文，覺題解非此不安〔四一一〕，總由讀書時一心兩眼，痛下工夫耳。（韓慕廬先生）

堂堂之陣，正正之旗，以爲用間出奇，尚未曉其深處。（徐大臨）

才能逮意，不獨解題深切。（伍芝軒）〔四一二〕

恣其鱗爪，皆成風雨。（楊紳佩）〔四一三〕

靈皋既見余作，贊嘆以爲稀有，乃援筆另出一奇。（戴田有）〔四一四〕

隨題散淡，無意於文而文生，風水相遭之妙，悠然可會。（鑑謹識）

滔滔者天（至末）

隱者窮天下之變，而聖人以慨於心焉。蓋天下無道而不忘斯人，所以爲夫子也，而滔滔者之莫與易，未嘗不終爲桀溺之所料也，而能無憮然哉？且天下無道之極，則不可無聖人；而天下無道之極，則亦不能用聖人。（高音異致。）此其故聖人非不知也，第以其日夜切心於斯人，故皇皇於其中而勿之覺耳。而世外之人觀之甚明，而一旦出一言以相感，遂不禁眷念斯人而欷歔不能已焉。昔子路問津於耦耕者，其不以津告，而詰之不已。長沮、桀溺之所同也，而言天下事，則桀溺爲最悉，以謂子之師若徒，其爲天下也亦至矣，亦嘗作而觀今之天下哉。變古易俗，而小大之邦，不謀而同政；安危利灾，而列國之君相，不約而同心，滔滔者天下皆是也。子以爲不可一日不易，而彼謂一無可易；　子以爲不可一日無子，而彼又若絶無所用於子。雖復困於津梁，囂囂於車塵馬足之間，而誰則信之哉？夫天下有易之者，必先有與易者，與易者人也，而今之人孰是其可近者耶？子之師不能避世，而吾屢見其避人矣，子不能忘情於世而從而避之，亦既屢困於人而從而避之矣，而尚不可以悟歟？於時桀溺之耰紛然，而子路之行悵然，而夫子之聽憮然，既而曰：　夫人於天下之故誠悉矣，其誚於丘者誠當矣，而要豈知丘之心者？（子長神致。）蓋天下雖無知己之人，而要不得與鳥獸爲群，吾雖不能無避人之事，而要不得不斯人是與。　與斯人共生於天地之中，而欲逃而絶之，既有所不能，而日見之而日聞之，豈能漠然不關〔四一五〕其喜戚？以一人自竭其區區之力，而遂能安而全之，吾不敢謂爾，而逆意之而自阻，豈能晏然無恨於吾心？如曰天下無道，而誰與易之？使其有道，而萬事得其理，百物若其生，丘雖不得志於時，而心目中豈不爲之廓然也哉？而夫人之所謂易之者又何説也？（音響未歇。）謂夫人之所言非乎，而吾前之所遇於天下者可知矣；　謂夫人之所言是乎，而如斯人何而如天下何也？嗟乎！子之憮然，非以桀溺之言有逆於心也，滔滔者天下皆是也，而誰與易之乎？時固料其然，而隱〔四一六〕畜爲憂，特不忍深念之以頽其易世之心，而沮吾徒之氣，而一旦諷耳而動於心，能毋俯仰生平而爲之嗚咽哉！

孑然弗倫，洗然無塵，具此丰骨，乃能齊衡古人，掩映時輩。（吴東巖）

至味自高，含毫邈然，其韵致在行〔四一七〕墨之外。（朱字緑）

吾非斯人　誰與

聖人惻然於斯人，而明其無可避之理焉。蓋世雖莫與易，而斯人終不可不與，彼欲避之者，豈獨非斯人之徒乎？若曰：甚哉！隱者之褊〔四一八〕也，彼其憤世嫉俗，而去之惟恐不遠，亦若以斯人爲鳥獸之群，而不可以入焉者。嗟乎！亦嘗思此滔滔者，豈真與吾異類而恝焉若是〔四一九〕乎？（婉蕩得神。）夫斯人者，固吾之徒也，而吾者，亦斯人之徒也。仁壽鄙夭，與世〔四二〇〕推移而不能盡同者，斯人所遭之遇也，而知愚賢不肖，聯爲一氣而不能或異者，天地生人之心也。彼斯人之滔滔於下者，迹其誣〔四二一〕上行私，幾若非我族類而不足與也，而豈可以概於天下之衆〔四二二〕哉？（精神口吻，宛轉如生。）況其不幸而蹈於斯者，亦非其人之咎也。夫爲吾徒者，至於陷溺之深，吾力不能蓄其生而安其性，而反鄙而絶之焉，於吾忍乎？吾非謂相與依依而遂有濟也，而同氣之感，要自不能割也。彼斯人之滔滔於上者，觀其作非召亂，以爲無復人道而不可與矣，而要豈盡無人心之存乎？况吾欲有所轉移於其間，固非其人不可也。夫爲吾徒者一〔四二三〕於自戕其類，吾道足以去其疾而覺其迷，而竟斷〔四二四〕而棄之焉，於吾安乎？吾非謂爲是棲棲而必有合也，而决絶之行，自覺無所用也。在彼固有所大不忍於斯人，而欲置之不聞不見也。（凄清要渺。）然既爲斯人之徒，則苦樂悲愉，有不言而相喻者，雖幽居獨處，而如見其形焉，如聞其聲焉，惟盡吾心與力之所能爲，而與之〔四二五〕宛轉，即終於顛連無告，而吾於斯人固無恨已。使吾能得所欲於斯人，固所以使之有知有覺也，然際此滔滔之天下，則平陂往復，有非吾所能自主者，雖知盡能索，而終不能使有知焉，終不能使有覺焉。然當時與勢之必不可爲，而不忍决捨，於以見萬物一體，而即此爲人道之不絶已。（孔、孟志事。）吾非不知斯世之莫與易也，而終未覺斯〔四二六〕人之不可與也，如以爲不可與，必舍斯人之徒而别有所與，而誰與哉？鳥獸猶知惜群，而人反有不自愛其類者乎？彼二人者，惡〔四二七〕知余也！

的的能見宣尼心曲，哀音淳意，惻惻感人。（徐壇長）

深心洗煉，風韻悠然，迥出塵表。（汪牧亭）〔四二八〕

天下有道　二句

聖人易世之心，以無道而切者也。蓋易之云者，爲天下之無道言之，有道矣而何以易哉？沮溺之所見亦左矣。且生民以來，治道迭更，大抵有道之先，未有非無道之極者也。道者古今不易之理，而天下失之，故君子急起而易焉。（何等懷負。）使當無道之時，而悄然憂之以阻其氣，艴然去之以潔其身，則天下又安有有道之日哉？如夫人之欲與鳥獸爲群，而太息於滔滔之莫易，亦曰：今之天下方無道耳，夫丘與夫人共此天下，而顧不知其無道哉？誠以天下無必不可易之事，而勢窮運極之後，造物亦將悔禍而復其初；吾非有必於易天下之心，而所值非安居無事之時，此身不得不一出而當其責。昔先王以道治天下，而休養生息，涵育於數百年之深，而今何時哉？生民也狹隘，而使民也酷烈，其勢蓋不可一日以居矣。吾明見其如饑而如溺也，而一如其不饑不溺可乎？使今之天下，内恬外熙，而獨丘也蒿目於其間，則是丘之過計也已。昔先王以道持天下，而禮樂征伐，維繫乎十數王之緒，而今安在哉？或君臣而相賊，或父子而相夷，其變蓋窮而無所復入矣。吾既以日見之而聞之也，而一如其不聞不見可乎？使今之天下，上安下全，而獨丘也攘臂於其間，是則丘之不靖也已。（氣體渾厚，卓然高文。）且夫易之云者，所以易無道爲有道也。如其有道，則丘雖得位乘時，不過張皇補苴，以延有道之統，天下之賴於丘者淺，則丘之任於天下者亦輕，而不必憂心於撥亂反正之無權，栖栖焉若有求於世；丘雖窮居匿處，亦得優游俯仰，以爲有道之民，天下不得丘而無所傷，則丘雖無意於天下而不爲忍，而不必感慨於天時人事之莫待，蹙蹙焉無所置其身。（以無厚入有間。〔四二九〕）天下有道，丘不與易也，滔滔皆是，丘也不能解於心，而夫人者决然棄之，是則丘之所不及也已。

一則歸、胡文字，而片詞隻義，不從制義中來，善爲先輩者，不當若是乎？（李厚菴先生）

闊大謹嚴，清凝變化，法家之文。（謝允調）

識力高迥，意味深長。（韓祖昭）

靈皋文境多開創，或疑其不能用先正之規矩，如此篇〔四三〇〕置之正、嘉集中，豈能復辨？但骨法高古，則先正或反未逮耳。（吴東巖）

無一直致語，是古人神境。（戴田有）〔四三一〕

叔孫武叔毁仲尼（其一）

聖人而不免於毁，小人之無忌憚也。蓋武叔之稱〔四三二〕賢子貢，其意中已不滿於仲尼，而至是遂正言以毁焉，可不謂大異與！昔吾夫子之窮於世久矣，然計其生平，則雖有所憎怨，反〔四三三〕嘗欲出力以擠之死者，徒以其異己而惡之，要其心未嘗不以爲聖人，而安之無異議也。（北宋大家之文。）而毁之者乃有叔孫武叔。夫任其作惡之心，而敢爲誣善之辭，亦小人之常不足怪，獨不思世之怨仲尼、憎仲尼而欲甘心於仲尼者衆矣，何獨不出於毁也？彼誠有積怨深怒，而假於他途以逞志焉。吾知其不難得志於仲尼，而奈何思以毁勝哉？而武叔不知也。彼其心以爲仲尼者，布衣窮居之士，而我巍然卿大夫之尊，表正人倫，顯明臧否，真〔四三四〕吾事也，仲尼之生平，一顛倒於我之口，彼雖欲自洗滌，而其道無由矣。（冷而刻。）仲尼之所與同聲而附和者，不過里巷沉淪之人，而我所與出入而話言者，莫非公卿大夫之選，憑高而呼，聲非加疾，其勢便也，仲尼之不善，而顯播於大廷廣衆之中，其徒雖欲自爲標置，而人將不信矣。吾聞其皇皇於歷聘之時，嘗有聞其風而慕其義者，凡皆未察其實而苟以相高者也。以斯人之矯作修飾，而純盜虚聲，亦幾終其身而不敗矣，而我一旦而發其奸，彼將何以自生於天地之間耶？吾聞其栖栖於列國之間，嘗有伐其檀〔四三五〕而削其迹者，是誠卓有所見而不惑於流俗者也。以斯人之矜情飾貌，而所遇皆窮，或謂惡之者之實甚耳，而吾今按實而知其惡，則彼復何所逃於天地之間耶？（是叔孫氏心曲中語。）此武叔用毁之意也。小人好爲議論，醜正詆直而不顧其安，至於如此！作人得如仲尼，猶且不免，其他則又何説？乃人亦有言：惡於不善，然後爲賢，小人之洶洶，君子之資也。士患不爲仲尼耳，如武叔輩者，固惟懼其毁之不力哉！

止將毁者心事宛轉摹寫，用意深奇，從《五代史·馮道傳》得來。（韓慕盧先生）

詞氣虚婉，意思巉刻，大家老境。（程若韓）

探取情狀，幽微畢現，尤妙在不傷於雋。（潘右石）

通篇用代字訣，真能得武叔情事。（戴田有）〔四三六〕

叔孫武叔毁仲尼（其二）

記聖人之見毁，而目其人以爲戒焉。蓋有所有名而不如其無，武叔以毁仲尼爲名，不可没也已。且君子之處亂世也，可殺可辱而人不疑；小人之惡君子也，殺之辱之而私心未嘗不相服，此其凡也。若乃以非常之聖人，而遇一無知識之小人，則有不可測者焉，若叔孫武叔之毁仲尼是已。以吾子之抱道，而不容於世也，奸邪欺負之徒，欲得而甘心者比比矣。至於毁之，而其事爲已輕，乃以吾子之身窮，而道以益光也；相怨相仇之族，至欲出力以擠之死，而計已無餘矣。（微雋。）至於毁之，而其變爲尤異，以爲其有積怨深怒，違心而爲誣善之言乎？而不者然也。以仲尼生平行身植志之方，而合之武叔之心，固有無適而不相刺謬者，目見耳聞之久，實有所不得於中，而不禁極口以相詆，而何必其他有所爲與？（沉切有味。）以爲其將巧構疑似，憑虛而爲不根〔四三七〕之論乎？而亦不必然也。即仲尼生平可法可傳之事，而斷以武叔之意，固有確然而見其不可者，自矜獨得之見，惟恐人之誤以爲善，而不禁誦言以相攻，而何必其讒無所據與？（確有是理。）凡事之不利於人者，皆可以直快其私，而毁之用必少依乎理。故必有高乎其人之行，然後能見其人之所不足，而武叔則肆口而不疑。蓋其心方且謂仲尼舉世所宗，而獨攻其瑕隙，益可以悚動乎一時，而增吾之重矣。（嬉笑甚於怒罵。）凡事之逞志於人者，皆可直決之己，而毁之效必求伸於衆，故必有敗乎其人之力，而後不虛其作惡之初心，而武叔則肆然而無忌。蓋其心直以己爲人倫之鑑，而一言之低昂，遂足制仲尼之輕重，而終無異議矣。夫武叔昔日之言曰子貢賢於仲尼，是猶以仲尼爲賢也，今而毁之，則直以爲不賢矣。一人之心，一人之言，而前後相背，不可詰其所以然，豈復與之争得失哉！然小人之無忌憚，而敢爲非聖之言者，實自斯人始。天而生如此之人，君子愀〔四三八〕然而有世教之懼也。

較前作更質實，有高邑先生體勘不到處。（伍芝軒）

武叔心事，愈探之而愈出，腕下真有照妖鏡也。（戴田有）〔四三九〕

寬則得衆　四句

統論帝王之治天下，惟在己之得其道而已。蓋寬、信、敏、公，道之中而治之所以成也，此可以知盛德之所同矣。且天下變而道不變，二帝三王，所居之時不一，所蹈〔四四〇〕之德不同，而所以同民心而興治道者，未嘗不更相表裏，如出一人之心；而論效程功，亦未嘗不先後同揆，而如出一人之治。（閎闊深遠。）以是知歷聖相傳而守一中，即致治之原在是矣，何者？道之所以附衆者，則寬其中也，未嘗少有縱弛，以啓民玩而怙冒天下之心，實足爲萬物休養生息之地，而凡經畫於政教之間者，必代人計處，使綽有餘地以游其生。（周情孔思盡具其中。）故始則慕其德而知歸，久益安其政而不厭。衆之得也，惟其寬之道得焉耳。道之所以明民者，則信其中也，不必重自表暴以與民要，而至誠不苟之意，實足以究事物始終起伏之情，而其自達於施行之際者，雖備歷艱難，終不以私意而撓其後。故處經事則坦乎其不疑，遭變事亦有恃以不恐。民之任也，惟其信之道得焉耳。道之所以赴事之會者，則敏其中也，率作興事，未嘗不行之有本末，施之有次第，而本原之地，無息無荒，則萬幾日運而不積。（包涵萬象。）故以一人定天下之業而有餘，以一時規百世之圖而無不具，其有功如此，惟其敏之道得焉耳。道之所以即人之心者，則公其中也，謹持操柄，初未嘗違道以干譽，屈法以明恩，而建極之道，無偏無黨，則百物受紀而皆平。故賞不僭而旁觀者有餘慕，刑不濫而身受者無疾心。其説也如此，惟其公之道得焉耳。夫唐虞以來，治天下之事略備矣，其政之所以適變者，不必皆同，而道之所以立本者，不能不一。（似陸宣公奏議。）雖人心有淳漓，而所以通天下之志者無異心；事勢有常變，而所以成天〔下〕之務者無異理。唐虞三代之聖人，第以是爲道之中而謹持之，初未嘗計其行之之效，而卒之萬物得其情，萬事得其序，未有不由於此。有志於二帝三王之治者，其可以興矣。

精索群材，包藴密緻，而寬博高朗〔四四二〕，有籠罩百家之概。（劉月三）

語約而意深，不爲巉刻嶄絶之言，可令人想見二帝三王氣象。（受業劉師寬謹識）

大學

大學之道　一節（癸未遺卷）

列言道之所在，而知學之所以大也。蓋成己成物而得所歸者，道之全也，舍是而何以爲大人之學乎哉？且聖王建國君民，教學爲先，蓋爲人以藐然之躬，（振衣太華之巔。）而天地之心寄焉，〔四四二〕萬物之責歸焉，〔四四三〕惟學能盡其量，而合其本然之則也。〔四四四〕乃學者日習焉而忘其所有事者，固已多矣。（三「在」字，精神躍露。）故存心盡性之本，雖已預養於小學之時，而修己治人之功，必備舉而責之大學之日，然立教者務寬而不迫，故常散見其理於《詩》、《書》、《禮》、《樂》之際，而使之自悟其指歸。（深於經學。）而爲學者執要而有功，故必深明其意於誦法服習之餘，而後不誤役其心力，如是而其道之所在，可勿衆著歟？其一在明明德。（會六經之精蘊。）三才萬物之原，備形於方寸，乃人之受命於天，而超然異於群生者也，惟不能無昏，故學以復焉，介然有覺，即可以識本體之全，而氣質之有偏者，亦可以善承天心而勝以人事，不如此，則凡所學者皆泛而已矣。（囊括先儒之言，又結出「在」字神理。）其一在親民。血氣心知之性，同出於一原，乃大人道足於己，而即可曲成萬物者也，雖彼之自污，而吾得治焉，清明在躬，既以〔四四五〕不言而動於物，而政教之顯設者，復有以導迎善氣而滌其邪心，不如此，則凡所學者皆私而已矣。（他作不知此意，只道得下半截事。）其一在止於至善。内聖外王之功，會歸於有極，乃道之大原出於天，而非人之智力所能强設者也，故知至至之，而不敢苟焉，踐形惟肖，既以盡人而合於天，而陶冶乎斯人者，亦不敢狃習近功而違其本量，不如此，則凡所學者皆雜而已矣。（天降地出。）是三者，乃人之所以全其爲人，而以藐然之躬，繼天地以立極，會萬物於一體者也。（身心意知。）帝王用之而其教遠，故至治之世，人皆順乎性命，而事各識其統紀，不至以苟簡敗其材；（家國天下。）君子修之而其統尊，雖異學争鳴，而仁義辨其疑似，功利絶於微茫，不至以紛紜亂其守。（明德至善，新民至善。）學之所以稱大者此也。

前輩論《大學》題文字，理、體最難合，如此裁是聖經首節文字，其氣象高渾，似江陵辛未程文，而深醇過之。

此題精神全在三「在」字。蓋《大學》教人之法，見於《禮記》、《周禮》者，不越詩書禮樂之事，凡此經所載綱領條目，皆隱於其中。周衰，先王之教寖微，學者多不知其意，而異端萌生，故孔氏發其所以云之意以告其徒，而曾子述之，存其理以教後世。其後孟子得之，拒楊、墨，闢告子，明德必止於至善也；明王道，黜功利〔四四六〕，新民必止於至善也。北宋大儒之學皆出於此。不發揮「在」字義意〔四四七〕，竟似先王立學，原以此三者教人，失之遠矣。此文開講原先王所以立教之意，提比明孔子所以指出綱領之故，中一〔四四八〕比括盡先儒之言，而渾然不露圭角，結比原教之盛而推於學之衰，以明作經之意，字句皆經秤量而出，義蘊之精，足以補傳注所不及；辭氣之雅〔四四九〕，直可肩於漢唐作者，真不朽之業也。（劉月三）

知止而后有定　一節

詳止所由得，惟知之爲難也。蓋既知所止，則定静安慮，皆其自然而不容已者，而何患乎不能得哉？且學者於明新之事，用之而輒違其分者，非應物時之病也。〔四五〇〕彼初不知吾之所當止，故身心之間，常紛然顛倒而無以自主。（爽朗。〔四五一〕）一旦迫於事物，有茫然不知所措者矣，而何能止於至善哉？故得所止者，未有不由〔四五二〕於知者也。苟其觀理之深，而知人倫庶物之際，毫釐有失，即以傷天命之本然；自返之切，而知所赴所蹈之程，跬步或遺，即留爲此身之負累。知止如此，則道術之分歧者，不能復移其趨向，而精神之内厲者，不敢自敝於遊移，其有定也必矣。至於有定而后静可言也，所向不真，則見疑似而易生其浮慕，定則外之無一物之能召，而内之無一息之敢荒，舍此別無役心之處，而静有不期然而然者矣。（原評〔四五三〕：三段明煉簡至，題藴悉該。）至於静而后安可言也，此心易動，則觸外境而自生其崎嶇，静則猝而乘者如所素習，暫而寓者若將終身，隨在皆有可盡之分，而安有不期然而然者矣。至於安而后慮可言也，身之不寧，則蓄智慮而亦昏於倉卒，安則如置身於局外而觀物清，如身處於事後而爲謀暇，在物各有自然之則，而向者之知可用矣。（帶「知」字。〔四五四〕）夫知止之時，此理雖迫著於吾心而猶虛懸也，至於慮，則麗於事物，而皆有可據之實焉；雖直窮其原本而猶統同也，至於慮，則各有條貫，而可盡無窮之變焉。（慮與知界限分得極清。〔四五五〕）蓋索吾所已明之理，則有徑而易通；用吾所素定之知，則有條而不紊。（再著此四句，從慮説到得處，精神百倍。〔四五六〕）由是而所以成吾德者，屈伸動静，無往而不得其安也；（明德。〔四五七〕）由是而所以加於民者，經曲常變，無往而不得其宜也。（新民。〔四五八〕）而知之能事備矣。（收到「知」字。〔四五九〕）故學莫難於知，知之而其於得也幾矣。（又總醒「能」字一筆。〔四六〇〕）定静安慮，皆其自然而不容已者耳，然自學者始有所知以至於聖人，其知也各有所爲知其得也。各有所爲得，而安静定慮，亦因之爲淺深，其境無窮，而造者自喻焉，獨難於知止之一日耳。（原評〔四六一〕：詳密。）故凡未至於知止者，皆不可以言學也。

「知止」二字統貫全節，「知」與「得」相去不遠，定、静、安、慮是由知而得，其間相因、功效、次第，非工夫節目也。文提「知止」作主，極有把握，中間層次亦各還實義。至其從「慮」字説到「能得」處，尤非體認精切者不能。〔四六二〕

静而后能安

安不可强，故學宜静也。蓋明德新民，皆未可與身不安者言之也，而豈能得之未静時哉？今夫人所處之境無定，而所以處境者亦無定；或他人見爲安，而其人自以爲不安；（瀏亮。〔四六三〕）或他人見爲不安，而其人自以爲安，則知安不安不係於所處，而係於心之靜否矣。故有志於大學者，由知止以能定靜而後安可言也。（靜與安交關處，反抉甚透。）身之所寓，而職業附焉，既已之乎其途，而又觸於他務而心動焉，欲去此以適彼，而功有可惜；欲兼營而並騖，而力有不堪，則雖所處之甚安，而有輾轉不適者矣。業之所赴，而功候懸焉，始一從事於斯，而遂躐其所未經者而浮慕焉。欲一蹴以就之，而勢有不能；欲迂迴以待之，而情難自抑，則雖所處之甚安，而有跼蹐不寧者矣。夫常人之欲安也，以便其身；而君子之欲安也，以務其學，而皆非靜之候不能也。（從安字起義，與起股有〔四六四〕別。）人之所處，有一定而不可强者，不知其一定，而妄生紛紜以役其志，所以不安也。靜則知其固然，而猝而至者不驚，暫而寓者可久。夫人之游心物外者，泊然一無所起，尚能歷勞苦憂患而不易其常，况吾道之以義理自勝而不紛者乎？人之所處，有隨在而可自盡者，不知所宜盡，而漫無秉執以寄其心，所以不安也。靜則見其當然，而惟恐處此之或有遺憾，因覺由此之實爲坦途。（純粹以精。）夫人之寓情小道者，息心以赴所圖，尚能處紛擾煩混而形神不瘁，况君子之究天命之原而不妄者乎？性命之業，未有役於境遇而能盡者也。所養未純，而能靜以務之，無所紛於道之外，無所急於道之中，則動静作息，寬然有餘地以自處矣。使中道而有迴〔四六五〕惶焉，不轉覺身心之無措也哉？帝王之業，未有撼〔四六六〕於時勢而能成者也。所施未達，而能静以俟之，不以道之難盡而疑其迂，不冀道之速成而遷其度，則夷險難易，泰然覺所處之皆安矣。使既事而滋煩擾焉，不轉覺進退之兩難也哉？（如此説静安，方〔四六七〕是明德新民求止至善之事。）蓋平日之知，至於能安而得其效；而臨事之知，復於能安而立其基。故静而安者，統學之始終而爲之樞者也。

鈎深索隱，以出清新，是大士手法，而根極理要，毫釐不失，其所據〔四六八〕者深矣。（韓慕廬先生）

他人所刼，刼難吐者。探喉而出，奥義循生，良由聖賢義理平時常見得在心目間。（孫起山）〔四六九〕

此與百川《安而後能慮》篇俱爲不可磨滅之文。（戴田有）〔四七〇〕

慮而后能得

學至於能慮，而所知爲不虛矣。蓋慮所以用其平日之知也，而所知之至善，尚有不可得者哉！且庸衆人之遇事，亦未有不慮之於心者也。（「慮」字、「得」字不應並起。〔四七一〕）率其所慮而行之，亦未有不自以爲得者也，乃無何而人皆以爲失，而己亦自悔其失者，何也？彼所謂慮，乃私心之億〔四七二〕測，而非由知止定静以至於安而能慮者也。（倒承。〔四七三〕）蓋知止則已能致其心之明矣，而心之明猶未試於事也。事至而慮焉，然後心入於事中，（刻露。〔四七四〕）而向所明者，至此有以既其實；抑能注乎理之正矣，而理之正猶未行於事也。事至而慮焉，然後事各效其理，而向所爲正者，至此有以觀其通。故凡有出於身，未有不慮而能得者也。不獨天倫人事之厄，（觀一筆。〔四七五〕）憂思萬變，而後可以宅其安，即日用常行之故，衆人所謂無假於慮者，不知其更有難得者也。（緊從「慮」字勘出「得」字。〔四七六〕）日侍〔四七七〕父兄之前，豈非經常之道哉？而其理亦有隨時而見者，耳目動静，稍有所忽，已違其分而不寧於心，以是知至善之得，無所爲難易也。（精細。〔四七八〕）（所包甚廣，於《曲禮·内則》見其半。）凡有所施於天下，亦未有不慮而能得者也。彼夫一事一物之來，尋數推理，而即可以知其極，若夫斟酌百王之用，初心所謂既自得之者，不知其更有當慮者也。（原評〔四七九〕：周公所仰而思者是也。）天地萬物之情，敢謂擬之輒合哉？彼其終要有一以貫之者，遠邇幽明，一之未周，終失其衡而毫釐以誤，以是知至善之得，又各有廣狹也。或疑學者雖極其所慮，未必遽得其至而無憂也。精粗淺深之間，豈可以一旦而合？第有所主而因事以致詳，則習久愈諳，不覺變化生心焉，而所慮者以漸，而深所得者亦隨時而異矣。（「意誠」以下皆得「止」之序，非能得便大事了畢也。推勘最真。〔四八〇〕）或疑聖人之不思而得，可以無假於慮，而亦非也。難易勞逸之際，旁觀者見以爲然，而不知其心之密以自循，雖邇言淺事，未嘗不反覆懸衡焉。（原評〔四八一〕：舜之察邇言、執兩端是也。）（此意更翻得新警。〔四八二〕）第其慮也自有所爲慮，而其得也亦自有所爲得耳。此知止之終事也，故學者必定之於始也。

說「得」字切定「至善」與「明德」、「新民」，又能緊黏「慮」字，勘出所以能得之故，自是佳作。〔四八三〕

致知在格物（其一）

求知於物，務極於所止也。夫物莫不有至善焉，必格之而後知，則致知者，豈有他途之從哉？且知之所以貴於致者何也？凡以人於天下之理，莫不少有所知，即其所知以爲物之理盡是，而不能實〔四八四〕致其力，以求盡乎物之分也。（爽如朝暾之照百物。）夫如是則何以謂之致知乎哉？致也者，擴吾知之隘者而使之廣也。一物未見，雖聖賢之知，未有不始於隘者也；而萬物備歷，雖中人之知，未有不可以廣者也。致也者，推吾知之淺者而使之深也。雖無所不知之人，而於所不習之物，其知之未有不淺者也；雖一無所知之人，而於所素習之物，其知之未有不深者也。審是而致知有不在於格物者哉？欲吾知之盡於精微，則於物之散殊者，不可以不察也；欲吾知之極於廣大，則於物之一本者，不可以不貫也。萬物之理本一也，乃既淆〔四八五〕於萬，而其性情各異焉。以力之漸積者通之，備悉其所以異，而其所爲同者，亦恍然而可悟矣。欲吾知之足以體事，則於身心切近之物，無一之司〔四八六〕遺也；欲吾知之足以盡理，則於宇宙博遠之物，無在而可忽也。二者之理本不相通也，乃得其所歸，而源流自合焉。（節節貫通〔四八七〕。）以心之有主者收之，深明於其本，而其所謂泛者，亦未嘗不甚切矣。於物之至〔四八八〕前者，畢吾知以求情〔四八九〕其分焉，固也，而亦有與物未交，而可以静思其度者焉。以吾知之澄然者會之，物之象雖虚，而格之功則實也。於物之未悉者，精吾知以求通其蔽焉，固也，乃亦有見爲〔四九〇〕已格，而異日之所見復進者焉。以吾知之日新者赴之，物之理可愈出，而致之量無終窮也。（發〔四九一〕程、朱未盡之秘。）夫離物而自守其心者無論矣，學者以物求知，而其知往往有所遺而不盡者，不知物各有至善焉，而格之者必務極於其所止也。天下有十物焉，吾知其一之所止，而九可徐通也，徧於十而皆知其二三，是一物之末格也。何由知至善之所在而實致其功哉！

見本知義，明白疏通，使《學》、《庸》中每題得此等文字以開後學，其功當倍於先儒義疏也。（張彝嘆）

如此乃爲善發程、朱之藴，若條舉陳説，正温公所謂傀儡木偶，中無精神，魂魄不能活動，其爲文章之部障，亦不淺也。（弟葩〔四九二〕記）

致知在格物（其二）

即物以求知，而實有可致者已。蓋古人明善之功必求其可據，非物是格，而曰吾能致吾知，豈有是哉？且知也者，心與物際，而後可見者也。（原評〔四九三〕：一語破的。）使離物而守其知，則雖是非得失之形，顯而易見者，終摇摇其莫據，而無以自信於吾心，況能真知至善之所在乎？審是而致知者有所恃矣。冥處而不思，謂吾心無事逐於物，及精其心以入於萬物之中，而後知是皆吾心固有之知，所散而寓焉者也；憑虚以爲悟，謂無物可以礙吾知，及觸於物而多相抵之實，而後知是非吾心浮游之知，可漫自欺焉者也。（告子之「勿求」，陽明之「良知」，得此二股，足以正其失。〔四九四〕）（更無人能説到此地。）其事蓋在於格物焉。身與心意之相附，而各有其則者皆物也，合之則是，離之則非，非於是格焉，而何以知其爲是，知其爲非乎？（二義切當。〔四九五〕）天命性情，溯其源，則義深而難測，究其委，則類密而難循，苟欲此心洞達而無疑，則按節以推，而不可以畏難而中輟也。家國天下之散殊，而各有其宜者皆物也，得之則治，失之則亂，非於是格焉，而何以知其爲得，知其爲失乎？親疏遠邇，辨其情，則由同以得異，權其事，則即異以爲同，苟欲此際毫釐之弗蔽，則依類以測，而不可以簡忽而有遺也。物之無事於知者，存而不論可也。（先著此一層，文便曲折。〔四九六〕）人倫日用之間，事愈微而理愈著，其中各有至善焉，而何可遺也？而又非謂繁雜之物之遂可置也。義類所觸，或不相涉而相資，故有衆人溺焉爲玩物，而君子即以是濬其本體之明者，其所主不可誣耳。〔四九七〕物之不能遍知者，雜而要之無益也。一事一物之中，心有隔而分難精，苟能得其所止焉，而他可通也，而又非謂衆多之物之舉可概也。形變無方，必積於多而能貫，故雖聖人之知無不周，而惶然不敢略於下學之事者，誠貴於既其實耳。（所謂一物格而萬理通，雖顔子亦未至此也。〔四九八〕）乃世之遺物以守其心者，既以自封而益其愚，而學者有志於明善，而不能極其功，往往於物少有所見，而曰吾既已知之，於是乎物之分有所遺，而知之分有所缺。（南豐氣息。）自三代以下，明德新民之事，皆不若古人能止於至善者，其所以求知者未盡也。

惟於此理心通性達，故説立於此，而經與傳注檢括參合，非人力所能爲也。

（劉月三）

或問九條融洽於心，故能了然於手口之間如是。起二股尤足爲紫陽功臣。〔四九九〕

帝典曰克明峻德

且明德之事，聖人有與人異者，而亦有不能與人異者。言其所得於天之異，則上古聖人之所得，中古聖人有不能與之齊者矣，而其得力之處，則未有不同也。（清真微妙，不知者以爲淺也。〔五〇〇〕）湯文之明德亦既彰彰矣，古之備德者無異學，雖數聖人，而後先共轍，如同一人之心，極之於堯，而其明德與湯文無異也；古之言德者無異詞，雖千百年，而互爲發明，如出一人之口，稽之於典，而所云克明峻德者，與《康誥》太甲之所云無異也。夫峻之爲言，至大而不可圍也，有所蔽而小之，而擴之使大則峻矣，未嘗有蔽，而無待於擴，而猶欲擴之，則更峻矣。以觀於堯，誠浩浩乎其無所畛域也。然使人性中本無是至大而不可圍者，而堯能恢其量之所未有耶？（剔形去皮。）性之量則然，而何以浩然者惟堯獨乎？峻之爲言，至高而不可尚也，有所累而卑之，而增之使高則峻矣，未嘗有所累，而無待於增，而猶欲增之，則更峻矣。以觀於堯，誠巍巍乎其不可攀躋也。然使人性中本無是至高而不可尚者，而堯能益其體之所本無耶？（恍若神來〔五〇一〕。）性之體則然，而何以巍然者惟堯獨乎？謂堯之明德爲易，而亦非易也。既大而更欲擴之，其致力之難，與擴小以爲大者同，而且有倍焉者矣。以堯之德之至大而不可圍也，而擴之猶且致其難，而況擴小以爲大者乎？謂堯之明德〔五〇二〕逸，而亦非逸也。既高而又欲增之，其用心之勞，與增卑以爲高者類，而且有危焉者矣。以堯之德之至高而不可尚也，而增之猶不憚其勞，而況增卑以爲高者乎？使當日之爲是書者，第稱其德之峻，而不及其所以明，則至聖至神，皆天之所命而已無功，而天下後世，且將幸其命於天，以待其自然而爲堯；而苟不如堯，已漫然無所置其力，亦不可謂之善頌也。夫二帝三王，古之明明德於天下者也，而三聖人之德之見於《書》者，無一非自明之事，若之何而不自力哉！

雨後青山，根骨畢見。（武商平）

此引《書》體，前輩作者都似《尚書》文，得此始洗清面孔。（劉北固）

清妙高峙，使人望之若近，就之愈遠。（左秀起）〔五〇三〕

如切如磋　四句

釋《詩》之言治物者，而知學修無止境也。夫物不可以一治而成，而況身與心乎？切磋琢磨，古人之學修如是耳。且君子窮天下之理，（切「學」、「修」起。〔五〇四〕）而實體之以成其身，其境固無時而不變，而不可以苟而自止者也。吾之力有所留而不盡，則道之分亦準於是而有遺，是其精者終無由見，而美者終無由全矣。（堅卓。〔五〇五〕）故《淇澳》之詩可味也，非曰古人之氣清明，遂不學而洞然無疑也，其相歷而後漸詳者，與後人無異也，而且有勤焉者矣。（即入「學」、「修」，不空衍上句。〔五〇六〕）非曰古人之質醇厚，遂不修而輝〔五〇七〕然無累也，其日新而惟恐有間者，與後人無異也，而且有密焉者矣。（原評〔五〇八〕：　清削。）其所謂如切如磋者，蓋以言古人之學也。未學之先，理與欲常並域而居，以亂人意，所貴乎力以判之也。勤之於古，稽之於今，使劃然殊塗而不相雜，其庶幾乎。（切講習討論。從「切」側到「磋」，最合注意。〔五〇九〕）乃義類之昭然者可判，而情形之相近而實以相亂者，猶未可以悉辨也。（是「切」，清晰。〔五一〇〕）所見愈親，而幾微疑似之間，愈以分明而不容自誤，由是而反覆審端焉，以要於微至，則其粗者盡而精見矣。（精理細密。〔五一一〕）其所謂如琢如磨者，蓋以言古人之自修也。未修之先，物與欲常展轉相附，以累其身，所貴乎决而去之也。（是「琢」。）（清澈。〔五一二〕）辨其所生，絶其所匿，使日即吾所而不相干，其庶幾乎。（切省察克治。〔五一三〕）乃瑕疵之外，集者雖去，而本體之無欲而粹然至善者，猶未可以驟復也。（從「琢」側到「磨」。〔五一四〕）强能自勝，而往來交戰之地，或以刻厲而礙〔五一五〕其天機，由是而從容砥淬焉，以發其光輝，則其天者全而美見矣。〔五一六〕學修中無窮之境，其封於自足之見者何限？故古之人常以現前之所得者爲膚也，鹵莽者以爲得當而休，而獨孜孜焉；（是益致其精。〔五一七〕）迨乎積久以成之，而良楛果不可以相擬也，藉非屢變而不息其功，亦不知其質之可至於是矣。學修中自然之程，其敗於欲速之心者何限？故古之人不謂始入之所由者可略也，（是有緖。〔五一八〕凌躐者以爲一蹴可至，而獨循循焉； 追乎以漸而致之，而論效亦不至太迂也，向使用力而或違其節，則至此尚茫乎未有其期矣。〔五一九〕是故良工不忍安於樸以賤其器，而君子不敢苟於道以自賤其身心。 棄一定之法，則事逆而功不完； 遺必歷之程，則心勤而道益左。《詩》之美武公者，可以爲前事之師矣！

起處急入「學」、「修」，不空衍釋《詩》意，而其說「學」、「修」，實實從「切」、「磋」、「琢」、「磨」四字勘出。 作法大得，詞意清超，亦復一塵不滓。〔五二〇〕

如此理致而能出以清爽超脱，非深於理境者不能也。〔五二一〕

無情者不得盡其辭大畏民志

原訟之所以無，則不得不求端於民志也。 蓋無情之辭，以其志之無畏者盡之也，審此而可不務德乎哉！ 且三王以降，賞不足以勸善，而法〔五二二〕不足以懲奸，惟其志之頑然無所畏也。 其志頑然，故其情憪然，而其辭且嚚然，蓋上下皆有昏德而患氣積也。（汪云：從「志」逆入，「情」字、「辭」字〔五二三〕刃迎縷解。）夫訟之興也，始終情之不類，而成於辭之不衷，迹其譸張爲幻，以誣上而行私，幾疑〔五二四〕無復人心之存。 然民之生也既隘，而又賞奸惡直以亂其聽，使皆以情，而安能自甘於凶害也？（汪云：　探「無情者」，所以得「盡其辭」之故。「大畏民志」句反面已透。〔五二五〕）則思其〔五二六〕辭之忍於盡者，（汪云：　緊呼下句。〔五二七〕）而上之人當有惻然抱不安者已。（見「明德」未明。〔五二八〕）即先王明啓刑書，以徵詞而議辟，亦惟恃其實之不違，乃俗之漸民已深，幾不知禮義忠信爲何物，雖不以情，而殊覺無慚於夢寐也，則思其辭之敢於盡者，而上之人當有恧然内自慚者已。（直透「無畏」意。〔五二九〕）由斯以談，無情者所以得盡其辭，上之過而非民之過也。詐謀非無故而逞，使辭有不能自已之勢，則其情豈復能順事而恕施？故必有道以相養相馴，而陰生其限制。道化難一旦而成，彼情既託於冥昧之中，則辭之盡豈可以形格而勢禁？故必俟其心之自明自止，而不可以强求。（是「不得盡」正面，已直透「大畏民志」句。〔五三〇〕）是非民志之大有所畏不能也，而所以大畏民志者，非自明其德不可也。（精警〔五三一〕。）父母之恩既篤，而誠能動物，即以生其嚴憚之心，真覺背之而不安，欺之而不敢，故教化之隆，下有積怨蓄怒，一朝相顧，而大懼傷仁人之息者，畏之至也，而豈有掩義以生争者哉？（汪云：　發「畏」字，貼合「無訟」意。〔五三二〕）牖民之道既詳，而復以身教，使皆自得其性命之理，真覺君長之不可誑，而同類之不可戕，故三王之世，常有氓隸匹夫，秉禮度義，（是新民。〔五三三〕）而以死生爲不足貳者，畏之至也，而豈有辯言以作詐者哉？（繳上句。〔五三四〕）（原評： 精微廣大，真得二帝三王明德、新民氣象。〔五三五〕）若夫震之以法，（挽轉「聽訟」。〔五三六〕）察之以明，而曰民其畏我焉，不知輾轉以遁其法，多方以蔽其明者，蓋侈然以上爲不足忌也。何怪乎無情之辭日盡，而亂獄滋豐也哉？非正其本而明明德於天下者，豈足以語此？

「大畏民志」乃是「無情者」所以不得「盡其辭」之故。若呆敘上句，方入下句，神理涣而不屬矣。文妙在前半推勘「無情」之辭所以得盡，已反透「民志」之無所畏；中間說到「不得盡」正面，便直趨下句，無一語留頓；鋪排局勢，打得極緊。後幅實講「大畏」句，精警透闢，寫得出德明、新民意思，力量尤過人也。（吴荆山）〔五三七〕

起講逆提「志」字、「畏」字說入，已扼題要。而其疏上句，能即透出「大畏」反面，絶不呆敘一筆。中間緊緊注下，結構極密，發「大畏」句，鑄思造句，一語足抵人千百，尤見大家真實本領。〔五三八〕

小人閑居　益矣

觀小人之自欺，而知其終不能欺也。蓋爲不善，自欺也，而掩著之時，亦自見其爲小人矣，而謂君子不見乎？且善之不絶於人心，非觀於君子而知之，觀於小人而知之也。（奇確。〔五三九〕）使小人本無善，而亦不知善之當爲，則當顯然爲不善，而無慚於君子矣。故窮其情而奪其所恃，則其自知之明尚可用也。（妙緒獨抽。）今夫日用者，生人不可離之事，而宴息者，亦君子内自惕之時，無所爲閑居也。而小人乃多閑居時焉，非果閑也，徒以不見君子而自喜爲閑居也。小人之所謂閑居，正君子自强於善，惟日不足之時，而小人曰：爲善而於閑居，甚無益也。其時多暇，而其力寬然有餘，其地甚隱，而其心肆然無忌，既自恣於不善之中以適己，又未嘗有不善之迹以昭人，第觀其無所不至之時，真快然於俯仰之間而無憾矣，而無如有見君子時也。斯時君子之意之誠，肅然而動於物；而小人之意之欺，恧焉而莫爲容。（精義微言。）其厭然也，亦其善端之復見者也。而小人旋用其欺焉，以爲吾向之不善可掩也，冥昧之中，豈有形迹之尚留？而不知已留於其意矣；以爲吾今之善可著也，言貌之間，非有實事之可驗，而不知已驗於其意矣。（微刻。〔五四〇〕）此小人之肺肝也，而人已視之而如見之矣。使小人並無掩著之情，則君子或無從爲肺肝之視，而君子肺肝之視，亦迫懸於小人掩著之心。（神施鬼設。〔五四一〕）是其不能欺人者，仍其不能自欺者也。夫以君子言之，雖可掩可著而人莫之見，亦未有自欺而爲不善者，而小人豈可與正言哉？第告之以無益可耳。

意緊語簡，而氣特縱宕。（韓慕廬先生）

掐擢胃腎，可作先儒語録。（熊藝成）

意義皆人所未發，及拈出又似題所應有。余故曰靈皋之文非惟後無今，亦前無古。（徐詔孫）〔五四二〕

精神流快，使讀者心開目明，即此便可興起人之善端也。（宣左人）

婆心冷眼，棒喝俱下，自非下愚，亦當唤醒。〔五四三〕

孝者所以　三句

家國無二道，教之所以易成也。蓋行於家爲孝弟慈，而行於國則爲事君事長，使衆之道，名異而實非有二也。此可以知君子之教矣。且人心之不同也，雖被以禮樂政教，而户説渺論焉，猶莫測其心之何若也。乃君子不出家，而信其教之必成者，果何所恃哉？蓋深恃乎此理之本同，非以强人心而迫之，使從吾教也。故家之中有孝，與國之所以事君者，事不同也而理同。禮未盡而不敢安，誠未竭而不容已者，孝之道也，如是以事君，未有不爲天下之良臣者矣，不如是而於事君有遺理矣。或疑君之以義合者，異於吾親之不勉而致也，乃天下有昧者焉，雖事其親，而未必無不盡之禮、不竭之誠也；而明於事君之道者，亦自有所不敢安焉，亦自有所不容已焉。以是知其理之同，而所以事君者不外於是也。家之中有弟，與國之所以事長者，事不同也而理同。順其體而無越禮，從其令而無懈心者，弟之道也。如是以事長，未有不爲天下之恭人者矣，不如是而於事長有遺理矣。或疑長之以分臨者，異於吾兄之順事而安也，乃天下有戾者焉，雖事其兄，而未必無不順之體、不從之令也，而明於事長之道者，亦自覺其不可越焉，亦自覺其不敢懈焉。以是知其理之同，而所以事長者不外於是也。家之中有慈，與國之所以使衆者，事不同也而理同。節其事而無過求，恤其情而無逆施者，慈之道也，如是以使衆，未有不爲天下之仁人者矣，不如是而於使衆有遺理矣。或疑衆之與我疏遠者，異於吾幼之體親而暱也，乃天下有忍人焉，雖其家之幼，而未必無不節之事、不恤之情也，而明於使衆之道者，亦自有不忍過求者焉，亦自有不忍逆施者焉。以是知其理之同，而所以使衆者不外於此也。惟其理之同，故觀者不言而自喻；惟其理之同，故教者不令而自行。事君事長使衆之道得，而國治而教成矣，而不外於孝弟慈。以是知君子之所以成其教者，果不必出於家也。

理真而氣醇，明白如話，此古文老境，古惟昌黎，近則震川。（儲禮執）

獨得雄直氣，發爲古文章，殆今之昌黎也。（胡襲〔五四四〕參）

在作者若疾書之，寫誦之，而按其理實詞氣，雖使程、朱選義，韓、歐造言，不能過也。〔五四五〕

其所令反　不從

觀民之從上所好，而知令不可恃也。蓋使反其所好而民從，則皆爲堯舜之令而足矣，而如其不然何哉？且中古以前，風教尚樸，上與下相示以情，故有不能自已之心，即有不甚自隱之迹，而後乃巧用其術，有心與迹絶不相謀，而囂然求多於其下者，不知民愚而不可欺，弱而不可勝者也。何則？中心安仁，上之所必不能也，而天下相從於仁，則上之所甚便也；凌〔五四六〕暴自恣，上之所或不免也，而天下相從於暴，又上之所大不利也。（老橫翔恣。〔五四七〕）於是乎明徵其令，而深匿其好，蓋以令者所責於民者也，雖過嚴焉而不患於無詞〔五四八〕，而好者私取其便者也，非少寬焉而將何以自適？（綺綰綉錯。〔五四九〕）令者徵於名者也，雖曰吾實能好，而民無以見其不然；而好者徵於實者也，苟必合於所令，而吾焦然適以自敝，故反復決之，而不得不出於相反也。而不知民不從上之令而從其好者也，令與好而相反，則其道不足以相感〔五五〇〕矣。蓋上非徒求善其令也，必有積於中心之誠焉。古聖王躬行無僞〔五五一〕，故人皆奉其不言之意，而雍然成風，如其相反，則夫降衷秉彝之性，律度軌物之陳，載民上者猶不能相奉，而獨以責之渾沌鄙樸無有知識之民，宜其不足以相服也，而安能從哉？（此義更〔五五二〕非小儒所識。）而事亦不足〔五五三〕以相成矣。蓋上非徒虛抱其好也，必有加於天下之政焉。古聖王內外無欺，故能自達於百度之間，而養民以善，苟中有私好，則賞罰黜陟之任其情，科斂發徵之從其欲，使民日敝其性而苦其生，雖令以孝弟忠信心所樂爲之事，而勢亦有所不暇也，而何以從哉？夫上之明徵其令者，欲民之從也，如其不從，何必爲此違心之言也？上之深匿其好者，亦欲民之從也，如其不從，何必爲此矯飾之苦也？夫令與好之間，豈獨相反而無以相帥哉？好有廣狹，而從亦有廣狹；好有淺深，而從亦有淺深。故曰民弱而不可勝，愚而不可欺也。

意思詳盡，氣格清蒼，法律嚴整，雖求之古人，亦不多見。（韓慕廬先生）

雄深健肆，迴拔流俗。（劉北固先生〔五五四〕）

深明治體，本末該貫，可濟實用。（沈蒼臣老師〔五五五〕）

危言正論，可作千秋金鑑。（戴田有先生）〔五五六〕

是以君子　道也

君子絜人之心，而以道濟天下焉。蓋天下之人之心，即一國之人之心也，君子絜之，而因有道以處之，以平天下易易耳。且國與天下之同然者理也，而不必盡同者事也，因其同然之理，以致其不同之事，而遂其不言而皆同之心，道行乎其間矣。（直截老橫，荀、韓手法。）何者？孝弟慈之作於上而興於下者，國與天下之所同也。然國之近也，精神可以皆遍，而耳目可以不遺，精神皆遍則相感而成化也，耳目不遺可因時以立事也。而天下之遠也，精神不能皆遍，而耳目不能無遺。精神不能皆遍，必有事之可守而後可大也；耳目不能無遺，必有數之可循而後可久也。是以君子有絜矩之道焉，所以致天下之同也。雖殊俗異黨，只此父兄妻子之相屬，耕桑衣食之相延，其憂喜悲愉，所爲順之則暢然，而逆之則蹙然者，絜焉而皆可知也。（實理中暢，浩氣外達。〔五五七〕）此亦如工之有矩焉，自徑寸而長之，以至於墨丈尋常，而絶無異術也。所謂恢之彌廣，而操之甚約者，其道固如是爾。又所以審天下之異而致其同也，共此血氣心知，而寒燠燥濕異其宜，輕重剛柔異其性，其曲成利導，所爲因俗以成禮，而任物以達情者，不絜而不能盡合也。此亦如工之有矩焉，循成法而通之，以至於殊形絶質，而無不相肖也。所謂中無定體，而隨時以寓者，其道又如是爾。君子絜矩之道，即君子孝弟慈之心，使非其心有懇然而艱已者，則體物也必不詳，而萬衆之紛，隱然各抱其情，豈能曲折調劑而得其適？（深細。）然天下終不恃君子孝弟慈之心，而恃君子絜矩之道，使非有道之徵實而利行者，則懷情者莫由致，而榮枯異地喁然有〔五五八〕望於上，反至俯仰顧望而增其悲。故夫絜矩之道，君子所以實致其心，而使天下無不得其平之憾也。是道也，未嘗不以行於家國之間，然至於天下，則其事益詳且難，而絜之愈不容緩矣。

心目豁然，故辭與意適，人皆劫劫，我獨有餘。（韓慕廬先生）

議論正，規模大，見大家真實力量。（張彝嘆）

雄直之氣發爲古文，自是作者本色。（熊繼亭）〔五五九〕

拈此題者，「絜」、「矩」二字誰不思洗發？却何故不能如此〔五六〇〕之精當？則由其入理之深淺，出筆之雅俗不同耳。〔五六一〕

大河西來，黄流渾渾，覺百川繚繞，皆失其觀。制義中有此，可以終古不敝矣。（鑑謹識）〔五六二〕

意厚而氣雄。〔五六三〕

生財有大　一節

財之足有道，在務其大者而已。蓋天下未嘗無財也，得其自然之道而長裕矣，何事外本而内末哉？且平天下者，不獨朘民以生，其勢不可以終日也，即任其自生自爲以食以用於天地之間，而國已大屈矣。（括盡世變。）是故生財有大道焉，必也觀物察變，使天下之大、兆民之衆，不啻一身一家之無遁形焉，而後其分精；循數推理，使十世以後、百世以後，宛如一日二日之可計處焉，而後其謀遠。（一部《周禮》根源。）故有道之世，未有一人而失其職者也。無事者悉使歸農，而不農者亦各效其績，以佐農之所不逮，雖不必盡出於生，而生之者衆矣，未有一人而濫於禄者也。當官者各責以事，而任事者皆有功可程，而不肖者不敢貪，則不必吝於所食，而食之者罝矣。至於爲之者，民之所自爲謀也。（曾、王劄子。）衰世之民，雖欲自力而其道無由，而古聖王既已寬之，而猶日夜勞來焉，惟恐其自暇自逸，以棄生人之性，而墮〔五六四〕天地之功，則道在疾也。至於用之，亦上之所不容已也。奢儉之用，徇於一偏而皆以生弊，而古聖王順以布之，而已綽有餘地焉，第覺其有典有則，文皆足以稱情，而力常足以周事，則道在舒也。（荀、韓精語。）如是而財有不足者乎？後世貴農嗇用，其規模多囿於一曲，而未睹其全。而君子常總觀於萬物消息之源，酌盈劑虛，其理甚足而有可恃，後人因事設權，亦能收奇羨於一時，而已虛其本；　而君子常〔五六五〕經綸夫日用常行之事，至纖至悉，其積甚厚而不可窮，此則之所以恒足，而道之所以爲大也。（穆深似羅文止。）若夫不務生之而欲聚之，雖盡民之財，立匱之術也，仁人之心不如是矣。

無一字填實，而一部《周禮》與漢、宋諸賢之論皆囊括其中，可謂擇之精而語之詳矣。（韓慕廬先生）

萃古書之精蘊，如金在冶，融液而流。（伍相如）

古氣不及震川三作，而精理過之。〔五六六〕

此等文如周公制作，後世莫能擬議。（曰倫謹識）〔五六七〕

中庸

道也者不　三句

中庸明道之體，而使人知其不容間焉。蓋道不能禁人之不離而其體自不可離，以爲可離者，亦弗思而已矣。中庸以爲，道之不明也久矣，或不知而離之，或知之而以爲可離。不知夫天下之物，其可暫離者，即其可終離者也，即其終不離，而亦非本不可離者也，而豈道之原於天而率於性者哉？（奏刀剨〔五六八〕然。）故天下有終身離道之人，而無須臾可離之道。物生而道寓焉，無在而非天命所流行也；（無物不有。〔五六九〕）事接而道呈焉，無時而非所性之發著也。（無時不然。〔五七〇〕）父兄君友，人所須臾不可離之人也，則所以事父事兄事君交友之道，須臾不可〔五七一〕離也，使離其所以事父事兄事君交友之道，而父兄君友不異於途人矣。即所以致於父兄君友者，終身無過，而一時一事之未盡吾心而失其理焉，則此須臾之間，天理已壅遏不行，而不勝其愧怍矣。視聽食息，人所不可須臾離之事也，則所以爲視爲聽爲食爲息之道，不可須臾離也，使離其所以爲視爲聽爲食爲息之道，而視食息不異於衆物矣。（可當先儒語録。）即所以主乎視聽食息者，卓然精明，而苟一時一事之忽不及察而過其則焉，則此須臾之間，吾身已顛倒無主，而不勝其悖亂矣。如以道爲可離，則禮樂制數[五七二]之文可離也，而父兄君友所爲致愛致敬之道，亦可離乎？（顯微共貫[五七三]，粹然大道之言。）致愛致敬之道既不可離，則禮樂制數[五七四]亦道之所行而不可離，其可離者，必其繁文末節之增加而過其分者也，而若是者固非道也。（非道可離，亦言之的然。）聲色臭味之迹可離矣，而視聽食息，所爲同然當然之道，亦可離乎？同然當然之道既不可離，則聲色臭味亦道之所寓而不可離，其可離者，必其奸聲亂色之雜至而蕩其真者也，而若是者固非道也。夫道之不明久矣，世徒見夫失其理、過其則者之多，而遂若以道爲離之而不害者，而不知人雖盡失其理，盡過其則，而其理固即物而存，其則固隨時而具也，而謂道可離乎？此聖人所以汲汲而修之，君子所以兢兢而體之也。

出筆甚輕，而著題甚重，由所見者真，故不煩言而解也。（劉月三）

清空如話，理足氣盛，真可横制頽波。（張彝嘆）

構架天來，意定而辭立就，非深造自得之後，不能有此。（邱〔五七五〕念祖）

「高秋數奏琴，澄潭一輪月」，理境之空明澹雅似之。〔五七六〕

先生每言，看《大學》、《中庸》，須就自家身上理會，裁得要領。故發於時文者，亦親切有味如此。（馨謹識）〔五七七〕

人莫不飲食也　一節

聖人嘆人之不察，而知道之所以失中也。蓋道不可離而人離之，不察之過耳，味則不知，而莫不飲食，可不謂大哀乎？（「誰能」章語氣逆，是怪嘆意；此節語氣順，是悲憫意，體貼入微。）且天下事未有舉世之人共由焉，而不昧〔五七八〕其所以然之故者也。蓋以其狎至也而不思，以其同然也而相冒，故終身未嘗與之離，而一日未嘗與之合者，天下之公患也。彼道之不明不行，觀於飲食之事而可見矣。天下無不飲食之人，人無廢飲食之時，使其徒飲徒食，亦何取於飲食？使其妄飲妄食，且深病乎飲食，飲食之所以貴者，非貴以味乎？而知之者鮮矣。凡得與失之顯然形迹間者，人猶警於心而有覺焉，若夫味，則知之而如是以飲食，不知而亦如是以飲食，其中雖甚相懸，而其迹若不甚異也，而人因忽之曰，是豈有不知者乎？夫飲食之有味同，而其所以爲味者各異，雖析其類而平心以察之，猶懼其相混也，（字字茗柯至理，豈徒空雋絶人？）而曰是安有不知者？無怪其浮而不知〔五七九〕入也。凡事與物爲人所不經見者，人或以爲異而求通焉，若夫味，則盡飲食之人皆不能真知，而凡飲食之人莫不略有所知，且放之於人而準，證之於心而安也。而久且信之曰：予既已知之矣，夫味固因物而殊，而知亦隨時而異，雖終其身反覆以尋之，而猶懼其有遺也。（真體貼語。）而曰予既已知之，無怪其悶而無所得也。有所甘者溺而不能擇，有所害者息而不暇詳，而安其故常者，又略而不之省。故或過其節也，或失其正也，或迷其真也，而知之者鮮矣。未飲食而求其理，則所以審味者必精；方飲食而察其宜，則所以取味者必正；既飲食而思其得失，則所以辨味者必詳。而始則貿然也，中則率然也，終則眊然也，而知之者益鮮矣。共此飲食也，其味之寓如此，與味之寓於彼者，同一原也。乃或有偶然之知，而異時則仍不能知，夫異時而仍不能知，則知之時故不得爲知也。（「能」字體勘深至，乃得淵雋。）同一知味也，此人味之而如此，彼人味之而又如彼者，遞相差也。蓋知之淺而味亦淺，知之深而味亦深，彼得其深者吾無望，而知其淺者亦何寥寥也。（變化不測。）夫飲食之於道，其尤近者也，而不察則不能知，吾獨奈此智愚賢不肖之人何哉！

前之作者未嘗及此，後之作者無以加此，真此題之絶作也。（韓慕盧先生）

縱横變换，言皆稱心，總是於此理昭晰無疑耳。（熊繩武）

一塵不染，萬有悉苞〔五八〇〕。（劉月三）

他人苦心累日而不能得其一義半辭，入靈皋手，信筆一揮，皆成絶調。〔五八一〕

莫不也、鮮能也，數虚字神理透徹無遺。〔五八二〕

舜其大知　全章

聖人合天下以成其知，而道無不行矣。蓋善必己出而後用之，知之所以小也，以天下之中，用之天下而一無私焉，非聖人而能若是乎？且斯道之中，敬〔五八三〕於天下之人之心，而非一人之知所能盡也。苟開之不廣，取之不精，則所施於天下者，無以即乎天理人心之安，而道爲之窒，蓋其人之識量有以限之矣。（凝如斷山。）古之人有大知者，其舜也歟？（開綽。）舜蓋卓然有主於中，而又不敢任一己之知，以礙天下之理也。舜唯廓然大同於物，故能發斯道之藴，而因以致在己之明也。蓋惟深知夫人性本善，其心知皆載乎義理，而局外之觀，較當事者而倍明，故將有爲也，未嘗曰予既已知之也，而好問焉。言苟當物，即淺近可易爲精微；而怠心一乘，則理即遺於所忽。故苟有聞也，未嘗曰是無足深求也，而好察邇言焉。至其言之悖於道而爲惡者，其言則非，而言之意未嘗不善也，而務隱之；言之合於道而爲善者，其善可取，而言之美則不可掠也，而必揚之。（古文開闔。）此在聖人，只任其性之自然，初非以是爲鼓舞天下之具，而天下之所以喜從而樂告者，亦在斯矣。如是而道之散於天下者無所遺，而中之裁於聖心者有所據。理以相近而難得其真，群言參差，循之皆有可通之道，而獨難於决疑似而定其衡；説以至紛而可致於一，彼此相錯，酌之俱非心理之安，而因可以稱物情而歸其分。蓋執其兩端，始確然有以見道之中，而凡過於此者，不可用之以使民疑也；而凡不及乎此者，不可用之以教民怠也。蓋其執之也，炯然無毫釐之差；其用之也，沛然若江河之决。以通天下之志，而道在聖人之心者無不明；以成天下之務，而道在聖人之身者無不行。會萬物於一體，與天地而同流，舜之所以爲舜者，其在斯歟！（大海迴瀾。）若夫小知自私，任一己之心，以封衆人之見，而愚者又貿然不知所裁，中庸之道，亦何恃而能行也？

方圓隨器，動静相生，不期古而自古。（王崑繩）

老泉稱韓子之文如長江大河，渾灝流轉，魚黿蛟龍，萬怪惶惑，而抑遏蔽掩，不使自露。古人文章之奇，全在抑遏蔽掩處，觀此文〔五八四〕益悟蘇子所言之妙。（侄道希記）

執其兩端　二句

聖人能用天下之中，而道無不行矣。蓋中寓於善而善非中，惟擇之詳，故行之至，此聖人所以立用中之極也。且中道之不行於天下，非用不善者爲之也，以爲善焉，則苟可以止矣，而不知於善之分半合，則其於中之分已半離，自非大知，惡能盡萬物之理而不過乎？如舜之言無不察也，蓋欲取其善者而用之也，而未敢以遽用也。蓋善之中又有兩端焉，其參差以散出者，至理或偶現於衆人之心，乃懸衡而取之，人〔五八五〕各因乎取者之分而不容强。（剥盡膚膜。）故以淺近爲精微，其權在執也，抑疑似之亂真者，相懸或即在於毫氂之際。故吾心雖有定，猶必兼陳夫未定之論而取其衷，誠恐脱略於方隅，而中即遺於是也。惟其執之也不敢苟，故其用之也無所疑，人見聖人之因事處事，以物付物，沛然若江河之决，而不知不滯於所行者，其詳慎有先焉者矣。惟其執之也無所遺，故其用之也無不利，人見聖人之法立而宜，令行而化，浩然與天地同流，而不知四達而不悖者，其權度有難焉者矣。（至理創得。）民之愚何知有中，而用之有幾微之差，其心終覺有歉而未愜，蓋其得失利病之身親者，不能掩也。惟執之已精，故動皆應於天命之本，而因以協其心之不言而同然者耳。中之理即民而具，故既用而從容中節，其事若爲百姓所與知，而非神明變化之無方者，不能合也。故後聖有作，其事亦各無憾於民，而止〔五八六〕覺舜所用之至當而不可易耳。蓋人之不能行道者，非善之不行，中之不行也。（見極之語。）衆人之心莫不有善，而不知有中，故聖人以執之者，通天下之善以擇其中，而因以用之者，還斯民以中，而不自有其善。蓋惟知之盡，故行之至也。此其所以立用中之極歟？

體裁峻整，語多造奇。（吴七雲）

在作者出之甚易，而他人欲凌轢其地，雖僊精越神，不能至也。此係大〔五八七〕理有淺深，出筆有古今老稚耳。（儲禮執）

回之爲人　一章

能守如大賢，而後可與明道也。蓋終於失，不異於無得也，不能守，安在其能擇也？顔氏之子，其庶幾乎？且中庸之理之在人心，返而求之而即是者也，而人皆擇而不能守者，蓋不知其難而未嘗勤心以致焉。故其所見者皆膚，而當其時非實得，時過而忘焉不惜也，而安望道之明哉？故吾嘗默觀人於動静之間，以驗其精神思意之所寄，而深有意於回之爲人也。夫人皆曰予知，以知莫如回矣，而回於中庸，夫豈自然而得之者哉？孝弟忠信之美，衆人所自信爲已明者，皆其無待於明者也，深入其中而各有精義焉，雖至纖近，而難得其安矣。（「擇」字實義。）是非同異之介，君子所謂無待於深明者，不知其更有難明者也，用違其分而毫釐以失焉，所見愈親而愈難自信矣。（説得〔五八八〕深微，纔是顔子身分。）能擇如此，則一事之來，而即有一善之得矣，夫其擇之也精，則得之也必固，豈遂至於有失哉？而回則猶恐失之也，蓋以善在事物，當其時雖迫取之，而附於吾心未固也，事過而時往來焉，而其義更浹矣；　善在吾心，發於境而有覺焉，亦非有迹之可留也，微喻而常迫懸焉，而其入愈深矣。（繪出拳拳服膺神理。）故凡一善之過於回前者，吾未見其有匿而不形者也；一善之入於回心者，吾未見其有離而思復者也。蓋擇乎中庸，得一善則拳拳服膺而弗失之矣。（名理濬發。）以是知衆人之心，所以常昏焉而不能擇者，以其與道未諳也，苟一善之實有於心，則衆善可相推以類矣。衆人於道，所以强攝之而不能無失者，以其與心不相習也，苟先得者日習而不離，則後得者亦投之而易固矣。吾安得盡如回之爲人者而與之明道哉？

密栗要渺，精氣入而粗穢除。（韓慕廬〔五八九〕先生）

思徑幽窈，讀者必息心静氣，逐字逐句，以心印合，方知其妙。（劉北固）

一咳一唾，皆成名理。文章至靈皋兄弟，可當「潔净精微」四字。（戴田有）〔五九〇〕

詩云伐柯　二節

因《詩》以審治人之則，而愈無疑於道之遠矣。蓋道之則本具於人，雖伐柯不足以喻其不遠，而謂君子之多求於人乎？（正義喻義俱合。）且天下之物，天則無是而人爲之者，雖至近而終不能渾而一之也。若道之在人，則天固如是而人離之，其離之也，爲失其所以爲人，而其復之也，爲還其所得於天，豈可以遠近較哉？甚矣，夫人之惑也！遠人而非道者，未嘗驅之而爭赴之，而其身之道，反不能自治，而待君子之修，而猶不能盡率君子之教，彼蓋疑君子之以己而治人也，而不知非也。（凌空而入。）使君子以己而治人，則伐柯之説耳，則雖不遠，而有執而伐之之迹，則不能無睨而視之之情。夫相觀而覺其似，則其先本有不相似者矣；比擬而求其合，則斯時仍有不甚合者矣。（名雋。〔五九一〕）即以爲遠也亦宜，而豈所語於君子之治人乎？夫君子非以己而治人也，以人而治人也。究性命之同源，而徵彝倫之共軌，雖以己治人，亦不患其道之不相通，而君子則以爲不必，而君子則以爲不可，其不必何也？以固有其人在也。道固各正也，惟附於人之身而有缺焉，無待於他求也，彼環其身而皆有不盡之分者，即環其身而皆有可盡之分者也，使自識其本然，而非吾多方以相責，而後情無所遁耳。（精理名言。）其不可何也？以各有其人在也，道本無二也，而又因乎人之所居而異義焉，不可以相假也，其失之固各有所以失，而其得之亦各有所以得也。（此義更精，方是各人身上事，不然張冠李戴矣。〔五九二〕）公予之以定的，而使人隨地以相求，然後義能各當耳。故道之體無所不統，而君子之治人，不遽求其全，蓋泛焉者雖少緩而無傷，而切焉者實暫離而不得也。孝弟忠信之大防，苟能不潰，則外此者，亦可以聽其自擇矣。道之分不可終窮，而君子之治人，亦不遽要其極，蓋驟責以深而概〔五九三〕無所得，不若先〔五九四〕求以淺而無不可能也。愛親敬長之通義，不蔽〔五九五〕於心，則精微者，亦可以俟〔五九六〕其漸致矣。（一〔五九七〕義亦本《或問》，而發揮新警。）改其非道者，以去其非人者，而治人之心得，而治人之事亦止矣。以天合天，不必引繩以批根；有物有則，初非浥〔五九八〕彼以注此。修道之教，約而不煩，而天命之性，實〔五九九〕而可見，遠云乎哉？

抽〔六〇〇〕繹舊説，翻出新義，十年來學者人執《或問》一編，誰解如此道來？（韓慕廬先生）

孔門問仁問孝問行，每問同而答異，便是孔氏以人治人之法，於不必外發出不見義，妙解不刊。（劉紫函）

以人治人，推出如許奥義，乃知題理蔽於衆人雷同近似之辭者不少。（喬介夫）

精微自然事，淺學者不能勉强彷佛而得。（戴田有）〔六〇一〕

忠恕違道　一節

求道於忠恕，心安而理可得也。蓋人能盡力於忠恕而順其施，則去道不遠矣，而何必爲道於遠以離道哉？且道之不遠於人者何也？以其附於人之身，而即具於人之心也。（一語剸〔六〇二〕入，已中要害。）故入道之心非遠也，即吾所固有之心以體驗之，而心已近於道矣；　體道之事非遠也，即吾所體驗之心以推行之，而事已近於道矣。何者？人有心，莫不可以自盡也，而忠存焉；　人有心，莫不可以相推也，而恕行焉。不忠不恕則悖於性，拂於命，而違道也遠矣；　能忠能恕則順於情，依於理，而違道也不遠矣。（下字分寸，直逼荆川。）道也者，自然而各正者也，故必盡去其勉强相就之迹，而後渾合而無間焉。今第曰忠恕而已，則有待於盡者，其中固不能無所缺也；　有待於推者，其外尚不能無所格也。然幾微而不敢〔六〇三〕自欺，艱難而必求其達，則其終亦將有從容而和順者矣，而何遠乎？道者至當而不易者也，故必能盡乎義理精微之極，而後毫末之不爽焉。（此義更能補先儒所未及。）今第曰忠恕而已，則能必其心之盡，而所盡者未必其皆無誤也；　能必其心之推，而所推者未必其盡適中也。然静而時自求其本，動而時自檢其私，則其事亦必無昏迷而大悖者矣，而何遠乎？夫所爲忠恕者何也？其事行於人與己之間，而其端在於欲與惡之際，明爲己之所不欲，而以加於人，反之於心而有所不安，即合之於道而有所不可者也。（綰「道」字。）人雖至愚，而於其身所受病者，知之必悉，故以此觀物則必精； 人雖異體，而揆以道之同然者，情自不殊，故推以應物則必順。慎其所發，以類萬物之情； 厚其所存，以爲時出之本，而忠恕之事全矣。夫無人無己無欲無惡者，道也，能忠能恕，而違道也豈遠哉？而有欲有惡能忠〔六〇四〕能恕者，人也，忠恕違道不遠，而道豈遠於人哉？

忠恕違道不遠，必兼中二義始全，而對義尤緊切，雖先儒所未及，固可以俟而不惑也。（劉言潔）

重發上句，下二句不多作鋪排，於章意最爲緊合。（徐詒孫）

盡心不是盡道，盡道則無誤，盡心容或有誤，世固有心無他而未合於義理精微之極者，此等開闢〔六〇五〕，非有心得於先聖賢之意者不能。〔六〇六〕

君子之道　自卑

君子之入道以漸，未可以遽慕乎高遠也。蓋不以高遠爲歸，則道之分有遺，而不循卑邇以進〔六〇七〕，則入道之序有紊，惟君子知其必然耳。且中庸之道，怠於行者病之，而急於行者尤病之，彼蓋有所不能待也，而欲越其所由歷者，而一蹴以致之； 不知越其所由歷者，而終身不至也，知此者可與言君子之道矣。（淡旨似欒城。）椎魯之資無問矣，即生而知之者，其智可以無所不通，而聞見之際孜孜焉，蓋淺易者未詳，即所爲精微者有所缺也，道固然也；中材以下無論矣，即安而行之者，其道可以無所不冒，而日用之間凛凛焉，蓋平實者未踐，即所爲恢閎者無其本也，道固然也。近而譬之，殆猶行遠之自邇，登高之自卑，然道不可以天資借也。智力絶人者，其收功較捷，而要不能徑省其所從入之方。今夫人行同塗，登同徑，而中有健者焉，其達之也獨先，其升之也獨易，而究之跬步之不能遺也。（奇意天出。〔六〇八〕）夫既必不可遺也，則彼遲以相待，此力而幾焉，而弱者亦可以無懼矣。道不可以虛願滿也，按節而居者，雖事在日前，而終爲懸隔而不親之地。今夫人歷長塗，乘絶險，而止於中道焉，其出我前者不過咫尺，其臨我上者不過尋丈，而亦覺艱難而不能達也。而必不能不由是而達也，則得尺乃己之尺，得寸乃己之寸，而怠者亦可以自前〔六〇九〕矣。（奇横。）有力決夫君子之道以自恣者，簡棄萬有，而游心於域外之觀，由其術，果可以不由卑邇而達也。然所適者非其地，則愈遠而愈蔽，愈高而愈危，雖自恃其行之疾，而反不如止者之不至他歧，自奮其登之勞，而不異於墜者之無所底麗矣，此君子所甚惡也。（四顧滿志。）有浮慕乎君子之道而無節者，厭苦下學，而窮思於上達之境，彼其心，非不欲坐致於高遠以自憙也。乃其進也不以漸，則遠者望之而不見其涯，高者攀之而不得其階，將軌〔六一〇〕而守其故迹，而行與登之力爲徒勞，將退而補其前行，而行與登之力爲不再，此君子所深惜也。（意味深長。）故明於自然之候，而後知欲逾越而無從；奪其苟且之心，然後能忍艱難而必達。有志於道者其可以興矣！

淡杳之中，縱橫出没，未易索行墨之端倪。（汪右衡）以清淺爲深微，良繇骨法異衆。（任蘅皋）幽思妙諦，不從人間來。〔六一一〕

子曰射有　一節

聖人論射，而示人以君子之用心焉。蓋反求諸身，乃素位之實，而無怨之本也，君子以正其行，射者以求其鵠，一而已。且有所不得於世，而内以自責其身，非君子無是心也，而不知衆人皆有之，特其見也有時與地焉，束於法、迫於勢而後動，不若君子時以自克於所行耳。（淬詞爲鋒。）不觀夫子之論射乎？君子之素位而行也，非獨不陵不援，無怨無尤而已也，使置得失於無心，而頹然一聽於命，則異學者或以是增其放焉。而君子則處上處下，無時不自繹其鵠，而富貴貧賤夷狄患難，皆信以自鑒其身，其無在而不反求其失者，乃其無入而不自得者也。彼射者之失諸正鵠也，雖心之不平，而於人無可歸怨，而已之不正，至是忽而自明，其反求諸身也，與君子之用心有相似者。人情之無憑也亦甚矣，而君子不啻以爲可憑，謂在己果無不足之理，則於世必無終隔之情也。（理至之言。）故上下之交之稍有不相安者，即默然引以爲失，而反求焉，隨地而自盡者已詳矣。而其心常恐有所未盡，使進此尚有可行之道，則處此尚多未盡之行也。（真學問人語。）故富貴貧賤夷狄患難之幾微不自得者，即瞿然曰吾失之矣，而反求焉。雖君子之行有所拂，而反身實無所失，與射之事有未嫻，而反身實有所失者異也，而其用心之平恕而無自護之私則同；君子實無所失，而前此之道不可移，與射之實有所失，而後此之弊宜自矯者異也，而其一時之清明而無私意之蔽則同。是故其容體不比於禮，其節不比於樂，而幸中焉，射者弗貴也。君子知詭隨之自便，而斷然不由者，此物此志也。其容體比於禮，其節比於樂，而偶不中焉，射者勿惡也。君子當遭遇之極窮，而有以自得者，比〔六一二〕物此志也。（愈出愈奇。）夫衆人反求之心，不能自發於身之所行，而於射則無不然者，要亦迫於得失之私而爲之動耳。然使推此心以自克於所行，即君子之道無以易也。

此等文須先積精思，意静神旺，卒然而得，蓋有神助。（張彝嘆）

君子之道　全章〔六一三〕

《中庸》明進道之序，而以聖人之説《詩》證焉。蓋道不可以蠟〔六一四〕等而進也，卑邇高遠之相及，觀孔子之言《詩》者而躍如矣。且道無往而不存，而淺深本末，要必有自然之序焉。道〔六一五〕所必歷之程，則終無能至之理。而順而至焉，將有足於此而自達於彼者。**（妙合題神。）**苟知道之深，無往而不見此意也。蓋君子之道未有必〔六一六〕以高遠而〔六一七〕歸者也，而其達之未有不由於卑邇也。即以行遠登高譬之，已至者無在而不爲卑邇，未至者無時而不有高遠，後此非有限際，而當前則無尺寸之可遺。日循於卑邇，而有可據，即日據於高遠而不自知。所向不至迷塗，則儒者亦可艱難而必達。以是知妄意於高遠者，皆庸人苟且之心，苦其事之難盡，以惜其力而欲徑省以通焉。**（可當先儒講學之書。）**不知其必自於此，而舍是則無由通也。若夫君子明於其所必踐而志不紛，雖跬步之不越，而未嘗一日自虛其行，與登之力則合計焉而已有餘； 操於其所不息而境漸熟，雖迂迴而難通，而未嘗一日不積夫高與遠之程，則無心焉而將自至。（剖析毫芒。〔六一八〕）不觀孔子誦《詩》之言乎？《詩》言妻子而擬諸琴瑟之諧，道在妻子者然也； 言兄弟而極其翕合之樂，道在兄弟者然也。 宜焉樂焉，不越乎室家之事，而自夫子言之，則順父母之道未始不基於此。 蓋兄弟鬩於墻，而婦子嘖於室，父母之情悄〔六一九〕然疚懷，可知也。 則庭闈之怡怡，而室家之熙熙，父母之怡然自樂，可知也。 夫兄弟妻子之間，庸人之不深戾者皆可以無乖，而〔六二〇〕父母之順，則聖賢終身於其中，而以其事爲難盡，而其道之相通如此，則凡道之自然而馴致者皆可悟矣。（水乳交融。）彼舍卑邇而妄意於高遠者，皆虛擬之〔六二一〕名而未嘗身親其事者也。 使身親焉，則知舍是無由通，而由〔六二二〕是亦可以自達耳已。 譬如坐而謀所適者，恨不得一蹴而至之。 及行焉登焉，而後知其無是也。 人孰無兄弟妻子父母乎〔六二三〕？ 苟循其道而身體焉，則其自然而相通者可自喻矣。

細心密理，其於題也有油然理順之意。（王若霖〔六二四〕）

嘘吸神理，精融浹洽，而運以大家之思力，行以古文之氣脉，時文久而不廢，此

種文延之也。（儲禮執）

思知人不　二句

欲盡知人之道者，不可不求其原也。蓋道之大原出於天，親賢之等殺，皆於是乎在，此之不知，而欲知人以事親也，可乎？且凡物之理，究其極皆有自然而不容强者，此天之所爲，而非人之所設也，豈獨一尊賢之義爲然哉？亦豈獨一親親之仁爲然哉？乃切於吾身者，莫過於知人以事吾親，苟不求其端於天，則自以爲得其理，而失其理者固已多矣。故思知人者不可以不知天也。賢者之生不偶，彼實無賴於我之尊，而我不可不致其尊，此自然之理也。不知此，則無以致其忱，將有貌承而心不屬者矣。夫事親之忱之難盡，其更甚於尊賢可知也，而何可以苟然也？賢者之類不齊，不及焉而失其所以爲尊，過焉而亦失其所以爲尊，此自然之理也。不知此，則無以酌其分，將有雜施而不顧其安者矣。夫事親之分之難詳，其更甚於尊賢可知也，而何可以眊然也？（自然合節。）人雖至愚，未有不知賢之當尊者，而何以實能尊賢者之寥寥也？亦猶夫人雖至愚，未有不知親之當事者，而何以真能事親者之寥寥也？此不知天而忱不盡之過也。吾於知人事親之理，微有所知，而不求致乎其極，將稍有所盡，而已覺無歉於心，無惑乎力之留於初，而情之竭於後也。（此論本伊川。）苟知夫不如此則悖於天，而無以成其身，而寧有是焉？致其尊於賢，已以爲可安矣，而受其尊者轉有所不安，亦猶夫致其親於親，已以爲可安矣，而受其親者轉有所不安，此不知天而分不詳之過也。吾於知人事親之事，一概以施，而半處於有餘，則相提以論，而半居其不足，無惑乎漫於禮而義不盡，瀆於恩而仁不至也。苟知夫不如此則詭於道，而無以合於天，而寧有是焉？是故得其人而被以職事，其常也，而不臣不友，又往往一無所任以明其尊，此明於天而知其品之不可以一視也。（波瀾壯闊，微事説理，義無不搜。）彼親有詔以爵禄，而不必屬以事權者，非與此異形而同類者乎？此之不可不知也。得其人而樂與共事，其情也，而進退去留，又有時任行其志而不敢强，此明於天而知其節之不可以不厲也，彼親有諭以理義，而不敢從其私欲者，非與此殊塗而同歸者乎？此之不可不知也。獨是親與賢之理，必於知天後得之，而知天之學，不徒於親與賢求之，蓋深視〔六二五〕萬物之理，皆知其所爲自然而不容强者，則措之於賢而有以盡夫知人之義，亦措之於親而有以盡夫事親之仁矣。故知天者，君子體道之極功，而亦求道之始事也。

以實理聯貫，如金在鎔，惟冶者之所鑄。（韓慕廬先生）

雙峰謂當直分親賢，不用鈎貫，蓋恐巧累於理，觀此當爽然失矣。（黄際飛）〔六二六〕

天下之達　一節

以道修身者，在自實其德而已。蓋環吾身而皆有當盡之道者，乃即吾身而皆有能行之德者也，而奈何不求其所謂一哉？且天以無妄之理賦於人心，而爲固有之德，即淆於倫理，而有當然之道，皆因所發見以異其名，而其實非有二也。如是而人之守其所固有，以盡其所當然者，其要可知矣。修身以道，則於道有一之不行，而不可謂修也。道之分聖賢所難盡，乃盡天下之人之身，而責之以必行，獨何所恃哉？蓋以人受命於天，固超然異於群生，故無知之物，道或偏寓焉而不能相通，而即其一節之中，亦無可以深求之理，蓋天既不責之以行，則先不附之以道也。（昌黎《原道》之文。）至於人之身而道之附之者備，其求之也詳，且達於天下而無一人之或異，則知非徒漫責以行，而所以行之者，即身以具，而無患其不舉矣。蓋道之大經約有五焉，而所以行之者則有三焉。立一人於此，無論其身之爲上爲下，而必將有君臣焉；無論其身之爲前爲後，而必將有父子焉；而與身等彝〔六二七〕者，又必有夫婦、昆弟、朋友焉。（老氣積發。）之五者，往〔六二八〕古則章明其教，而季世亦且守以爲法也。賢者則深於其類，而不肖者亦不能盡棄其常也。蓋天下之達道也，此心之不昧，而能知道者，則有知焉；此心之無私，而能體道者，則有仁焉；此心之不懈，而能强道者，則有勇焉。之三者，淆於質不能無優劣，而原於性不可分有無也。順而發〔六二九〕者，皆有可擴之端；蔽而失〔六三〇〕者，亦皆有可反之道也。蓋天下之達德也。夫道既人之所共由，而德又人之所同得，宜乎道無不行，而身無不修矣。乃君臣、父子、夫婦、昆弟、朋友之間，盡其分者，百不一有得焉。三者之用常虚，而世幾疑人性之有隔，是何也？則昧於所以行之者也。（恰是「誠」字，又妙在渾然不露。）賦畀之初，本無不足，擴其偏端，而力持其隙，則積久自可以致純，而方寸之地，不能兼容，有異物焉入而相參，則固有者爲之日匱。苟知德爲吾心之德，而其消其息，無所容其自欺，即事即物，無往不實致其力，則主於一而行於三，舉而措之，倫紀之間沛然耳。世之身負於道而不能行者，非德亡也，二三焉而不能實有之也。夫天下既有可行之道，而吾身又有行之之德，是天之於人獨厚，而人所恃以自貴於物者也，而奈何不思其所謂一者哉？

間架老潔，氣質樸厚，極似朱子集中文字。（劉月三）

如平原曠野，大將指揮，天衡地衡，自有紀律，一代奇才也。（查德尹）〔六三一〕

去讒遠色賤貨而貴德

不去其害德者，非知所貴者也。蓋佞人用事則忠正危，寵賂滋彰則君心惑，故貴德者念此至熟耳。且正道之興，外之邪人不利，內之則人主之心，爲之拘而不能逞，而君子又常以闊疏而不飾，落寞而難親者處之，雖未必遽就孤危，而其日見陵替也決矣。〔六三二〕今夫人主自中材以上，未有不知德之足貴者，（以「貴德」作主。〔六三三〕）然或名貴之而實不至，或暫貴之而久益衰，何也？（翻入上三項。〔六三四〕）讒勝於外，而好色與貨之情，悖戰於中也。夫有德者，大都直己而不苟同者也，安國便事之謀進，則苟簡不肖之人懼矣；正誼明道之説行，則慆心之樂、無藝之求又廢矣。（他人所極力發皇者，只以數語括之，是作家精於擇言，不爲苟同處。）諒不能朋比依阿，以避怨嫌，而便君之私計，而有德者又見微而知清濁者也。（二股就「德」字發論，見其與「讒」、「色」、「貨」勢不容並立，抉出貴德者所以當去、當遠、當賤之故。〔六三五〕）群枉之門既開，不必譸張爲幻，而早知所處矣；　君志之荒既兆，不必發於音聲，見於容色，而已識其幾矣。必不能徘徊觀望，以處疑地而試君之愛憎，審是則貴德者可以知所務矣。而往往難之者，左右便佞，皆上能適君之意者也；　優〔六三六〕笑玩好之屬，又快意當前，而不能自割者也。（此段就「讒」、「色」、「貨」發論，極言其足以害德，以見貴德者之必當去之、遠之、賤之也。〔六三七〕）於是乎不勝係戀之私，而漫爲兩行之説曰：　是在吾之能立制防而已，吾知所貴，雖衆言朋興而内志自定也。且娛其色而不使與於政，利吾私而不以害於公，苟予心之不迷，誰能易之？（得此一段議論，題中「而」字方拆得醒。〔六三八〕）而不知事固有積於微渺〔六三九〕者，欲售其讒，則乘間抵隙，而其入必甘也。而且悦其色，則必授之情；溺於利，則必妨於〔六四〇〕義，受其遈而不知，胡可恃也？人主知此，故於讒去之，於色遠之，於貨賤之，以定天下之心，謂不獨非其類者，斥而去之也。雖君所甚暱，亦不難忍而斷之，則知中心之好，無以加於有德，（「貴德」三字洗發甚透。〔六四一〕）而無復迭起争勝之謀，亦因以自致其心，恐三者日與爲緣而忽不及察也。（更微。）故顯絶其萌，使不得因緣以入，而後貴德之心，不至牽於他務，而有遷徙見奪之勢。若猶是愛讒悦色好貨，而德亦處一焉，而曰吾甚貴之，吾未見其貴之也。

通篇俱發揮貴德者所以當去讒、遠色、賤貨之故。起三股就有德者發論，言其與三者勢不並立，中一段就「讒」、「色」、「貨」發論，言其足以害德，絕不呆疏日下題面一筆，而議論精警，尤非醞釀於古者不能。〔六四二〕

誠者天之　四句

論誠之始終，而知人不可離於天也。蓋天道本誠，故人道不可不誠，彼離於天者，又可以爲人乎哉？且衆人所以多不誠者，以未知夫凡事之理之本然也，以未知夫吾身之理之本然也。（深入題之勝〔六四三〕理。）一有不誠，則無以盡其當然，而因以失乎此事之本然，而因以失乎吾身之本然。故必明於天，而後知天之不可背，而後知人之不可棄。蓋明善以誠身，誠者，其事責於人，而其原實出於天。萬物之形皆於穆之氣所成也，故萬事之理皆無妄之真所寓也。人知有是事與物，而即有是理，不知先有是理，而後有是事與物，事與物無不實，則理豈有不實者？惟其實〔六四四〕有是理而不相假，故因物異形，而無一相肖也；惟其止有是理而無所歧，故殊形絕迹，而無一不相肖也。（「誠」字義藴曲暢。）人能盡其分，而此理不爲加益；人盡棄其常，而此理不爲加損，豈非天道之本然者乎?即以身之所接言之,在親而即有所以順之之理焉,在友而即有所以信之之理焉,在君與民而即有所以事之治之之理焉,是皆天之所爲,而非人之所設也。夫凡事之不出於天者,即力爲布置,而終不能無所遺焉,而終不能無所間焉,而豈所語於誠之自然而各正者哉?乃誠之原雖出於天,而誠之者則在於人,無一事一物,非吾心之靈之所寓也;無一事一物,非吾性之理之所涵也。理之本具於事物者,雖不以人事爲存亡,而事物之自具是理者,要不與吾身相附麗,非吾有以實之,理亦豈能自實者?吾終身能誠,而一息不然,則此時事物之理,附於吾身者皆虚也;吾前此不能誠,而一旦能然,則此時事物之理,附於吾身者皆實也。天之予我甚全者,在我有以承之,即我之得天或偏者,亦在我有以補之,豈非人道之當然者乎?即以身之所接言之,雖有事親之理,吾不以之事親而安在乎?雖有交友之理,吾不以之交友而安在乎?雖有事上治民之理,吾不以之事上治民而安在乎?是皆人之所爲,而非天之所能爲也。夫凡事之不屬於人者,猶可幸其或然,謂有莫之爲而爲者焉,有莫之致而致者焉,而豈所語於誠之之按實而可稽者哉?自三代以下,人道不立,而天道受其病,自上以下,莫不昏焉惰焉。所以修身者,昧其當然,而因失其本然;所以治天下國家者,昧其當然,而因失其本然，而達道九經之屬皆虚矣。此天與人所以乖離，政與道所以撲滅而脊脊大亂也。（董、韓無此精語。）

中間實疏處，皆程、朱秘奥，起結則先儒所未及。而三復白文，乃知言下實有此義，非增加牽引以合之者，真有功經傳之言也。（韓慕廬先生）

樸實是先輩本領，將上節君民親友另作疏通證明，亦是化直爲曲、積單成複之法。（龔孝水）

兩大比中具無數層折，使題無不暢之旨。一結更見高識，篤古而達於辭，使昌黎見之亦當目爲能者。（弟於屋）〔六四五〕

從容中道聖人也

知誠者之分，而求道者之心可定矣。蓋以道責人，未有責其爲聖人者，以人自處，亦未有妄意爲聖人者，而豈能從容以中道哉？且道出於天，而中之者人之事也。（將兩段一氣讀，玩其相呼應之神，乃知體會入妙。）乃有人焉，其中道與人同，而其所以中道，有非人之所能爲者，蓋天之獨厚斯人，以爲天下後世法，而因以絶其覬幸之心也。彼思勉之功，所以求中乎道也。　然由之而中者，人也；　不由而自無不中者，天也。　可爲者人而不可爲者天，則人亦期於中道耳，何必問其所以中哉？然而中道者，未嘗無此從容而中之人也，即聖人之中道，亦有不出於從容者矣，豈得盡然也哉？而所謂誠者，則從容中道之聖人也。（**七字當一氣讀，跌落分明。**〔六四六〕）道之量甚大，而吾力不能沛然而有餘，（**實發「從容」。**〔六四七〕）從其後以赴之，而後徐滿其量，則有竭蹶不遑者矣。　若夫誠者，無事悉力以相副，一任乎性與情之故然，而己適與之稱焉，則從容之至也。　世而有斯人也者，量無有道焉足以難之者矣。　道之分甚精，而吾心尚覺〔六四八〕操之而不定，從其先以豫之，而惟恐不適於中，則有輾轉不適者矣。　若夫誠者，不必先事以爲圖，直聽乎事與物之自來，而行所無事焉，則從容之至也。　世而有斯人也者，量無有人焉能與之並者矣。（**虚合語氣。**）蓋惟天之道，無爲以遍於萬物而一無所缺，故凡思焉勉焉而中者，可以如其無缺，而不能如其無爲，而不謂人之於道，亦有無爲而順於萬事如此者也。惟天之道，自然以成其變化而無迹可窺，故凡思焉勉焉而中者，終不能出以自然，而泯其形迹，而不謂人之於道，亦有自然而成其變化如此者也。（**根柢深厚，更難得此明白如話。**）行無轍迹而皆得其安，心與〔六四九〕天遊而時覺其暇，大賢以下，有茫然不識所由來者矣。明於物則，而無一不造其極，動其天機，而不知其所以然，旁觀之〔六五〇〕有疑爲無所用其力者矣。（較出比更有依據。）吾思人倫之内，庶物之中，固不可無斯人也，苟有其人，則道之在人者，不得不推爲獨絶矣。而天下之大，古今之遠，亦未嘗無斯人也，未嘗無斯人，則道所常〔六五一〕賴者，知其罔不屬於斯人矣。苟不實盡其誠之之事，以待其自然而爲聖人，吾恐盡天下而無一中道之人也。

處處刻劃「從容」二字，不與上二句及由仁義行等語義意相混，此題得此文，便覺文止作尚未盡愜人意。（韓慕盧先生）

思入混茫，仍不以深苦喪自然之質。（吴東巖）

前後急趨下文處，猶近人所能，中六比堅實老確，幾可於先輩中擅場。（兄百川）

具確實精深處，直巧刮造化之産。〔六五二〕

博學之審　四句

君子明善之功，不一而足也。蓋學問思辨，遞用之而無一之或苟，而善猶有不明者乎？（**暗藏有手法。**〔六五三〕）且誠之者擇善之事，先於執而亦詳於執。（**破的。**）蓋天下之理，無一非其所當擇，而一事之中，多方以擇之，而惟恐無以既其實。蓋即道之所以明，而其不能鹵莽而有獲也已如此矣。何者？凡事與物未有生而盡知者也，雖生知者不廢學，而况學知以下乎？然道體事而無不在，而苟限於方隅，則以爲得其善於此，而善之遺於彼者固已多矣，始事而狹其基，則憑是而加功者亦薄；歷物而少所見，則相參而得問者無多。夫學固有憂其泛濫而無歸者，而以求吾善，則博乃所以致約，而非所以溺心矣。（**細切。**）由是會通者有以得其信，而參伍者亦有以致其疑，已不能知者，人必知之，而可無問乎？（**有味。**）蓄所疑以爲富，是長其愚也，内自迫而求通，亦紆其徑也，而問又不可以苟也。（**更微妙。**）必盡發乎吾心之疑，使知吾所受蔽之處，而後可以解吾惑；必備列乎此事之變，使其心入乎事之中，而後可以得其真。苟問者不審，則聽者不詳，彼先無所施其擇，而吾何所藉以證吾之所擇哉？而吾所學又非可以一問而盡明者也，惟思之不得故有問，而問之後可以不思乎？然思逐物而無所窮，苟不授以節制，則苦其心於所不必擇，而反遺其所當擇者固已多矣。萬物之表而有理焉，雖心知其故，而何當於吾身一事之中固有則焉？必過求其精，而反失其常分。故思雖不可淺用而輒已者，而善寓於中，慎乃可以無過，而亦可以無不及矣。由是心以精而愈有所不容混，理以近而愈有所不能〔六五四〕同，一叩而未通者，或往復以得之，而可無辯〔六五五〕乎？疑人言而嫌於相難，是不知此理之至公也，執己見而居之不疑，無以驗人心所同是也，而辨又不可以苟也。必使吾之所見與彼之所見兩相薄而無餘憾，而後可以折其中；必使理之如此與理之如彼百相參而無遁形，而後可以歸其分。（是「辨」字，不是「問」字。）苟辨之不明，則知之不盡，而據爲已擇以自安，不終其身無擇而得之之日也哉？如是以擇善，則知之明，而其見於行也將易矣；如是以擇善，則取之精，而其見於行也益難矣。而可不篤乎？

臨川此題，文靈慧極矣，然不跟上文擇善意義，尚可移置他所，此〔六五六〕文脉理既真，而精鋭沉厚亦過之。（李厚庵先生）

採其一二語，恢之可成大篇，良由作者胸中充實，不可以已。（徐子遯）

説學問如道世事，非有心得者不能。（韓祖昭〔六五七〕）

根定擇善，亦一定成法。其詮博、審、慎、明之義，如云道體事而無不在，思逐物而無所窮，盡發乎吾心之疑，備列乎此事之變，如此理之至公，驗人心之同是，讀之令人偏狹之私、驕吝之見悉化。予嘗謂有明三百年制藝，人皆推震川不可及者，以其氣象渾灝，超越諸家，吾謂不然。氣隨理爲運轉，震川不可及，只是理精耳。若荆川、鹿門，豈不從《史》、《漢》出？惟其道理未融貫，氣亦寖薄。靈皋道理精研，每發人所未發，而諸家多以古文大家概之，恐未得其深處也。（李岱雲）〔六五八〕

鏤刻入微，不幸負題中一字。（劉月三）

沉著精實，如銅墻鐵壁，一字顛撲不破。〔六五九〕

博學之審　五句

實指擇執之功，而人道可恃矣。蓋擇以學問思辨，而執以行，苟盡其功，何善之不能實哉？且善一而已，而所以求之者，非一途也，乃多方以求之，不過欲善之實，明於心而有於身，則仍以致一而已。彼誠之之道，在於擇善固執，則其知之也，固不能以不思；其行之也，固不能以不勉矣。（五個「之」字，神理畢現。）苟不先識其規模，而泛然無所置力，則雖浮慕乎善，而無由與之相值也；不一循其節次，而雜然不顧其安，則雖偶得乎善，而不可據以爲常也。蓋執之事後於擇，而擇之事莫先於學，古人所留之迹，皆善之予我稽考者也；　凡物所載之理，皆善之待我求索者也。　然不博觀乎〔六六〇〕古人之迹，則執其一節，無所參伍，而善常蔽於所學之中；　不博求乎萬物之理，則守其方隅，以爲大全，而善常遺於所學之外。（確。）至於學之博，而得失同異之間，其足以發此心之疑者多矣。　蓄所疑以待悟，不如借牖於已知而善易得也，乃約略而問之，則於事有未顯之情，而在人有難盡之旨。（確。）至於問之審，而彼此證驗之際，所以發此理之藴者詳矣。　恃人言以爲的，不如内返於吾心而善可信也，乃散漫而思之，則誤用者役其心於無益，而過用者失其分而不精。（確。）至於思之慎，則心以屢用而其入愈深，理以相參而其間愈出。　於是乎明以辨之，交通乎彼我之懷，使抵牾盡出，而後可以得人心之公是，力争於毫釐之界〔六六一〕，使疑似盡融，而後可以識斯道之大中。（確。）至此則真知至善之所在，而可不疑於所行矣。　凡物之得之也艱，則其守之也宜力，勞於擇而臨事不能實用，則善仍與我無與耳；　而此理之所見者深，則其體之也愈難，精於擇而所行不能相副，則善之在我猶淺耳。（精刻。）惟篤於行，然後能實其所知之理，然後能稱其所知之量，此學問思辨之成功，而誠之所由立也。（完密周緻。）之五者，觀其大體，必以馴致，而隨其所見，以體於身者，亦不必有所待。　並於一時，可以不悖，而一事之中，苟倒其序焉，而無以即於安，始學由兹以入，而知盡行至，其事終不可遺。用功不得不分，而交養互發，其機可以自喻，以性所固有之善，而多方以求之，謂不能漸滿其量以進於誠，吾不之信也。亦在爲之者之弗措耳。

不借不浮，字字親切，非强學力行而有得於心，未可以影響先儒而得也。（張彝嘆）

遠抽深繹〔六六二〕，條分縷析，皆甘苦有得之言。（鮑聖〔六六三〕昭）

唯天下至　其性

中庸以性之難盡，而思天下之至誠焉。蓋性本誠也，不失其誠，而性固已盡矣，是以唯至誠能也。且衆人之可以爲聖賢，以其性之實而無不全也，乃天全而付之，人受而虚之，苟非有人焉全而歸之，而無一不肖其本然。亦不知天下之大，古今之遠，紛紛者皆缺其性而負於天也。（刻劃「唯」字神理，議論亦足以警發昏蒙。）蓋自身心意知以及天地萬物之變，苟有故焉，皆人所能通，何也？以性之實有其理也；自日用飲食以及經綸位育之業，苟有事焉，皆人所能舉，何也？以性之實有其理也。此天下所同然也。

然自人心感物以動，而性所本無者，皆附於氣質以相擾，而横塞於中，而性所固有者，反受其蔽虧而無幾希之存。就其善者亦不過或得或失，或間或續，以稍存其性耳。其能盡之者寡矣，其唯天下之至誠乎？天之所以陶冶而成之者，既極其純粹，而無偏至之氣，而彼之所以恪恭而奉之者，又極其詳密，而無一息之疏，故能察之無不盡焉。蓋其誠已〔六六四〕通乎事物之原〔六六五〕，故凡散於事物，他人所殫思畢慮而不能詳者，彼則見爲故然，而已遍其深曲也。（攄幽發粹。）夫人一念無私，則此時之觀物必明，而况至誠之性之本無所蔽者乎？故能由之無不盡焉。蓋其誠常積乎身心之内，故凡發於身心，他人所勉强艱難而不能合者，彼直行所無事，而已應其至分也。夫人一事無欲，則此事之措注必安，而况至誠之性之本無所滑〔六六六〕者乎？吾性之分，固有所止，行乎君臣父子之間，吾之所爲自以爲無憾矣，乃他人處此，而更有善焉者，則未可以爲盡也，而至誠則立於無可加之地者也。（清瑩秀潤。）性之所統，不可終窮，歷乎萬事萬物之中，吾之所爲固不能皆遍也，乃迹雖未經，而其理已舉於此，則亦可以知其無不盡矣。彼至誠固操乎不得遁之數者也，雖大賢以下，其於性固各有所盡，而剛柔仁智之所分，或有餘於此而不足於彼。夫合於彼而有所不盡，則盡於此者固〔六六七〕不得爲盡也；於彼於此而皆盡者，惟其誠之本無缺耳。雖反之之聖，其於性亦無不能盡，然逐事逐物以求復，雖終無所異而初則不齊。夫至於終而後無所不盡，則其中〔六六八〕固有不能遽盡者矣；無始無終而皆盡者，惟其誠之本無間耳。（尋微之論。）夫性者，人物所同，而誠者，天地之本，盡其性而至誠之能事畢矣。

清思徐引，愈入愈深，剥盡理題膚膜之語。（王鶴聞）

後四比空描「盡」字，超然越俗。（兄百川）

從宋五子書得來，却不是經宋五子説過者，奇絶妙絶。〔六六九〕

天地之道　不測

以誠言天地，而道盡於是矣。蓋道之大原出於天，至誠之誠，亦本於天地，而天地之誠可知矣，故其不測者，皆可以不貳盡之也。且言道至天地，而人皆苦於不能盡矣，不知此特自其生物不測者言之，而未嘗求其所以不測也。蓋人知天地之生物，而不知天地亦可以爲物，而天地又實有其所以爲物。夫天地之所以爲物者，吾惡能識之哉？然第就其一物而能貫於萬物者思之，而其所以爲物者，可知而亦可盡矣。（一語道破。）

何者？天地之道之散殊，不可以言盡者也，而天地之道之本體，可一言而盡者也。言天地之道之散殊，其無盡者猶其可盡者也，而言天地之道之本體，其可盡者乃其所以無盡者也。何也？其爲物不貳，故其生物不測也。萬物皆待命於天地，使有二道焉，此亦用之，彼亦用之，則雜然相乘，而必有缺而不完之處矣。（**此比就無物不有處説「不貳」**。）一則其力厚而能舉，故無爲而自遍於品庶也，雖同形同類之中，亦有參差不齊之數。或疑天地之道之不一，然惟發之太盛，故氣有溢出而不可均，而非其存主之道之或有異同也。且即此參差不齊之中，其奮動而潛達者，豈有二物哉？（**金石之堅，立可摧破**〔六七〇〕。）天地運量於〔六七一〕萬物，使有二道焉，時而用此，時而用彼，雖循之至密，而必有離而不屬之候矣。（**此就無時不然處説「不貳」**〔六七二〕。）一則其用專而不匱，所以終古而無間於一息也，雖天時物理之變，亦有久而愆忒之時。或疑天地之道之不一，不知惟〔六七三〕運於無窮，故數以小變而泄其過，而非其永貞之道之或有絶續也。且即此時而愆忒之中，其轉運而密移者，豈有二物哉？健順之理，分而爲二，而其實只一理也。（**天降地出**。）故凡物之生，皆負陰而抱陽，而達於形器者不測也。元亨利貞之德，遞而爲四，而其實只一德也。故凡物之生，皆本天而應時，而鼓其出入者不測也。蓋自有天地以來，止〔六七四〕此一道，故凡在天地之中者，無非是道，而其盛可知矣。

或根據經義，或自闡名理，皆前人所未及拈出，便如山岳之不可移。（韓慕盧先生）

文氣奥健似諸子，故能脱去語録腐習。（張復〔六七五〕庵）

後二句合發，題蘊乃見，蓋截做則説不貳處易與於穆不已相混，説不測處亦易侵下文界分。且本文固以相承爲義也，非深於先輩之法者不知。（龔孝水）

精理融結，局法渾成。（徐大臨）

本文是「爲物不貳，則其生物不測」，文偏從「不測」處翻透「不貳」，故理益精而筆亦超，此反逆爲順之道也。發之太盛，故氣有溢出而不可均運於無窮，故數以小變而泄其過，此都是氣化上事。蓋氣便有雜，理則無雜。雖至雜之中而有不雜者存，此「不測」之所以根於「不貳」也。非參透理氣源流不能如此開發。（李岱雲）〔六七六〕

名理不磨，雲行水流，超超元箸，從來理題無此境界也。〔六七七〕

末股「健順之理」句，亦胡君襲騤所易，叔父命從之。（侄道希記）〔六七八〕

洋洋乎發　二節

觀於天人之際，而道之體可識矣。夫以一道彌綸經緯於天地之間而無不備焉，其大不可想見哉？且陰陽人事之所統者，其聖人之道乎？俯焉仰焉而無不寓，行焉習焉而未嘗不與之俱，非虛而擬其大也。道無形聲迹象之可尋，而寓乎目〔六七九〕者，實理自陳而不容掩。（**高挹群言。**〔六八〇〕）天高地下，萬物散殊，人蓋誘然於其中，而不知其孰主宰是，孰綱維是也。洋洋乎其道之彌綸於無外者乎？見象形器，百物合散之形，皆緣陰陽之氣以成之，而理者，氣之所以達，不然而何以萬化不窮也？窮高極遠，太空無物之處，皆有陰陽之氣以實之，而理者，氣之所以凝，不然而何以終古不毀也？觀其發育萬物，而凡耳得之而爲聲，目遇之而成色者，皆道也。觀其峻極於天，而凡耳格於所不能聞，目屈於所不能見者，皆道也。豈非語大而天下莫能載者哉？道非生人智力之所設，而該而存者，其理各正而無所遺。（**傑對。**）體性保神，各有儀則，人皆日習於其中，而不知義何以生，數何以紀也。優優大哉！其道之充周而無間者乎！稱情立文，以效喜怒哀樂之用者，非多方於理義也，一有缺焉而人道爲之不行，是理之不可混同者也。（**可**

作《禮記》大序。)因時起義,以制耳目手足之宜者,非纖悉於法迹也,苟有違焉,而此心爲之不適,是理之不容疏略者也。觀於禮儀三百,而知朝廟、邦國、閨門、鄉黨皆道所成也。觀於威儀三千,而知視聽、言動、起居、飲食皆道所載也。豈非語小而天下莫能破者哉?大哉道乎!發微而不可見,充周而不可窮,流於品庶,遍於虚空,綱紀乎人事,而以言乎天地之間,則備矣。然發育峻極,道之察於天地者也,而天道無爲而不可恃;禮儀威儀,道之公於衆人者也,而衆人日用而不能知。凝而行之,安能無待於君子哉?

簡净精實,語皆山立。(張日容)

硬硬做去,不用一毫姿態,而骨法高古,意味深長,啓、禎諸公俱未到此境界〔六八一〕。(顧〔六八二〕俠君)

筆筆凌空夭矯,俱爲大字傳真。〔六八三〕

致廣大而盡精微

君子去德性之蔽,而求問學之詳,凝道之始事也〔六八四〕。蓋非聖人則意不能無蔽而理不能皆析,致之盡之,烏可以已乎?且吾性之曠然者,不可以私意隘之,而曠然中之萬理皆備者，人必毫末無失，而後能肖其本然。（簡盡。）君子之尊德性而道問學也，蓋以道之洋洋而統乎天地萬物者，非廣大不足以承之。人生而静，本自廣大也，而不可恃也；感物以動，已日就於偏狹也，而不必憂也。惟在乎有以致之而已。抑以道之優優而遍乎禮儀威儀者，非精微不足以合之，理探之而愈深，其精微者不易出也，而不必畏也。心用焉而輒格，其膚末者易相蒙也，而不可驟也，要歸於有以盡之而已。而何以致之乎？蓋第思其所以不廣不大者，而力有所施矣。擾攘於情識之私，則氣日以昏，有迫塞於吾性之中而礙之者矣；偏持乎意見之私，則理有所滯，有蔽虧乎吾心之體而域之者矣。（是私意，不是私欲。）惟防吾意之役格〔六八五〕外者，察吾意之膠於内者，盡祛其迫塞蔽虧之物，而真覺萬理之皆備矣。使無以致之，亦烏知天地萬物，皆依吾性以爲體，而廣大如是哉？而何以盡之乎？蓋自察其所以不精不微者，而功有〔六八六〕可得矣。心歷乎艱難煩賾，遂以爲窮而無所入，則有苟且而安於闊疏者矣；理得其大端近似，遂以爲當而無所疑，則有輕忽而遺其本量者矣。惟已窮者復求其入，已信者復致其疑，盡去其苟且輕忽之心，而正〔六八七〕覺有毫末之不可乖者矣。（觀朱子解經，駁正〔六八八〕先儒處可見。）使無以盡之，亦烏知三千三百，無一非人心之所藏，而精微若是哉？精微本自廣大而出，使方寸之間，真妄錯雜而有所蔽，則眊然不見一物矣，而况能盡乎義理精微之極乎？（各有精理，非交互陋套。）故君子自恢其德性者，非擴其量而以致虚，乃清其源而以鑒物耳。而廣大必合精微而成，使事物之理，通塞相半而不盡明，則私意即緣之而宅矣，不益蔽此心廣大之體乎？故君子不遺於問學者，非逐於外而以末相益，乃拓其内而與本日親耳。夫俗學之病易見也，而廣已造大而不要於問學之實者，人第知其精微之未盡，而不知其廣大之未致。（此義補出，更完密。）試思赤子之無知，野人之無僞者，亦可以謂之廣大也〔六八九〕？

親切有味，知於此事曾痛下工夫。（韓慕廬先生）

思能入理，言能盡意，人皆劼劼，我獨有餘，想見引筆行墨之樂。（邱〔六九〇〕邇求）

端厚易直，理題正宗。（王予中）

讀此愈知陸、王之學空疏無當。〔六九一〕

譬如天地　二句

聖人之備道，觀於天地而得其象焉。蓋仲尼之道之無不備，未易得其象也，非天地之覆載〔六九二〕，其孰能準之？且夫人藐焉中處，而與天地相似者，以其性之同而道之合也。然道無所不際，而賢者各得其方隅，即聖人亦或具其大體，故人之盡道，亦如天地之盡物者，先民以來，一人而已，若仲尼之祖述憲章、上律下襲者是也。蓋體道於身，而一一實致之，如物之有所持載然，然有所持載，而不及持載者固已多矣，即多所持載，而所持載者又已寡矣，而孰是無不持載者乎？（語必求其可據，此爲大難。）會道於心，而一一虛涵之，如物之有所覆幬然，然有所覆幬，而其所覆幬者爲不廣矣，即廣爲覆幬，而其所覆幬者猶之隘矣，而孰是無不覆幬者乎？其惟天地乎？竊譬之仲尼之於道，亦如是而已矣。天地以博厚而無不載，而仲尼之博厚似之，近而人倫，遠而庶物，苟無是道則已，苟有是道，觀於仲尼之身而已具之矣，雖時位所窮，亦有不能自致之道，然事雖虛而理則實，固已載之有餘地也。（必求其可據。）天地以高明而無不覆，而仲尼之高明似之，大而無外，小而無内，苟無是道則已，苟有是道，求之仲尼之心而已冒之矣，雖聞見所窮，亦有不能纖悉之道，乃物未歷而心可通，要亦徧覆而不遺也。昔之聖人，性體非有缺也，而法迹或未備，仲尼則生百王之後，盡古今之美善而集其成，此亦如天高地下，萬物散殊，細與大之不遺，而道與器之皆貫也。昔之聖人，天道無不達也，而人事或未窮，仲尼則值世運之衰，盡萬物之情僞而深其學，此亦如陰闔陽闢，品庶馮生，其美者固有以流其化育，而惡者亦不能外其薰陶也。（必求其可據，到此二比，乃更不與他聖公共。）故仲尼之前，未有仲尼，而道第覺其有所歉；仲尼之後，即復有仲尼，而道更覺其無可加。何者？其量已盈，其事已極也。人不能於天地之外，別見一物，又何能於仲尼身心之外，別見一道哉？

比擬題，人止解虛虛摹寫耳；能實實注疏，始見作家法力。（龔孝〔六九三〕水）

構思至險至難，文成之後，轉似等閑不思而得，豈非異事？（儲允弢）

艾千子、吕晚村〔六九四〕皆謂此題止合虛寫，恐徵實則不能渾淪該括也，使見此文，應悔其語之不詳。（兄百川）

此題僅有此作，前人無名篇，後人亦未能學步。〔六九五〕

溥博淵泉而時出之

觀至聖之所積，而知其不窮於發也。蓋能時出之者，必其所以出之者至足也，非溥博淵泉，而何以爲小德之流哉？且所〔六九六〕是事〔六九七〕物也，而應之者各異焉，皆所以發其中之所藏也，即所發者同善矣，而其大小淺深，又悉肖其中之所藏而不可掩。故吾於至聖之容執敬別，而見其充積流行之實焉。蓋容執敬別，其德之川流而時出者也，而其足以容執敬別，則其德之溥博淵泉，而所以川流者也。（目無纖翳。）何以知其溥博也？四端雖人所同具，然雜於氣質以區之，而有偏於一曲者矣；就其一曲以擴之，而有難竟其一體者矣。（他人見得到，亦説不出。）至聖則有生之初，已渾然各正而無所偏，而優游充長，所以求盡其義類者，又詳密而無遺，吾未見其有間〔六九八〕也。復性雖可以有功，然强學以致之而求其通，則其入有不能一旦而深者矣；因境而操之以求其合，則其事固異於自然而有本者矣。至聖則所得於天，固湛然澄一而不可亂，而疏瀹濬導，以益裕其本源者，無一時之或息，所以藏於不竭也。如時〔六九九〕而其出也，豈有窮哉？〔七〇〇〕凡人於仁義禮智，偏得其一，皆有制馭〔七〇一〕事物之權〔七〇二〕。然事物之理，多端而不可究極，苟本體之未具，條貫之未詳，而勉强以合之，有執彼以御此，而歧其分者矣。（即承起股。〔七〇三〕）惟其溥博也，極天下之賾，而皆已夙具於中，故隨時以觸之，而無不應耳。凡人於仁義禮智，少有所窺，皆不至茫然於事物之際，然事物之理，萬變而初無定形，苟其入之者未深，發之者無本，則拘方而不變有，執故以圖新，而窒其用者矣，惟其淵泉也，極天下之動，而皆以深探其本，故因時以裁之，而得其通耳。事無大小，雖至微至末，亦未嘗不出其本體之全以應之，故觀其所出，而其所以出者可知矣，其出之也有難易，而其所出者有精粗，溥博淵泉，所以粹然而出於至善也；道有統宗，一時一事，雖小賢或亦無心以中之，故必觀其所未出，而其所出者始可定耳，所未出者無不可據，而後所出者一無可疑。（二義乃無人見到。）溥博淵泉，所以時中而異於偶獲也，苟第知其出，而不知其所以時出，何異於視川之流而昧其源者乎〔七〇四〕？

探深鑿奥，而其言順比滑澤，若不經意而出之，前輩到此境者亦鮮。（韓慕廬先生）

分疏溥博淵泉，從四德中融入生知之質，又補出學問功〔七〇五〕夫，周匝融洽，真羽翼經傳之文。（龔孝水）

明白洞達，讀文而題乃解。（馮文子）

渾乎震川氣脉。〔七〇六〕

溥博淵泉 二節

中庸推至聖之德，而著其積與發之盛焉。蓋時出者，有所以出者也，非極乎溥博淵泉之量，而何以出於身而徵於民者，如是其皆得耶？且德之藏於中者，不可窺也，而其廣狹淺深，不能自掩於所志〔七〇七〕，而驗於人心之不言而同然者，故推至聖之德，而其所以川流者可見也。蓋其仁義禮智之得於生知者，本無所蔽虧，如衆人之有待於擴充也，而又未嘗不力恢其分，故遍於四者，無一之或遺，（周遍。）而一體之中，復推致而無有餘量焉，其溥博也如此；（廣闊。）本無所汩塞，如衆人之有待於濬導也，而又未嘗不益澄其源。故根於性者，無際之可窺，而不息之體，（静深。）故〔七〇八〕蘊蓄而藏於不竭焉，其淵泉也如此。（有本。）惟其溥博也，故極天下之賾〔七〇九〕，無一非其所素具，而隨觸而輒〔七一〇〕應；惟其淵泉也，故執萬物之源，因時以成其變化，而日新而不窮。其時出也，豈非德之充積而不能已於發見者哉？夫積，則其藏於中者也，而積之盛，則亦可以得其象，發則其出於已者也，而發之當，則並可以必諸人。彼言溥博，孰有如天者乎？而至聖之溥博，非天無似也；言淵泉孰有如淵者乎？而至聖之淵泉，非淵無似也。天之德遍覆而無遺，故時行物生，任其天機之動，而物無不仰；淵之德恃源而不匱，故流行坎止，按其自然之節，而勢無不通。（以妙理聯貫。）而至聖之如天如淵如此，故其見其言其行，一皆從容以合道，而民敬民信民説，莫不鼓舞以盡神。蓋德之藏於中者，必有達於物之實焉，於人之心有不足者，於己之理有未安也，於己之理有未安者，出之非其時，而積之無其本也。（百川歸海。）故容執敬别者，至聖所時出，而足以容執敬别者，乃其德之溥博淵泉。不然，人心之不同也甚矣，十室之邑，不能保其無間，而況於臨天下之民也哉？

是成、宏〔七一一〕體製，而有古文流動之氣，所以爲善。（龔孝水）〔七一二〕

靈皋集中有此等文，真可使金、陳諸公屈而就弟子之列。世有好學深思、心知古人之意者，然後知余言之非妄也。（劉兆固）〔七一三〕

簡老深邃，無一支設語。（兄百川）〔七一四〕

立天下之大本

觀大本之立，惟至誠能盡其性也。蓋天下之理出於性，不誠則性有不盡，而大本不立矣，故惟至誠能之也。且人受天地之中以生，是天之所以立其本也，乃人受而傾之，而因以日隘焉，至其終有一善之不能存，而一物之不能辨者矣。苟非有植其全體，而渾然無所虧蔽〔七一五〕者，亦焉知其萬物之皆備，而爲百善所從生乎？至誠之經綸大經，所以致和也，而其本由於致中。蓋其誠之本天者獨盛，故仁義禮智之性，雖與人同受，而獨無疵累焉，其基之所據者深矣；（清澄無滓。〔七一六〕）其誠之在人者未漓，而仁義禮智之德，非惟不迷，而益自濬治焉，其力之所持者厚矣。故天下之大本，亦惟至誠能立之也。喜怒哀樂，性之發於情而流通於天下者也，循之爲吉凶悔吝所由生，飾之爲禮樂刑政所自起，而天下之觀止此矣。（精深閎闢。〔七一七〕）使一有人欲之私以參之，則其本已欹，未有發之而不偏，用之而不窒者也。惟於未喜未怒未哀未樂之先，使卓然精明而不可亂，則任天下之感，可以從横出之而不悖矣。視聽言動，性之達於才而運量於天下者也，顯之而是非得失異其形，微之而精粗廣狹異其用，而天下之變統此矣。使一有人欲之私以入之，則其本已虚，未有不浮而役於外，昏而遺於内者也。惟使爲視爲聽爲言爲動之理，湛然純一而根於心，則極天下之賾，皆若左右逢之而不二矣。立者固其本而勿使摇也，學者之制私存理，亦所以固之，乃始之既摇，而求復其所，則其植弱矣，而至誠則本未摇而益固之者也，此情欲攻取所以欲撼之而無從也； 立者深其本而不可拔也，大賢之閎存積累，亦所以深之，乃慮其可拔，而培之使堅，則其入淺矣，而至誠則本不可拔而益深之者也，此殊塗百慮所以日發焉而不匱也。 以在人之性，合之天地之性，而無所遷移，故以宇宙之數，納之方寸之數，而綽有餘地，此皆誠之盛也。（「立」字講〔七一八〕得細，並「焉倚」意亦透。）

《中庸》得此等文爲義疏，如五星麗天，芒寒色正，使人望而生敬〔七一九〕。（韓慕廬先生）

樸老無枝葉，達於理者自簡於辭也，使優孟先民者當之，必捉衿肘見矣。（季弘紓）

亦深細，亦顯淺，擅理題之能事，今日惟武曹、靈皋兩人耳。〔七二〇〕

唯天下至　其天

觀至誠功用之自然，而其體可想見矣。 蓋徒觀至誠功用之盛，有疑其何挾而能是者矣，及進求其肫肫淵淵浩浩之體，而後信其無所倚也，爲固然耳。 且性之理誠而已，遍於人倫者此也，主於事物者此也，運於天地之間者亦此也。聖人盡性以至於命，足乎己而無待於外者，惟其誠之得於性者，絶乎人而純乎天耳。故惟天下至誠，爲能盡性之用，而於天下之大經，有以經綸之焉。道明數育〔七二一〕，常人皆見謂〔七二二〕當然，而當萬物之屯蒙，獨探其未形未判之理，而爲之制數，非聖人不能也。抑盡性之體，而於天下之大本，有以立之焉。因事窮理，中材皆可以有得，而既紛紜於物感，不少遷其無二無雜之體，而成其變化，非聖人不能也。至於性所由來，則天地之化育是也，而亦有以知之焉。循數推理，見聞終歸於恍忽，而會性命於一源，默契夫無聲無臭之精，而有如日用，非聖人不能也。（爽健。）蓋天命之實理，常貫於民彝帝載之中，惟誠之有缺，而昏焉塞焉，故力行强學者不能不假物以爲功；而聖人所性之實理，盎然於身心内外之際，故因其自然以由之察之，而盡幽〔七二三〕窮神，止悠然若行所無事。（發盡蒙翳。）夫焉有所倚哉？而其所以無倚者何也？蓋惟其誠之得於性者厚，故忠孝友弟，動於其所不自知，而旁推交通，以曲盡其義類，而又不忍人之自背其情也，以身爲則，道足以相治，而誠足以相通，肫肫其仁，故其經綸無所倚耳。（情深朗〔七二四〕暢。）惟其誠之本於性者深，故滓穢污濁，本其中之所未有，而日疏月瀹，以益裕其本原。故其理之静正於内也，有源可恃，而探之而不窮，用之而不竭，淵淵其淵，故其立本無所倚耳。惟其誠之得於性者全，故動静屈伸，渾然不入〔七二五〕於詐僞，而陽變陰合，即近在於吾心。故其心之無方而無體也，與天爲徒，而先焉而不違，後焉而能奉，浩浩其天〔七二六〕，故其知化無所倚耳。夫誠者，聖人之本也。肫肫淵淵浩浩者，誠之實體；而經綸立本知外〔七二七〕者，誠之實用。凡用之有所缺與無所缺，而出之甚難者，皆其體之有不足也，而又何疑於至誠之無倚哉？

師經探道，刻辭縷言，煒煒〔七二八〕烈烈，自成一家之法。（兄拱樞）述性命之情，發天人之奥，義有歸宿，詞無枝葉，此等風力，惟熙甫可與較短絜長耳。（武商平）

肫肫其仁　三句

觀至誠之性體，而知其功用之所以盛也。蓋肫肫淵淵浩浩，誠之自然而得於性者也，而其所能，尚焉所倚乎？且凡物之情，非其中之至足而有可恃，未有無所倚於外者也。况至誠之經綸立本知化如此，其事爲天下之所絶，而皆出以自然，則其性體之本於天而足於内者，必有絶於人而純於天者矣。何者？後之人倚聖人所制倫常之教，以行於君臣父子之間，而尚有艱難而不合，苟且而即安者，而至誠當萬物之屯蒙，獨能開天以明道，則其仁可思矣。其出於己者，皆動於其所不自知；其加於人者，皆達於其所不能已。故試一身於百行，其旁推交通而曲盡其義類者，乃其仁之懇至而能體事者也；通天下爲一身而聯屬鼓舞，使各得其性情者，乃其仁之流通而能動物者也。（**酣恣乃爾。**）夫一時一事而能用力於名教者，亦可以爲仁，乃煦煦者仁，而道濟天下者亦仁也，肫肫其仁，故其經綸無所倚耳。後之人倚聖人所順性命之理，以自求其仁義禮智之原，而尚有澄之而難〔七二九〕清，探之而易竭者，而至誠依方寸而制義，遂能藏往而知來，則其淵可思矣。（**奧健。**）其得於有生之初者，滓穢無微而不盡；其全於已生之後者，濬導日起而有功。故寂然不動，舉一身喜怒哀樂之理，静正於内而有源可恃，即其淵之止而能鑒者也；感而遂通，任天下事物情形之觸，浚發於外而萬變不窮，是即其淵之流而不息者也。（**理真氣旺。**）夫强學復性以漸窺其原本者，亦自有所爲淵，然泠泠者淵，而廣深〔七三〇〕不測者亦淵也，淵淵其淵，故其立本無所倚耳。後之人倚聖人所著陰陽之道，以測其消息往來之變，而尚有心困於所未通，力屈於所欲見者，而至誠方憑生如〔七三一〕庶物，遂能先天而後天，則其天可思矣。（震川説理之文，實未開此境。）其立成法以制之者，孰告之以其度？其修人事以成之者，孰示之以其宜？蓋實見夫性情内之動静屈伸，其自然而不容强者皆天道，故仰觀俯察，遂有以合其氣而制其出入，是即其天之於穆而不已者也。實見夫身心中之剛柔損益，其當然而不可易者皆天道，故因天則地，遂有以體〔七三二〕其性而酌其盈虚，是即其天之在物而無妄者也。夫觀物習數而偏〔七三三〕得其精微者，時亦可通於天，然昭昭者天，而無窮無極者亦天也，浩浩其天，故其知化無所倚耳。夫至誠之性體，其不可以常理測如此。故其事非人之所能，而其德亦非人之所知也。

高辭媲皇墳，險語破鬼膽，惟斯文爲庶幾。（韓慕廬先生）

高博廣厚，詞〔七三四〕正理備，有明大家中，亦未有倫比。〔七三五〕

衣錦尚絅　二句

文不貴著，詠詩而得其意焉。蓋錦則甚文也，而不可著也，故尚絅之心足貴耳。且凡物之實有其美者，未有囂然見美於人者也，乃即實有其美，而遽見其美於人，亦物之病也。如〔七三六〕此者可與讀「衣錦尚絅」之詩。蓋惟詩人深於學問之意，故雖大義之外，其辭之無心而偶出者，思之而皆有不盡之藏；惟詩人明於萬物之情，故即〔七三七〕瑣細之事，其理之近人而易知者，舉之而皆有精微之義。（**朱子説《蒸民》之詩如此。**）夫絅一也，有錦而尚之，與無錦而尚之，等尚也而人心變矣，以此知中之不可不文也；錦一也，有所尚而衣之，與無所尚而衣之，等衣也而人心又變矣，以此知文之不可以著也。而詩人「衣錦尚絅」之云，正惡其文之著也，飾其華囂之美以自喜，亦何預於人？而人多惜之。夫己方以爲榮，而人皆以爲憎，可愧孰甚焉？即人不知〔七三八〕憎，而無識者相與聚觀而讚嘆之，而我之厚自雕飾者，自問夫處心積慮，止以悦愚者之耳目，可愧孰甚焉？耀其光榮之態以接物，亦何與於己？而己私利之。（**冷語刺〔七三九〕心。**）夫不以己爲悦，而以人爲悦，可賤孰甚焉？使非以人爲悦，則雖不著，而未嘗不附在吾身也，而我之自爲矜寵者，反伺〔七四〇〕於他人顧盼，而不得以自有其性情，可賤孰甚焉？（**百讀不厭。**）非曰文必晦而可久，雖經緯爛然，苟日暴於外，而質將漸敝也，使惡其敝而不著，則不敝而不妨〔七四一〕於著矣。（**奥趣環生。**）雖無所尚，而無〔七四二〕錦常新焉，要亦自防其意氣之浮動耳。非曰文以抑之而愈揚，苟英華異衆，則深藏不市，而物倍見珍也，使惡其不見珍而不著，則是已欲其見珍而著之矣。雖有所尚，而世終以絅相棄焉，要亦自覺其含章之可貞耳。大著者以爲殊異而足以矜也，則其中之寡有可知矣，亦急於張皇而不能待也，則其後之不繼可料矣。故君子惡之，惡之而道術有所擇矣。

矜重秀貴，風格在大力、文止之間。（韓慕廬先生）

低昂作態，風致翻然。（兄百川）〔七四三〕

工於命意，超越人寰。〔七四四〕

君子之道　德矣

歷指道之足乎己，與幾之當謹者，欲人之知所入也。蓋君子道足乎己，以能知其幾而謹之也，舍是而德何由入哉？且君子之德，當其既成，雖無外之可觀，而其中一一可恃焉，未有不自信夫道之當如是者也。（沉潛峻滌。）而始學者未必知也，故必於人己內外之間，深察其幾之不容不謹者，而後有所入焉。故吾詳推君子之道，而知闇然者其外也，而中有不亡者存，日章者其實也，而終無的然之象，蓋爲己之學之足恃也如此。彼其平易近人，而理不可易，則歷久而惟是爲可安。蓋淡而不厭也，任質自然，而執得其要，則從容而自生其經緯；　蓋簡而文也，渾然無僞，而中有所主，則歷物而不至於紛紜。蓋温而理也，君子之淡簡温也，非匿其美而終以自炫也。用心於内，自不暇致飾於外，而其不厭而文且理也，非别有道而至是始用也。其外本無不足，而其中故〔七四五〕自有餘，彼致〔七四六〕飾於外，以求其有餘而不安於淡簡温者，蓋深冀物望之歸，而不知此特其遠者耳；務〔七四七〕爲聲聞之流，而不知是所謂風焉耳；　飾於形迹之間，而不知此特其顯者耳。使求之於〔七四八〕是而果有得焉，亦君子之道所不尚，而况務於外而遺其中，即日亡之本在是矣，而人往往甘心焉者。**（飛湍過峽。）**以不知遠之由於近也，在物之是非，豈有無端而發於彼者乎？不知風之有所自也，一身之言動，豈有日〔七四九〕出而不由於心者乎？不知微之必至於顯也，性情之發著，豈有終匿而不形於外者乎？故道之所由成者精〔七五〇〕於行，而德之所從入者由於知。德之終極於精微，而其入也必由於切近，知道之無取於外飾，固已絶其馳騖之思，而息心以退藏於密者，或不能不妄意於精微也。知此三者，而後知切近之地，實有可以致力者矣。德之終進於自然，而其入也必由於謹惕，知道之美貴於在中，固已近於返觀之事，而事心而未得其要者，或又欲因任於自然也。知此三者，而後知謹惕時存，仍有操之不定者矣。**（二比鎔合全題，又包孕**

通章，此等微至文字，雖先輩亦難之。）故君子之道之内外異觀者，人見爲然，而君子不知其然者也；而人已内外之相應者，則人不知而君子知之者也。知謹其幾，則德有由入而其足乎己也有日矣。故君子惡文之著者，以著之之心，足以敗德而遠於道也。

極微細，又極廣博，極刻劃，又極自然，譬夫天地之妙，造化萬物，動者植者，無細無大，不見痕迹，自極其功。（劉月三）

淡而不厭　三句

君子爲己之學，專其美於内者也。蓋爲己者無慕於外者也，然不厭而文理之實，雖不著而亦豈可掩也哉？且凡務其中之有餘者，自不暇役於其外也，而其外遂若有所不足矣。（不煩言而解。）故世於君子，始視之若有易心焉，及徐而察其所以然，然後知其所託之甚深，而未易窺乎其際也，而君子未之有異也，其道固如是耳。凡物爲衆所忻豔者，未幾而棄之如遺，美先盡也，屈力殫慮，以務一時之甘美，則其理之正，心之常，有不暇反驗耳。若夫君子未嘗有所厲以矯於時，未嘗有所私以市於物，淡焉而已耳。然所據甚安，雖事境參差百變，而卒無以易〔七五一〕也；所發無僞，則歷久真意愈流，而未見其衰也。（「不厭」字確解。）而豈非淡而不厭者乎？夫道不可以淡言也，人見爲淡，而不知不厭者，即寓於斯；　及見爲不厭，而不知猶是其淡焉者耳。（如環清轉，真白描手也。〔七五二〕）而君子不知其淡，並不知其不厭也，第見夫道之至庸而不易者如是耳。凡人之盛於人〔七五三〕貌者，未幾而精華中竭，數已窮也，煩言縟節，以觀衆人之耳目，則其情之惡，質之衰，轉不暇自檢耳。若夫君子未嘗多有所取以紛其業，未嘗多有所致以飾其情，簡焉而已耳。然而執得其要，則身心中之自治者，未嘗不和順而積爲英華也；（「文」字確解。〔七五四〕）動應其本，則倫常内所當盡者，未嘗不從容而中其儀節也。而豈非簡而文者乎？夫道不可以簡言也，人見爲簡，而不知所爲文者，即寓於斯；　及見爲文，而不知猶是其簡焉者耳。而君子不知其簡，并不知其文也，第見夫道之含章而可貞者如是耳。凡人之好爲苛察〔七五五〕者，有時而遇物眊然，神先敝也，挾智任術，不勝中情之浮動，則夫辨是非，析疑似，轉不暇致力耳。若夫君子未嘗逆事之機以爲察，未嘗窺物之隱以爲聰，温焉而已耳。然事至而義呈，其變化起伏之故，已悠然而喻於心也；物交而形見，其曲深微顯之情，已不言而知其數也。（「理」字確解。）而豈非温而理者乎？夫道亦不可以温言也，人見爲温，而不知所爲理者，即寓於斯；　及見爲理，而不知猶是其温焉者耳。而君子不知其温，并不知其理也，第見夫道之自然而有别者如是耳。使君子有淡簡温之道，而又有不厭而文且理之道，則是隱其情於始，使人觀其後而愈疑，暴其美於終，使人服其初之不炫，是匿其精〔七五六〕以自矜，而襲其絅以行詐也。小人之黠而善著者，往往如此，而豈君子闇然日章之道哉？

逐字發出至理，可當《中庸》義疏，向來作者，多掠取近似字眼比附，那得真〔七五七〕解？（韓慕廬先生）

質慤有味，故勝震川。（龔孝水）

題中字守〔七五八〕還他確解，深入淺出，極理題之能事。〔七五九〕

孟子

孟子見梁　全章

一天下者，必爲民之所歸而後可也。蓋未有嗜殺人而人歸之者也，未有民不歸而天下可一者也，而以孰能與之爲慮，則過矣。且殺人者，古聖王之所不能免也，然古聖王殺人而天下歸仁焉。而戰國之時，天下之人牧，則似重有所嗜者，此天下所以洶洶而無所定也。（崇論閎議。）如梁襄王固非其人也，而孟子嘗以此語之，蓋深痛夫民之無所歸，而翼幸於萬有一然之事也。夫嗜殺人，非人情也，而當世諸侯勸〔七六〇〕行之，曰吾以定天下也，吾以一天下也。惟恐民之不吾與也，而殺人以争之；惟恐民之别有歸也，而殺人以禦之。（寫出可笑。）嗟乎！民之望君，如百穀之仰膏雨焉，日以槁〔七六一〕之道行之，而望其興乎？然吾聞之，天心剥而後復，而勞民易與爲仁，惟其槁〔七六二〕也忽焉，故其興也勃焉。天下之人牧而未有不嗜殺人者，此天下可一之機也。處極分之後，而人懷求合之心，則怙亂者正驅除之具；繼大亂之後，而忽有異舊之德，則嗷嗷者乃新主之資。今天下洶洶，而未見民之有所去就者，非其勢尚未極也，亦非牧民者之權與力足以禦之也。譬如水方蕩乎平原，束於迫隘，而無受之之地也。（盡萬物之理。）使有可就，而終豈能禁其大決哉？夫君之於民也，蓋之如天，而容之如地，果能油然沛然，而行見民之浡〔七六三〕然矣，而天下定於一矣，而惜乎梁王之非其人也。然梁王雖非其人，而斯言不可没於諸侯之耳也，故既以言於王，復出與其徒語而及之。獨是當天下之洶洶，而念其惡乎定，而計其孰能一，此君人者之言也，而何以謂非其人也？蓋方其望之就之而已知之矣。（出奇無窮。）且始則卒然，而終則漫然，以是知其非人也。

此等題不難於古，妙在沉實廉勁，無戰國從横之氣。（韓慕廬先生）

全不見巧，是作家真實力量。（徐幼安）〔七六四〕

一篇《國策》文字，却出自儒者之手，故無其習氣而得其精神。（戴名世〔七六五〕）

白田喬生溶見褐夫評，曾曰：「先生此文間架精神近《國策》，氣味絶不相似，中間設喻處頗有《國語》風趣。」喬生天資清絶，從余遊逾年，已稍知古文派别，制義

在朋齒中未見可敵，而未壯脆促，蓋美質之難成如此。（自記）〔七六六〕

皆欲赴愬於王

人得所愬，而欲赴者衆矣。蓋民窮於無可赴之地，尤窮於無可愬之人，今既得之，而謂懷疾心者，能宴然而已乎？且甚不可解者爲民情矣，其痛之切身者，本無所加損也，而必欲一宣之口以爲快，而刑罰不能禁，而况有人焉，聞其言而實能紓其禍，而一時人心之不言而同然者，不可想見乎？今天下之疾其君者衆矣，特未有發政施仁者，而無所赴愬耳。父子相向而言其離散，士女相向而嘆其仳離，自愬焉而益增其悲耳；經歷者則同其政禁，逖聽者則同其風聲，往愬焉而適逢其怒耳。一旦有發政施仁者，而朝野途市之皆可樂如此，而以疾其君者望之，吾見父語其子，而夫謂其妻，以爲今而後不至窮於無告矣。耳聞其聲，而不啻目見其事，以爲是可相向而悉吐吾情矣，由是而赴王者，皆欲有愬於王者也。蓋人之懸而不能解也，一旦有力者哀其窮而轉之善地焉，則必追叙其窮極〔七六七〕愁苦之情，以爲不念有今日也，而以誌其非常之德焉。蓋既以脱其身之危，而因欲泄其心之憤也，而喜懼交争，有不覺情辭之並極者矣。（繪影繪聲之筆。）

由是而不能赴王者，尤欲有所愬於王者也。以爲蹈水火者之求免也，將不擇其人而呼救焉，而况仁心爲質者乎？惜乎吾不得致身其人之側，一通胸中之鬱塞耳。然其事亦將近矣，吾不能俟彼扶義而來，吾將號呼以往焉，而日月以冀，有不覺心口之相謀者矣。（「欲」字疏出。）凡人之懷憂而欲愬也，不待憂之既釋，而後大快於心也，指顧之間，有可以即而愬其憂者，而已躍然矣；又或他人有得所愬而釋其憂者，而益躍然矣。蓋父母孔邇，相與匍匐而告其飢勞者，恒情大抵然也。而人之困極而無聊也，使絶無可愬之人，而轉習以爲安也，指顧之間，有可以即而愬其困者，而不可以終日矣；又見他人有聽其愬而匡其困者，而愈不可以終日矣。（韓、柳手法。）蓋赤子無知，見所親愛而宣其忿懟者，其情誠可悲也。夫人皆欲愬其君，其事本非王者所樂也，乃君皆可疾，而使民窮於無所愬，又仁人之所不忍出也；而疾其君者之皆欲赴愬於仁者，亦王之所不能禁也。而秦、楚猶欲恃其亂政極刑以禦之，多見其不知務矣。

狀寫之工，極其天趣。（韓慕廬先生）

描寫人情，何其曲盡，讀此文竟，悲風四起。（戴田有〔七六八〕）

憂民之憂　二句

民之與君同憂，其事亦不繫於民也。　夫民之與君同憂，有難於與君同樂者矣，然憂民之憂，而民豈能宴然而已哉？且忘民之憂以恣其樂者，其心蓋有所恃焉，以爲民即不樂吾之樂，而固無害乎吾之樂也，乃一旦有憂，而不得不轉而顧其民矣，何者？君有憂而不能自爲憂，使環顧其民，而皆有二心焉，吾見君之獨立於庭也，而若是者非一日之故也，蓋民之獨抱其憂而無所告也久矣。（警切。）發徵賦役之不時，民之憂也，而君曰吾之樂存焉，而安能計民之憂哉？水毀木饑之洊至，民之憂也，而君曰是誠民之憂也，而豈吾之遺〔七六九〕以憂哉？而一旦君有憂矣，欲民以溝壑未盡之身，誠〔七七〇〕死封疆，欲民以父子離散之秋，效命長上，而民將曰彼之樂而無憂也甚矣，而乃今亦有所憂乎？吾之困於憂也亦甚矣，而復責吾以憂其憂乎？上於是孤獨以憂之，撫心以疾之，曰甚矣民之忍也，而不知其非忍也。　獨不觀於憂民之憂之世乎？古之聖人，勸〔七七一〕萬物而不私其利，其立事程功，所以日昃不遑而憂心孔疚者，非爲身謀也，大懼民之不靖耳；　古之聖人，制豐凶而各有其備，其旱乾水溢，所以呼天請命而憂心如焚者，非爲國計也，惟念民之生隘耳。（高挹群言。）憂民之憂如此，而民可知矣。凡人之情，必身處於〔七七二〕樂，而後能任人之憂，使身處於憂，則雖值所當憂之事，而其心亦懈矣。憂民之世，其民固無時而不樂者也，室家相保，而坐視君父之憂，則情不安，百年無事，而偶有一日之憂，則氣自倍，夫是以既忘其勞，而并忘其死也。凡人之情，必見其人常有憂，而後能代爲之憂，使其人常無憂，則雖有憂之之心，而勢將日淡矣。憂民之世，其君又無時而不憂者也，君常任民之憂，而民不分君之憂，則愧生於中，平時遺君以憂，而有事復使君獨任其憂，則義激於外，夫是以父勉其子，而兄勉其弟也。（入情入理。）夫君之憂民，雖輾轉圖議，不過以一心運之；而民之憂君，雖效軀命，捐妻子，常勸行之。君第以所易子民，而民不惜以所難奉君，以是知民情大可念也。君爲民憂，而率作興事，要亦使民自爲之；民爲君憂，而忍飢勞，冒鋒鏑，君必不能代之。民自圖其憂，而即以德君，以身代君之憂，而常恐有負於君，是尤仁人君子所心惻者也。（生氣鬱盤。）然使欲民之憂其憂，而以憂民召之，則其憂不誠，而亦不能通於天下矣。

其意思皆衆人胸中所無，及發出，又皆衆人胸中所有，古人文章不敝於後，所恃惟此。（戴田有〔七七三〕）

敢問夫子　言矣

大賢以義治心，所由與異端異也。蓋知言養氣，皆於義求之，則心有主而不動矣，告子之言，無一而可者也。且人之心非以義爲準，而體之無不純，知之無不盡，則不能不動，而頑然不度於義者，亦可以不動，彼蓋自謂能持吾心也，而不知其心已槁〔七七四〕矣。此告子與孟子所以異也。（**全題精神骨節皆動。**）夫苟度於義，則不得於心，不可不求諸氣以行其義也，不得於言，不可不求諸心以析其義也，而告子之言不然，則其心之昧於義也甚矣。不知言與心固無分内外，而心與氣第微有先後，其用也不相離，而其動也交相感。彼氣之暴於蹶趨，其小者也，而尚足以動吾心，况當大故而氣不能充，遺吾心以震撼〔七七五〕者哉？夫言者，義之所載也，不求則不能知也；氣者，義所以行也，不養則不可用也。人之生也本直，故氣常浩然剛大，而凡天地之間，禮樂政教日用事物之故，義之所行，皆氣之所能塞也。以非義害之，則氣不充，而道義所賴以行者餒矣。（**沛然直達。**）而告子勿求何也？以其不知義也。氣生於義，而彼先外義，則非惟〔七七六〕不能集以生之，抑且不屑襲以取之，而其不得於心者，亦不自知其以失於義而然也。不知義，故以爲無益而舍之，是忘其所有事也；不能集義以生氣，而一旦求其心之不動，是正而助之長也，非徒無益，而又害之之道也。（搜擇融液，與題大適。〔七七七〕）譬之於苗，始則不耘，終則揠而助其長，是槁其心也。而豈云不動哉？若夫知言之事，與養氣相爲表裏者也。言出於己，與發於人，而皆有義存焉。人有詖淫邪遁之言，而不能知，則已有詖淫邪遁之言，而不能知矣。抑已有蔽陷離窮之心，而不能動矣。心昧於義，則所謂集義者，無可置力，而至發於政與事之間，則其害義而因以暴其氣者，可勝道哉？故告子之離心於氣，外言於心，以自槁其心者，皆由於不知義，而孟子之所以得者即在此。（精細。）此學者所當聞，而後世聖人所不易也。（撥見根株。〔七七八〕）

於兩家之學，横竪貫徹，故説來四通六辟，千頭萬緒，並歸一綫，永不刊滅之文。（劉月三）

筆不留〔七七九〕行，大氣〔七八〇〕包舉，其中却富有理實。（朱師晦）

神動天隨，如遊雲轉石，莫可遏勢。（曰倫謹識）〔七八一〕

詩云迨天　一節

遠侮之道，惟古人知之而已。蓋治國家得其道，則天變可弭，而人侮可禦矣。周公知之，故詠歌之，孔子知之，故嗟嘆之也。且吾嘗怪夫有國家者，何以每爲侮之所易集也？蓋其所託者高而易危，是下民之所瞻視，遠方之所四面而内望也。（魁岸。〔七八二〕）故苟有可侮之道，斷不能僥幸於或無侮之之人。是有道焉，惟在治之於未然，而知此者鮮矣。在周之初，旻天降威，而小腆不靖，蓋天方黯然陰雨時也，當是時，治國家者有周公，而不遑之徒，猶時懷侮之之意焉，至於罪人既得，東國慕思，而陰雨則既濟矣，而公曰未也，獨是時則猶可迨也。（飄舉駘〔七八三〕宕。）吾前者非敢弛吾户牖，而猶不虞風雨之飄摇，則今者苟不曲致其綢繆，而豈可常恃天心之仁愛？故下民之侮不必憂，而桑土之徹不可緩也。嗟乎！國家太平無事，其老成私憂過計，以消患於無形，而轉若侮予之言爲不必驗，其後上恬下熙，凡所爲外懼内憂，皆久在人意内。（深明大略。）而反謂陰雨之變爲不及防，自公之殁也，不數傳而其道亦亡焉，非道亡也，後之人不知也。迄於王室播蕩，凡公所綢繆者，墮壞幾盡，而侮之者亦疊見矣。故孔子讀《詩》而慨然曰：

「爲此詩者，其知道乎？」天命之駁所時有，而道在有以持之；人事之變不可常，而道在無以召之。國家之患，備之於外而或伏其内，備之於内而或生於外，故侮之之人與侮之之事，皆未可逆睹也。然禍患[七八四]之作，必因瑕釁而乘之，故古之人，第盡其治之所當然，而不必過爲無窮之慮，所謂本彊而精神折衝者，道固然也。國家之治，有能者則一日畢張，無能者則萬端並起，故侮之之人與治之之人，又畸爲衰旺者也。夫政教之失，常因怠忽以開之，故古之人，雖當其國家之無釁，而常若一朝大命之傾，誠知防潰而奸邪皆出者，道固然也。（先秦盛漢之文。）周公知之，而以治國家，故成成、周之盛；孔子能之，而不得以治國家，故無救於春秋之衰。然則及時明政，而大國必畏，百世不易之道也。夫辱莫大於人侮之，耻莫深於有國家而不能禦侮，而國家又召侮之具也。（餘湍迴清。）周之盛也，諸侯衆盛，而臂指之勢成，而下民又其服政懷仁而不貳者也，而公之憂危若此，而況大國之惘然蓄謀於其側者哉？

其含蓄發皇處，俱似初漢人，北宋後便無此淳實樸疏氣象。（黄諧孟）

胸中獨有千載，故隨所宣泄，無非高言閎議。（弟蕃記）

子路人告 二節

觀聖賢之受言，而其心可知矣。蓋子路之喜，已足以愧夫惡聞過者矣，至於言雖善，豈遂能賢於禹哉？而其聞而拜也若此，此可以思已。且人雖聖賢，而勸善規過之事，不能無藉於人言，發其過而不以自阻，則其非自匿之過可知也；聞人之善而不難以自屈，則其有過人之善可知也。若夫怠而不能修，與亢而不能下，適形其爲庸衆人而已。今夫人之有過，藏於身則以爲諱，暴於人則以爲慚，其諱且慚者，必深知其可愧也；宣於人之口，而尚覺其難堪，匿於吾之身，而乃可以自得乎？（痛切。〔七八五〕）古之人有子路者，其爲人也，改過不吝人也，彼誠見夫冒非〔七八六〕而入於過者，其始固自明〔七八七〕，而其後尚可悔也。行吾意之所安，而不必其可安；見爲理之所是，而不必其皆是。我則不知，人則不言，而將昧昧以終身矣，故或告之而遂躍然也。（發出聞過之所以可喜來。）夫人有甚惡之物，匿於吾側而無以相祛，一旦知之而可以决去之，今而後喜可知已。（襯〔七八八〕一層。）且人必我愛，而後慮我之有非；我必受言，而人始正言而不諱。（又就人陪說。）舉世人所輾轉自護者，易而爲驚喜過望之情，子路而外，不聞有斯人也。當日者，學於師則問所以行，見於友則謀所以處，其皇皇焉求相切劘以免於過者略見矣，而子路之事，其小者也。（帶下古法。）今夫人有善言，其不知者漫然而承之，其知者改容而聽之，而承且聽者，要不能躬爲之下也；知其言之善，而不肯下其人，不疑於知其言之善，而不樂有是聞乎？古之人有禹者，其爲人也，求善不倦人也，彼誠見夫人言之不可忽也，不待以不善相規，而後竦然承命也。吾所未知之善，必待人言以相開；吾所已知之善，必得人言以相證。受之者輕，則言之者倦，而將寂寂以終日矣，故一聞之而遂勃然也。（新警。）夫人有篤好之物，早夜以思，而無能猝致，一朝相遇，而且出以相投，雖拜承之而猶有餘慕已。且其人而能實乎其言，則其人可師，即其人不能實乎其言，而其言亦可法。（洗發不窮。）其中心有不能自將者，而非徒降以相從之迹，自禹而外，不聞有斯人也。當日者至誠之贊，則受於益；思永之戒，則受於皋陶，而孜孜焉求之鞀鐸，而主善爲師者可想矣，而禹之事猶未爲大也。

清深健樸，扶疏直上，極似昌黎《原性》、《原毀》諸篇。（李厚庵先生）

樸實發題，而無一點學究氣者，由其能出以清思健筆也。世人好以塵飯塗羹、枯木朽株貌爲先正大家，正當奉此種文爲藥石。（吴荆山）

王猶足用　舉安

大賢欲以善安天下，待用所以切也。蓋用王以爲善，而齊與天下可安，則用不用之間，豈遂能浩然哉？且有以待物而無求於人，苟非一德相同之君，雖欲用之而不輕爲用，此古人處身之正也。至於天下之不安已極，則君子之用其君與處其身，有不得不權其緩急輕重，而直情以自遂者矣。（**直從孟子膈臆**〔七八九〕**中流出。**）予之浩然有歸志也，予幾無意於王矣，雖然，予能忘王，予能忘天下哉？今齊與天下之洶洶，而盡不安者，以無爲善者也。王雖未嘗爲善，而以余〔七九〇〕觀之，則猶足用爲善也。其廣心浩大，雖止以求濟其欲，而無憂世之心，然動以功利之速亡，與仁義之勃興，則尚知相顧而動色也，其與夫委瑣齷齪、靡然無度外之思者異矣。其昏蔽既深，雖偶爾自見其心，亦多違於大道之要，然引其偏端而發其全，激其愧悔以歸於正，則猶幸此中之未泯也，其與夫剛毅戾深〔七九一〕，頑然無一隙之萌者異矣。夫此足用爲善之心乃齊與天下生民所託命也，而豈予一身之故哉？（**是孟子欲用齊王本趣。**）王如用予，而天命有歸，凡此保抱携持之民，喁然於齊之有仁人，而不禁怙冒謳歌之勢，則取天地萬物而整齊以皆得焉，固可爲百世之謀； 即大物未改，而凡此怙亂紛争之衆，肅然於齊之有令政，以生其震動恪恭之心，而復有禮樂政法以馴至而相維焉，亦可爲數世之福。 蓋天下之安，予向者所反覆計處，而悼心於自試之無時者也，而於齊已有其兆焉； 既幸吾道之粗有所就，而復遇此邦之大有可爲，予焉能不顧之而心動？（是孟子安齊以安天下本領。）而天下之不安，又予向者所日夜切心而自解於他時之有濟者也，而於齊竟遏其機焉； 既見蚩蚩者日即於阽危，又明知嗷嗷者可即登於衽席，予焉能遂恝然而無情？ 夫予一人之意氣，與齊與天下之民之安危，其緩急輕重何如也？ 安齊以安天下，齊既有其勢，王復有其資，而用王以用齊，予復有其道，而獨决於王之一用焉。 此予浩然之歸志，所以終不能不遲迴而有望也。（透骨之語。）

其思愈顯，其理愈深； 其詞愈淡，其味愈濃； 其體愈直，其氣愈曲。 自有制義〔七九二〕以來，此爲獨造。（韓慕廬先生）

此等文，良由胸襟闊〔七九三〕大，實能與聖賢精神相憑依，不從學問得來。（徐幼〔七九四〕安）

深切情事，似從孟子肚里穿過來者，具此種肺腑，具此種手筆，乃可以代聖賢

立言耳。（戴田有）〔七九五〕

鄉田同井　一節

井田之制，定教行乎其間矣。蓋同井則地近而情不隔，其親睦也，何待於先王之教哉？且凡物之情，聚之則其氣日固，而相親相衛之勢成；　散之則其氣日浮，而相戕相賊之機伏。故觀於鄉而知王道之易易也。（淳健。）先王之治天下也，或於同之中而見異，或用異之道以爲同，凡事皆然，而井田其尤著者矣。（周公制禮立教原委盡此。）何則？同國而異其鄉，同鄉而異其井，所謂見異於同也，然必如是而後可以用其同。後世之民，聚於都鄙郊邑之間者纍纍相望，而野處者室閭亦不立於中田，蓋無所以聚之者，而其聚可一朝而散也。（此世變之最大者，唐、宋文人言世事者，皆不能於此等處尋求。）先王慮此，故散其民於鄉田之中，而獨以同井聚之。蓋以聚多則不能無生得失，而限〔七九六〕以同井，則事簡而情勢易以相調；　聚多則轉或視爲泛常，而限以同井，則情真而甘苦不得相背。且也同井之中，以近相保，而井之鄰接者，復以近而相聯。教行於一井而俗成於一鄉，所謂用異之道以爲同，而馴至於大同也。（立法之意，實是如此。）故息則同居，作則同遊，而出入之相友也必矣；　夜則聲同聞，晝則目同識，而守望之相助也便矣；　祭祀同其福，死喪同其恤，而疾病之相扶持，無待户説而家諭矣。　蓋耳目既暱，則其情不得不公；　而彼我常通，故其施不得不順。　忠信果毅之教立，而出車編伍，皆緩急可恃之人；　孝弟仁讓之俗成，而講〔七九七〕藝執經，即野處不匿之士。　百姓親睦，皆同井之法，有以聚其氣而使之固也。　故先王之世，民雖窮於天而不窮於君，雖戾於性而可移於教。　瘝寡孤獨，不必養於上，而有恃以不曠；　僉壬敗類，不必顧於義，而自懼無所容。　其立法之善，入人之深如此。　故其衰也，上之政教雖失，而下之風俗猶存。　列國兵争，民有辛苦墊隘，而至死不畔者，居處生養之樂，有以累其情，父兄親戚之歡，足以定其志也。　井田法廢，而民皆輕去其鄉，有事則易畔其上，豈天下之小故哉？（精理厚〔七九八〕氣，迴旋磅礴，古文大觀。）

篇中云云，分爲北宋大家劄子數通，尚有餘裕，可知所蘊義理之多。（韓慕廬先生）

洗發首句，精義獨闡，是争勝大士先生處。（張彝嘆）

絶頂議論，絶大見識，絶妙文章。（戴田有〔七九九〕）

枉己者未　二句

明人之不能直，而枉己者無可借矣。夫直人，枉己者所借也，而如未有能者，何哉？且君子救世之心甚迫，而自處之途甚寬，誠審於人己之間，而知其理勢之所極也。蓋正人者道也，而守道者身也，不嚴其身，則所爲加人之具已亡，而君子亦將聽人之所爲，而束手無策矣。（一語喝盡。）如子枉尺直尋之言，過也，而吾枉尋直尺之言，猶未足以蔽子之過也，使果有尺之能直，則嗜利者將不計其所枉，專計其所直，而甘心焉，而不然也。蓋子意中之所謂直，固非君子之所謂直也。撫强兼弱，相其形勢，即可以設制馭之權；富國强兵，小有補苴，亦可以慰倒懸之望。（壁立萬仞。）自君子觀之，則皆枉己以枉人者也。彼其心將使上下中外之間，無一事之違於理，而凡有血氣心知之屬，無一物之倍其情，其所欲得於人者如此，而豈可以枉己求之哉？以天下之陝隘酷烈，群苦其生，而所以致其相生相養之道，非有以直人不可也。驕忿奢溢之本未清，則凡經畫於政法之間者，必有所牽制而不達，而其事又非可以智術移也，必也嚴氣正性，有以生其神明之畏焉，而謂枉己者能之與？以天下之昏迷乖戾，不得其性，而所以復其天命人紀之道，非有以直人不可也。君師身教之源不治，則凡張皇於戒董之迹者，將視爲文具而不行，而其事又非可以口舌争也，必也目擊道存，有以致其啓沃之實焉，而謂枉己者能之與？（題中實義，貫穿周匝。）且夫燕遊慆心之事，見君子而灑然色動者，以其不枉也，苟少雜於功利，則非惟顯示之，而且强以相從矣；便辟左右之人，望君子而輾轉求親者，亦知其不枉也，若少爲其身圖，則非惟挾持之，而且鄙夷不屑矣。（總〔八〇〇〕無一籠統影響語。）故凡枉己者，其徘徊歧路，未有不有冀於後者也，而其崎嶇晚節，未有不甚恨其初者也。徇人以失己，有枉而無直，而謂君子爲之乎？嗟乎！使人猶可直，而君子獨以己之不枉，而聽天下之不被其功，則君子以歉於心，而未有能者，則固無歉於心也；君子亦且有憾於天下，而未有能者，則固無憾於天下也。夫君子雖不枉其道以窮於時，然君不能用，而尚知功利之爲非；士不能從，而尚知節行之可重，其身雖屈，其道不猶有所直於人耶？（古韵蒼然。）

疏疏莽莽，信筆直書，而題藴曲折皆盡，是大家本色。（韓慕盧先生）

讀此文，能使頑夫廉，懦夫有立志，方是天地間有用文字。（戴田有）〔八〇一〕

巖巖高峙，亦大有孟子氣象。（岑謹識）

守先王之學者

大賢之守道，萬世之功也。夫守先待後，孟子日與其徒事焉，而其徒不知，則安得不正告之哉？且居今日而言事與功，雖得位乘時，澤被一國而延於天下，猶之細也。蓋先王之道，非徒大壞，而將泯焉，而後之學者，殆自是而無所尋逐也已。（其聲大而遠。）故君子之入孝而出弟也，非徒以自爲也，而亦以爲天下焉。（聯合通章意脉。）何者？自堯、舜以來，士修其業，工執其藝，農耕女織，而吾與子亦得優游暇食於其間者，孰爲之哉？先王之道爲之也。而至於今，世俗之人相與競於功利，而畔而去之。夫先王之道，使人自識其性命之真，故上有以陳國之經，而下有以立民之命。自功利之習深，世幾不知斯道爲何物，而苟可以便其私，不覺棄之如遺迹矣。天下之人畔焉，而一人獨守焉，則力孤而責愈重也。而高明之士，又或倡爲詖淫，而誦言攻之。夫先王之道，使人共由於中正之域，故不至蕩焉而遺其所有事，戾焉而失其所以爲心。自詖淫之説甚，人各思立一道以爲宗，而苟可以濟其術，惟恐排之有餘力矣。天下之人攻焉，而一人獨守焉，則勢艱而心彌苦也。（正言先王之道，隱罩章旨，而守之之功亦可見。）其必如是以守之者何也？性命之源、天地之心之不容終晦者也，後必有人焉紹而明之。（崇閎高迥。）乃先王之道之方明，而人已樂趨於功利，而況更千百年深溺而不可復出，雖有天資之近者，而亦無以自見其心矣。而微留其緒，以待學者之紹而明之，則守之者之事也。中正之則、萬物之理之不可或過者也，後必有人焉力而持之。乃先王之道之中微，而人已敢恣爲詖淫，而況更千百年多歧而莫知所從，雖有力能負荷者，而茫然不知趨向之地矣。而明示之的，以待學者之力而持之，則守之者之事也。如其無所守於今，亦且無所待於後，則功利之禍，陷於禽獸而不自知，詖淫之害，轉相戕賊〔八〇二〕而無時已，而人之類又何能相生相養於此無道之天下哉？由斯以談，守之待之，事爲何如事，而功爲何如功也？吾大懼力之不逮也，而欲與二三子共守焉。而子之言云：吾今而知子之冒爲士，而自忘其所事也，無怪其食焉而内自慚已。

其爲中也弘深，其爲外也肅括〔八〇三〕，雖子輿援簡而爲此，恐亦蔑有以加也。（李午山）

守是守，待是待，無一字影響，又處處映合章旨，此靈皋己卯以後文，其格之堅、法之細，前集中所未有也。（鮑季昭）

孟子功不在禹下，此自言其所身任者，小儒詁之，非支離即掛漏，非浩學純文如靈皋，安能辨此？楊子雲稱辭事稱則經，此文之可經者也。（韓祖語）

如知其非　來年

有待而行義者，君子激之使速焉。　夫不義而不速已，是猶未知其非義也，而何所待哉？且上之增賦重征以困民也，民皆憪然疾其非義，而上不知也，而猶幸上之不知。蓋一旦知之，而即可一旦而去之也，若既已知之，而又曰吾有待焉，而民望絶矣。（明神廟不罷諫者，識者憂之，即是此意。）如攘雞之事，不義之小者也，而況以賦與征攘其下者乎？如其義也，則來年亦可以不已，既非義矣，而抱其欲已之心以至來年，是匿其不義之心以至來年也；　如其義也，則今茲亦可以無輕，既非義矣，則已輕者雖少收〔八〇四〕乎義之利，而未輕者仍深受乎不義之害也。　夫子之既已知之，而不速已焉，而猶有待者有故，或以爲吾已之，而衆未必知其當已，其情與勢之相狃者，必漸至而後可安也。　夫知其非義而正之以義，何慮其不安？且來年而可安，則今茲而亦安之矣，今茲而不安，則來年而終不可安矣，況輕之而衆以爲不安，至來年而皆以重爲安，而子反無以奪之也。

或以爲吾已之，則必求其道之可已，凡政與事所當經畫者，必期年而後可定也。夫知其非義而裁之以義，何憂其不定？且來年而可定，則今茲可早定之矣，今茲而不能定，則來年而終不可定矣，況今茲而謀定其所以輕，至來年而又謀定其所以已，則國轉以子爲不堪也。（破盡千古庸人苟且昏蔽之見。）夫是故君子知當世之非義而矯之以義，其道莫善於速，而莫不善於待。（切中事情。）事柄之寄，每不可常，吾速更之，而衆服於吾之義，則異日者吾身雖退，而其事已定，有難於再更者矣。苟待焉而其權一旦而他屬，有明知其非義，而嘆恨於無如何者矣。正道之興，邪人不利，吾速已之，而彼屈於吾之義，至於久而其事已定，而其謀益衰，亦將安之無異議矣。苟待焉而使其議相持而不決，則必有倡非義之義，而百出以撓吾事者矣。如知其非義，斯速已矣，而何待來年哉？夫民困於虐政，先王之法不可復者，大抵昧於義而以待之心誤之也。君子之去不義也，如去疾之務速焉，而以爲可待，是即不義之心之中伏者也，而其知亦不可恃矣。（揭出快甚。）吾子知之，則願以義自斷可也。

才情學識，蔽遏不露，使讀者但見其輕清之氣。（韓慕廬先生）

曲折痛快，無不達之情，須具此種手筆，方可以破庸人之論。（戴田有〔八〇五〕）

天下之生　一節

感治亂者，直溯於天下之生焉。蓋生民以來，治亂之機若循環，而皆非無故，此君子所以不得已也，彼外人何足以知之？（八〇六）若曰：吾今而知衆人之身，其寬然而無累者有由矣，彼貿然以生，而不知其所以生，雖其生之時，亦不知其爲治爲亂也，而況生民以來之治亂哉？（八〇七）斯時有俯仰天人，而蒿目於古今之際者，無惑乎舉不知其何所爲，而疑且怪之也。如辯非予好，而要不能已於辯者，予蓋藐然中處萬物之内，而念人爲天地之心，惄然常抱生民之憂，而思變亦前古所有。（帝王規模，聖賢氣象。）蓋天下之生久矣，惟其久而陰陽往復之氣，有窮而無所復之者，而隱消默息以發其機；惟其久而人事推移之交，有迫於不得不應者，而更伏迭起以明其報。（八〇八）試觀天下於大亂之初，極亂之後，一似潰敗難收而不可復治者，而卒歸於治，何也？或綱維已墜，而泯棼胥漸，不一作其震動恪恭之氣，而人道將窮；或禍變相尋，而辛苦凋殘，已足以敝其機深穢亂之辜，而天心亦悔。（中二比囊括幾許載籍。（八〇九））蓋相推相激於數十百年，而後有此一治也，而治豈自然而得也？試觀天下於大治之後，極治之時，亦似清和咸理而可以不亂者，而卒歸於亂，何也？或太平既久，而上恬下嬉，事皆墮壞於冥昧之中，而蘖芽已伏；或生物滋豐，而五行百產，力盡屈於生人之用，而患氣方興。（鑿開奧府。〔八一〇〕）蓋相尋相逐於數十百年，而後有此一亂也，而亂豈終無所極也？振古以還，遞興遞耗，而此蚩蚩之民，亦且與勤思參兩者，同視聽食息於其間，誠不若其優游而自得也。（後二比鬱勃遒窣，如撞萬石鐘，驚心動魄。）然盡天下之生者，昏然視聽食息以偷安於旦夕之間，是即大亂所由生，而盛治所由敗也。（此「不得已」本旨。〔八一一〕）世變之興，若驟若馳，彼夫冥冥之中，亦似有陰爲鼓舞者，使乘除轉運而不自知，固非可以勉强而力爭也。（更足破庸人之論。〔八一二〕）然盡天下之生者，聽其乘除轉運而不識夫生民之意，則天雖厭亂而禍無可弭〔八一三〕，天雖開治而功無可藉也。夫不得已者，豈獨予也哉？蓋自堯、舜以來，不忘乎天下之生者共之矣。

有聲有光，可歌可泣，天下至文也。（汪武曹）

使劉向、揚雄爲之，不過如是，唐、宋文人胸中，無此源委。吾兄北固向稱靈皋文，較荊川、震川有過之無不及，爾時未能然也，斯文蓋庶幾焉。（劉月三）

深閎而肆。（韓祖語）

其於古今治亂興亡之故，痛哉其言之矣！武曹云：「有聲有光，可歌可泣，天下之至文也。」時下秀才讀此篇，自度有此肺腑、有此識力否？（戴田有）〔八一四〕

賊民興

民有興而爲灾害者，無禮與學之效也。蓋民而賊也，灾害莫大焉，無禮無學，而安能禁其不興乎哉？且暴桀之民，先王之世所不能無也。陰陽純雜之氣，所以陶冶而成之者，不能盡美，而要無患者，有禮有學以柔其桀驁不馴之性，而動其畏威寡過之心，要使之不能興而已。（周末〔八一五〕數子及漢儒最醇者能爲此語。）彼無禮無學之世，非不畏賊民之興也，特以爲智術足以馭之耳。而不知至愚而不可欺者民也，椎魯無知者，或囿其術而無二三，而賊民已憪然思以其智逞，以爲法令足以劫之耳；而不知至弱而不可勝者民也，罷羸無告者，或若〔八一六〕其生以相奉給，而賊民已忿然思以其力争，蓋其興也勃矣。何者？無禮無學，則父子兄弟之間，皆若泛然以相值，第覺嗜欲之不遂，而焦然無以樂其生，而誣上行私者不可止矣；其耳目見聞之地，别有私義以相高，以爲時勢所當趨，而舍此無以託其命，而悖理傷道者迹相先矣。（曲盡賊民性情與其興氣象。）夫民之忍於自賊者，必其有所甚便也。先王之世，日討敗群者而矯伏之，而罷民無所藏其身，則其心亦悔矣。今則富利之可甘也，而惟賊民能攫焉，刑禍之可畏也，而惟賊民能脱焉，無惑乎其徒之交相勸也。民之敢於自賊者，必其有所深恃也。先王之世，一有敗德焉而衆棄之，終身無復與之齒，則其勢亦孤矣。（灼見本原。〔八一七〕）今則於此有賊民焉，而其家皆以爲良子，於彼有賊民焉，而其邑皆以爲聞人，無惑乎其風之日以長也。世俗之人，徒見夫竊攘寇盜之相聞，而以爲賊民之興如是其可惡也，而君子第觀於在國在野者，以手足爲不必勤，以衣食爲不可惡，而已知其兆之萌生而不可遏矣。（深於經法。）有國家者，必至於斬木揭竿之四起，而後知賊民之興如是其可懼也，而君子第觀於同居同遊者，口不道忠信之言，身不服子弟之職，而已知其形之燎原而不可撲矣。是皆無禮無學之所致也。夫民之能爲賊者，皆智勇辨力之出於凡民者也，使幸生先王之世，而導之以禮，習之以學，未必不可以成其材而賴其用，而乃使之爲災爲害而以賊興，不亦悖乎？夫君人者，縱不念民之無良，獨不畏喪之無日耶？

窮理盡事，言皆濟於實用，所謂有物。（韓慕廬先生）

骨體高貴，法度森嚴。（韓祖昭）

惻怛言之，垂涕泣而道之，讀史至漢、唐、宋、明之末造，真可爲痛哭流涕，長太息者也。（戴田有〔八一八〕）

興還他興，賊民還他賊民。賊民還他，是不知禮不知學的賊民；興還他，是不知禮不知學的興。所以看去衹覺奇思濬發，殊不知只是一個老實會做。〔八一九〕

有求全之毁（其一）

毁加於求全之人，相反而實以相召也。夫求全之心，不欲其毁也，而毁者之心，正不欲其全也，士而求全，其毁也宜哉！且士君子生衰薄之俗，而懷高世之心，自謂無以獲罪於人，而不知有以獲罪於人也。夫小人見人之善，而蹙然不能相容，亦猶君子見人之不善，而愀然不以爲直也。（曲中。）毁之興也，其何避之有？失德者，謗之所生也，而刻意尚行，曾不免於負俗之累；孤行者，物之所忌也，而謹身寡過，亦不容於嫉妒之人。（更切求全〔八二〇〕。）士生於今，謂吾不可自即於戾而求全焉，可也；謂吾求全而遂得自全於人之口，不可也。蓋求全之毁，往往有之矣。凡人過端已露，昭然而不可掩者，則衆相與置之，非其心至此而忽恕也，謂彼先自敗，而何足介吾之意也。（以精深敏妙之文，發變詐傾危之態。）若夫奇傑有意之徒，我之行能問學，百無足與之比長，此而默以自羞，竟使獨爲君子乎？我不能望彼之全，而彼亦不能逃吾之毁，百計以求多，使之亦有所累焉而已。凡人漫無可否，混混而與世相同者，則人亦將安之，非其心有時而暫忘也，謂彼固無長，而何所容吾之短也。若夫砥行立名之士，度其意氣聲聞，不日而出我之上，彼雖不言，我獨無愧於心乎？彼自謂百全而無可毁，我必使一毁而不復全，極口以相傷，明其無以異人焉而已。天下常有甚美之行，遷就其詞而即爲可議，其人立意之初本如此，而傳之述之之人，則以爲如彼，文致之罪，偏有其説之略相似者，巧以合之，情真事近，而無以相解，自好者所以側足而無從耳。（劇目鉢（八二一）心。）是非本無一定之衡，各出其口而豈能相執？憎之惡之之見藏於中，而可憎可惡之形，亦遂可以意造，浸淫不已，至舉其生平所必不爲者，强以加之，旁引曲證而以爲有據，有志者所以撫心而長嘆耳。夫欲君子自貶其行，以求免於毁，既有所不忍，而小人好爲議論，求變易其性情心術，而亦有所不能，而要之無慮也。夫求全者之心，毁者則既知之矣。

純是正希家數，後幅尤得其刻峭處。（謝雲墅）

如與夏侯太初、嵇叔夜一輩人語。（何屺瞻）

歐陽公本傳言，當時小人惡修異己，又善言其情狀，靈皋真今之歐陽子也。（白楚唯）

刻畫形容，使鬼魅情狀發露無餘，是高邑一流人物。靈皋孤蹤高寄，抗心希古，每遭謡該，身所閲歷，宜其言之親切也。（戴田有）〔八二二〕

有求全之毁（其二）

觀毁之無常，而爲善者懼矣。夫毁之於人也，甚矣哉！求全也而不免，其又何從焉？今夫人有自護之失，旁觀者從而曲指之，此亦人情所甚恨也。雖然，我有失而人指之，在彼雖覺無謂，而在我亦不得謂無因也，而遂以爲不情，則夫求全之毁，又何以堪焉？夫求全者君子之心也，而好毁者小人之態也，以君子而遇君子，相賞之真，不啻自口出也。彼小人者陰險其天性，而復濟之以不明，彼見世之潔身而寡過者，事事與己異向，亦實有不愜於中者也，而不禁極口以詆焉。以君子而遇君子，成人之美，惟懼其或傷也。彼小人者無忌憚其本懷，而復深之以多忌，彼恐人之行成而名立也，無復可敗之勢，故争其先而逆阻之也，而曲爲巧言以中焉。（雋健。）人非甚不肖，必不忍叢過以就汙，擇地而蹈之，抑亦自完其分也，而彼且以爲角勝於人也。（鷦〔八二三〕鵬翔於寥廓，而羅〔八二四〕者視夫藪澤。）今見爲自完，或可以相安，而見爲角勝，即惡能相下？求全者不自覺，而好毀者悁悁而視之，不相毀而心目中有不能廓然者矣。矜能以自喜，或至於集怨而招尤，有身而愛之，抑亦務實之心也，而彼且以爲求名於世也。夫見爲務實，則與物原無爭，而見爲求名，即惟恐其相掩，求全者本無意，而好毀者切切而憂之，不相毀而寤寐中有不能暢然者矣。在君子不愆於禮義，亦無恤乎人言，特恐以中材而涉亂世之末流，未必不激於物情之汶汶，而自改其常度；在有識者知微以闡幽，自當聞流言而不信，特恐以庸衆而受小人之迷惑，未必不以賢者之獨悟，而終困於群愚。（倜儻峻拔。）《詩》有之：「取彼譖人，投畀豺虎。」篤而論之，猶未若毀者之甚也！

學古而得其蕭疏易，得其密緻難，得其紆折易，得其樸直難，此可謂易其所難者矣。（謝雲墅）

公所勇爲，謂公躁進，公有退讓，謂公近名，既自古而皆然矣，中幅云云，復何足怪？（何屺瞻）

揣摹小人，情事委曲，讀靈皋諸作，使我逃形匿影之志愈深矣。（戴田有）〔八二五〕

有求全之毁（其三）〔八二六〕

士有自好之心，當益以毁自堅也。夫求全無召毁之道也，然必知其有是，而後可自遂所求耳。且好惡之公既廢，而毁譽生焉，而毁之於人也尤甚。其端始於心之作惡，而甚其詞以相中也。使僅加於敗德之人，而好修者得以自脱，則直謂之惡惡之公而不可以爲毁矣。故夫毁之加於求全之人者，亦其勢之所必至也。人非與我同道，未有識我心迹之真者也。我而求全，同我者以我爲是，安知異我者不以我爲非也？（雋傑廉利。）人非與我相愛，未有樂我有過人之行者也。我而求全，愛我者幸我之有成，安知憎我者不忌我之有立也？雖然，有説焉。假令彼此之意見實有所參差，不相知而相刺也，亦何責乎爾？明明知其行之足尚，獨居私論，未嘗不驚而服之，而忍作違心之言，以短之於耳目衆著之地，以爲其道應爾也，豈非大可痛之事哉？又使兩人之隙端已見於平日，交相怨而相傾也，亦何責乎爾？生平漫不相識之人，聲實一張，而遂懷不肖之心以伺之，惟恐其無可摘之端，借以快其積不能平之隱，而囂然以起也，豈非不可解之故哉？（鑄鼎象物，魑魅罔兩，形聲畢現。）今試舉一人以語於衆，而曰某全人，其聞之而信者無幾人也，强者必疑於言，懦者必疑於色也。又試舉一人以語於衆，而曰某非全人，其起而争之者無幾人也，厚者存之於心，薄者且傳之於口也。雖君子不以小人之恟恟而易其行，然畫地而趨，猶有傷之者，吾恐人將以爲善爲懼。（沉鬱。）索一求全者而不得也，可慨也夫！

憤世嫉俗，憂讒畏譏，借題抒寫，自爾淋漓滿志。（謝雲墅）〔八二七〕

簡勁高潔，下筆如鑄。（艾德臣）

玩其寬宕排奡處，可識先輩短篇運氣之法。（喬鶴群）

奇兵不在衆，短衣匹馬，所向無前，夫己氏者何所逃其斧鉞？（戴田有）〔八二八〕

原泉混混　一節（癸未遺卷）

狀有本之水，而得聖人取之之意焉。夫原泉有本，則其漸進而至於海也，皆其自然而不容已者，而又何疑於聖人之所取乎？謂夫流而不息者，聖人之心也；進而以漸者，聖人之學也；從容而造乎其極者，聖人之道也，凡此皆恃源而往者也。故觀於萬物，苟有與是相發者，而不覺爲之一動焉。子疑仲尼之何取於水乎？夫水之道亦不一矣，觀水者必觀於海，猶學聖者求至於聖也。　然爲學必務其本，而觀水必探其原，海委也，非原〔八二九〕也，（六字冠場。）仲尼所嘆者，其原泉乎？其混混而不舍晝夜也，往者過而來者續，無停機也；　其盈科而後進也，足於此而達於彼，無越次也。　其放乎四海也，沿之不已，則無遠弗達也，若是者惟有本則然。　凡物之有本者，其始發必需，而不知其需也，乃所以爲速也。　須臾不間，則時之所積者多矣；　尺寸不遺，則勢之所達者順矣。（如此對照下文，映合本旨，豈膚學夢想得到〔八三〇〕？）彼其中豈有藏於不竭者，又何事取必於旦暮，而坐遺其必歷之程也？凡物之有本者，其歸宿必遠，而不知其遠也，正不啻其近也。　時積而多，則有俟之而必至者矣；　勢達於順，則有遏之而不能者矣。　彼其機豈有動於難已者，又何必妄意於阻長，而不按其自然之節也？（油然理順，荆川、理齋得意時有此。）仲尼以至誠無息者，浩然於俯仰動静之間，在在有流行坎止之樂，而一旦觸於目而動於心，而天機爲之一暢矣。　以誨人不倦者，相導於成章必達之境，時時有泝流迷源之憂，而一旦見其象而得其意，而隱衷遂已如揭矣。（意更精鑿。）非是之取，而何取哉？水莫大於海，而原泉爲之本；　道莫盛於聖人，而下學爲之基。　苟徒急於聲聞，是塞其不舍之原，而立於必涸之地也。　何異湧溢於溝澮之間，而望至於海哉？

其味悠然而長，其光油然而幽，文止、維〔八三一〕節，尚未到此境界，何況餘人？（劉北固）

下文故聲聞過情二語，只〔八三二〕結出反面，正面實際，實盡具此節，他手率以空滑應付，作者寫來，獨質愨有味，本領之不可誣如此。（喬鶴群）

今有同室　可也

大賢喻古人所處之不同，而處之不得不異也。（古拙可愛。）蓋鬬一也，鬬者異則人心變矣，君子雖迫於救，而豈能不擇其可否哉？且理有殊塗而一致，情有異用而皆安者，使不求其所以然之故，則古聖賢參差於形迹之間而不合者，終無以顯其義於天下矣。（嘘吸神理。）禹、稷、顔子所爲之不同如此，而皆見賢於孔子，蓋衷之以情，折之以理，而有不得不然者焉。試以鬬者言之，君子非不欲盡已天下之争，而不能不阻於聞見之所窮，君子雖甚憫然於所聞見之事，而亦不能强伸於情勢之所隔。今有同室之人鬬者，而救之安得不汲汲哉？非急其病而以爲名也。與之同室，不獨情有所不能安，而責亦有所不得諉；不獨吾不能忘情於彼，而彼亦欲求正於我。不乘其未決而平之，恐更緩須臾，其相構之勢益深，而卒難致力也，雖被髮纓冠而救之可也。若夫鄉鄰有鬭者，而救之如是其汲汲，不亦惑哉？非忍其亂而若是恝也。吾欲救之，必悉其事之始終，而後可以理解；必與其人爲久故，而後可以情喻。今忽以不習之人間之，雖攘臂慷慨，聞者方訝〔八三三〕其無因而至前，而安能曲聽也？雖閉户可也。（季思有其巧雋而遜其渾古，荆川有其渾古而遜其深曲。）蓋我既爲同室之人，則室中之事皆於我乎任，鄉鄰中雖有能力排其難者，亦且謂非己任而引而去之。（其旨遠，其辭文。）使我復坐視而不前，則室人之相賊，我賊之也，而能安乎？鬭既爲鄉鄰之鬭，則彼鬭者亦自有同室之人，彼同室中豈遂無憂其不靖者？我既身處局外，而何必代爲憂之？即其人遇紛而不能理，吾不能不私憂之，而終不能强與之也，而何多事哉？是故君子不難忘其身以爲天下，亦有時忘天下而潔其身，惟其遇而已矣。若夫不賢之人，在位而不任其憂，是同室而以鄉鄰自處也。而士之辱在泥塗者，或囂然於天下之故，是亦不免於被髮纓冠之惑矣，而豈曰能賢哉？或曰：君子不在其位，而對君大夫之問以效其情者，何也？有救有不救者勢也。若其心，則視鄉鄰猶〔八三四〕同室也，途見其争，而出一言以釋之，豈遂傷於君子之義哉？（窮理之極，真與聖賢心相比合。）

純是聖賢處己應物、至精至邃之理，而皆以比喻出之，最合理體。（左未生）苦心之極，使讀者但覺其平易至文也。（胡龔參）救與不救之故，俱發得淋漓痛快。○「若夫不賢之人」一段，吾輩尤當三復。

（戴田有）〔八三五〕

人少則慕父母

計慕父母之時，而知人心之危也。蓋子之愛其親也，不可解於心，而分計之，惟少則然，不亦甚可慨哉？且謂人子而有不慕父母之時，此凡人所不欲居，而自信其無是者也。乃求其志之不紛，而核其事以不僞，即令人子追思之，而可信其無他者，亦惟少之時焉耳。何者？人未有有父母而不慕，亦猶夫未有見父母之不順而不憂者也。然必極天下之欲無以解其憂，而後謂之憂，則必極天下之欲無以並其慕，而後謂之慕，而若是者其惟少乎？（落脉親切。）非獨婉焉孌焉，而天和可掇也，即怨啼谿勃，亦發念而必由於親；非獨撫焉鞠焉，而左右無違也，即督過教笞，亦逾時而必依其所。蓋凡人之情，必有與並馳，而後遷徙見奪也。少之時，人常在側，出必與俱，耳目見聞，舍父母無所關，故不覺瞻依之切，而即賴此昏然稚昧，以留人子一日之天機。抑凡人之情，多緣於事境，而因繾綣難忘也。少之時，寒而待衣，饑而待食，呼吸動静，舍父母無所恃，故不覺待命之殷，而正借此動必相須，以延人子無多之至性。且夫少之時亦非真能慕也，取諸懷衽，而㸌然不能終日，固也，乃便其起居飲食，則置之他所而漸忘焉，其慕亦易移而非篤也，即以爲篤，而其篤固已有限矣。非其天屬，而百物不能相縻，固也，乃習於阿保携持，則較之所生而彌順焉，其慕亦有爲而非真也，即以爲真，而其真固不可恃矣。（逼真，然天下之人亦可哀〔八三六〕矣。）嗟乎！人之少也幾時，終身於情欲婚〔八三七〕宦之中，其號爲能子者，不過少分其慕，以旁及於父母焉耳，盡能不失其赤子之心，則虞舜且接迹於後世矣。

讀到〔八三八〕「少之時亦非真能慕也」，爲之心痛，是謂抉經之心，執聖之權。（胡襲參）

至性實情，使覽者各自汗下。（劉月三）

先兄百川每謂余〔八三九〕文刻劃而未近自然。自先兄之殁，不事此者數年矣，甲申九月，郡試童子，命此題，侄道希與試，偶作此示之，頗無向時艱難勞苦之態，追

念先兄切劘之意，爲之泫然。（自記）

韓城張先生於廣陵舟次見此文，謂中比「有與並馳」二語太侵下位，命改定。歸來，家事薄遽，未暇措意，志之以見先生之深於文律也。（又記）〔八四〇〕

天之生此　節

元聖念生民之意，而不忍私其道焉。蓋天爲道而生尹，實爲民而生尹也，覺之之責，又誰寄乎？謂夫世之所以稱無道者，惟民之昏然罔覺而已，而民盡昏然而罔覺，又其將有覺之時也。（昌言。）顧或有其道矣而不必當其時，當其時矣而不必值其遇，故予乃今而知天之以斯道相屬者，果非無意也。蓋自堯、舜以及夏，先後三聖相傳而守一道，而其時之民，莫不循於道之所當然，而識其所以然。以是知天之生民，欲其盡有知覺，又不能使之自有知覺，而常寄其事於先知先覺者，以仁愛斯民也。人倫日用之間，狂易失守，遂足以戾天地之氣而召百殃，故天下之大亂，未有不起於民之無有知覺者。而淫昏暴亂之習，漸民未深，亦不能奪其本心之明而使盡蔽，故人主之凶德，未有甚於使民無所知覺者。（不刊之論，又深切尹與桀之時。）今也先聖之澤既湮，而後王之昏德又益厲之，民之昏然無所知覺也久矣。堯、舜覺民之道，不能久而不墮者；人事之變，而無知無覺之民，必有更爲之先者。天心之常，以堯、舜之道言之，則予斯道之後覺者也；而以天下之民言之，則予天民之先覺者也。（確是阿衡心曲中語。）予以藐焉混處之身，而日以斯道自揆於堯、舜之統，予固意昏昏者非天心之所常安。而天於民彜汨亂之餘，獨以斯道付予於畎畝之中，亦似憫蚩蚩者非其人甘於自棄。故予向者非恝然於斯民也，誠慮不能大有所振於斯民，或小用以輕吾道，反不若處畎畝以俟時，而今者亦非私湯之德也。既幸吾道之粗可自信，又遇斯時之大有可爲，而不覺顧斯民而心動，予將以斯道覺斯民也，而何能執予初說也哉？嗟乎！使予有其道，而民亦自有其知覺，予尚得以自暇逸也，使民無知覺，而不獨予有其道，予又得以相推讓也。乃今也眷念斯民，雖自今有覺，而已惜其事之後時，而顧瞻天下，雖未嘗無人，而常憂其道之不足，反覆以思〔八四一〕，非予覺之而誰也？（朱子所謂「讀之使人氣厚」者。）天既以斯民之罔覺遺予憂，而予終豈能自樂乎哉？

元氣淋漓，莫由尋其筆墨之迹。（韓慕廬先生）

靈皋每善寫古人懷抱，知其藴蓄深遠。（劉月三）〔八四二〕

清空如話，而氣愈敷腴，蓋飫古書之膏而發其光者也。（張彝嘆）

通篇是單行，却通篇是排比，此等文境，實前人所未到。（伍芝軒）

篇中體認真切，語足與《伊訓》、《太甲》相表裏。（徐詒孫）

純以混茫之氣磨蕩而成，然其中皆精理貫澈，其有會於太極之初乎？○尹當日不言以斯道治民，而獨曰以斯道覺民，單〔八四三〕在斯民淫昏無知上説，實有一段至義，時文依口衍説，於知覺之理，尹獨言知覺之意，毫無把鼻也。一自此文發出，如發蒙振落，天日開朗。（李岱〔八四四〕雲）

寫自任深情如揭。後來惟南陽抱膝差堪彷彿耳。（戴田有）〔八四五〕

友也者友　挾也

有所挾者，亦未思友之故也。夫不友其德，無所事友也，既無德之可挾，而可以他有所挾乎哉？且有挾而交，不獨天下之至陋，而亦無所用之也；可挾以交之人，吾即不挾，而彼固知吾之有可挾也。（慧心妙筆〔八四六〕。）若持是以至賢人君子之前，不獨交之不可以合也。試思吾所交者何人，所求者何事？而乃以至陋者與於其間，彼即不言，我獨不愧於心乎？彼友以不挾爲義者何也？人欲挾，孰能禁之使不挾者？苟其挾之，則地勢固爲必趨之途，而年齒亦有必伸之地，何不可傲然而遂其所挾也？人欲挾，必有受〔八四七〕其所挾者，苟其挾之，而施者自反而可安，受者不言而相喻，何不可歡然而用其所挾也？而獨不可施之友，何也？蓋友也者，友其德也，而可以有挾乎哉！挾之者，必自以爲可貴也，而吾之所有者，無一爲彼之所有也。以爲可貴，則吾自保之而已足矣，無所資於其人也。乃叩其廬而請謁焉，則已別有所貴，而自知吾所有者之不足貴矣。貴者在彼，而乃取吾所自知其不貴者而炫焉，而謂其人貴之乎？挾之者，必意其人之求之也，而吾所有者，無一爲彼之所求也。使其有求，則吾可絶之勿與通矣，吾復何求於彼也？若重其人而願交焉，則彼實無求，而彼所有者吾實不能無求矣。有求於人，而乃持其人之所絶不求者而要焉，而謂其人求之乎？（筆勢如遊雲染空，倏忽萬變。）且夫挾，亦未可少也，勢利聲援之地，苟無所挾，其意大都索漠而不親。獨是既已相從於寂寞之道，而復以世俗之淺意求之，則君子羞其待己之已薄耳。且德亦非敢以自恃也，崇高富貴之人，苟不爲友，君子不難屈身以相下，第謂既已索我於形骸之外，而不以古人之風義居之，則此意當亦友我者所深賤耳。（清標令上。〔八四八〕）將以友爲實而有所挾，則分好德之心而無所益，即所爲求友之意已非，將以友爲名而有所挾，則傷長者之意而交不終，反不若無友之聲不惡。若夫此有所挾，彼有所求，而上下相蒙，以苟爲名，則其中豈復有友哉？古之人與？其不可復見也矣。

每於仄〔八四九〕境轉出寬勢，變化不〔八五〇〕窮，良由靈臺一而〔八五一〕不枉。（徐亮直）

清易令達，居然自勝。（謝允調）

性猶杞柳　全章（借刻汪選《歷科房書》〔八五二〕）

責異端以禍仁義，而大賢之知言可見矣。蓋不爲桮棬，而杞柳之性得矣，不爲仁義，而人之性得矣，此告子言外之意也。甚矣，其禍仁義也！而其言未嘗爾也，非孟子其孰能知之？且戰國之世，天下之言性者，皆曰自聖人招仁義以撓天下，而天下莫不奔命於仁義，是以仁義易其性也。其禍仁義也，至比之殘樸以爲器焉，是即告子之本旨也，而未敢正言之也。（筆意古峭。）蓋天下雖不爲仁義之人，未有不知仁義之美，而以爲出於人性者，而一旦正告天下曰性無仁義，則人疑之矣；而且曰仁義賊性，則人駭之矣。故迂其説於杞柳桮棬，而以爲爲仁義者似之也。蓋杞柳有可爲桮棬之性，人有可爲仁義之性，驟而聽之，亦似謂仁義出於性者。告子曰：是説行，而人性之無仁義，人自知之矣；爲桮棬而杞柳之用成，爲仁義而人之道備，驟而聽之，亦似謂人不可不爲仁義者。告子曰：是説行，而仁義之賊性，人自覺之矣。（推見〔八五三〕至隱。）甚矣！其巧亂吾性善仁義之言，以易天下矣，而孟子知之矣，故逆而折之曰：子不知人之性，先不知杞柳之性矣；子不知爲仁義，先不知爲桮棬矣。夫仁義順吾性而爲之者也，而桮棬戕賊杞柳之性而爲之者也，不獨孩提而知愛，少長而知敬者，皆其自然而不容强也。即漸而加以委曲繁密之數，使人屈折其情以就之者，似爲人情所不順。然試思置其身於君親賓友之間，而蕩然盡去所爲致愛致敬之文，則耳目手足將無所置，而其心亦爲輾轉而不自得矣。不獨因時而致其禮，處順而蹈其常者，達於中心而無所拂也，即不幸而遇人倫事物之變，所爲艱難其身以赴之者，亦似有戕賊人以爲仁義之疑。然試思置君父於顛危急難之中，而安然無復有相隨相徇之事，則飲食夢寐，不能自寧，反不若竭吾頂踵而猶可稍置矣。（可以順性命之理，不得更以文字賞之。）夫背於仁義，而即逆於人性如此，則性之真不斷可識乎？而告子杞柳桮棬之説，不至戕賊人以爲仁義不止也。夫人之畏仁義也甚矣，知其爲性所固有而猶違之，況以爲性所本無而猶能蹈之哉？知爲性所固有，則雖違之，而猶愧之；以爲性所本無，則公違之，而且明戒之矣。曰吾非不爲仁義，吾禍仁義也，吾非禍仁義，吾以愛吾性也，率天下之人而禍仁義者，必子之言夫！夫外仁義於性，而以爲賊性者，告子之本旨也，乃言仁言義，而有率天下以禍仁義之名，則告子所不敢居也。故以是逆折之，而其言不再辨〔八五四〕而屈焉，不然，而仁義賊性之言，告子且浸淫而自發之矣。故君子於異端之言，其尤近理者争之彌疾焉。聖人捨木而不爲器，非人而不責以仁義，性則無是而人欲爲之者，自天下之物未之見也。非孟子辭而闢之，孰不以告子爲知性者哉？

先儒謂告子此章之言，即性惡之旨，下章乃病其言之過，而易爲可善可惡之詞〔八五五〕，余謂不然。告子之言性者四，皆謂性中無善無惡，無謂性惡之意也。蓋告子論性與老莊同旨，謂性之本然無善無惡，爲惡爲善，其於失性均也，杞柳桮棬，與犧尊青黄白玉珪璋之喻略同。或曰：告子此章之言，無謂性惡之意，亦恐無仁義賊性之意也。曰：於其不動心之學知之，不得於心，勿求於氣，則不爲仁義之驗也，其勿求於氣，恐其動心也，不爲仁義，恐其傷性也。告子於心性，亦未見得分

明，其不動心，固自以爲養其性而勿失也。（自記）

告子之道，至佛氏而精，至明之中葉而暢，總之最不便於其説者，「仁義」二字也。文能勘透底裏，其氣體古質，更迴絶衆流。向於房選中見此作，亟推爲名筆。今知出自吾靈皋，益信一時無兩〔八五六〕。（朱字緑）

推見至隱，而其辨足以析之，如此文筆，即從孟子得來。（汪武曹）

以辨才發揮義理，故遂前空後絶，此與武曹《食色性也全章》文皆足羽翼吾道。（戴田有〔八五七〕）

生之謂性　全章

以氣爲性者，姑就其所明而發之焉。蓋自知性者言之，不獨生非性，而生之中亦自有别也，然告子所能知者，獨人與犬牛之異耳。且性者，理之寓於氣者也。故人物之生，不獨理有同異，即氣亦有同異，乃或以氣爲性，又不知其爲氣，而於氣之説亦未詳，君子於此，不暇與之深言同異之故也。（先儒所未發。）第發其理之異，使自悟其混然無别之非而已矣。昔告子以杞柳湍水喻性，而其説不能達也，因自明其本旨曰：生之謂性。夫生非性也，而所以爲生者乃性也。然語性之實，必曰仁義，而告子方以爲性外之物，而未嘗與生而俱來，即何足以相服哉？夫自知性者言之，則生之謂性，其説亦可以無弊也。告子意中所云，孟子逆料之，以爲直白之謂白之云耳，而告子果以爲然矣。夫以生爲性，是生與性猶有别也，非白之謂白之無可别者也。以此折之，而其説窮矣。而孟子不然，第就白之説而廣之於羽與雪、雪與玉，而告子又以爲然矣。夫羽與雪、雪與玉之白同也，而其所以爲白者不同也。使告子能思之，而固當疑之，孟子以折之，而又可屈之矣，而孟子直以犬牛與人之同其生者詰之。蓋告子雖不知性，而謂己與犬牛同性，則其心之所不安也。（神奇之極，不知者以淺淡。）夫溯性之大原，則凡有生而皆有性，人與犬牛之所同也。而論其寓於氣之實，則人與物各有所以異，亦各有所以同。此亦如同是白也，而羽得之爲羽焉，雪得之爲雪焉，玉得之爲玉焉，而告子未足以語此也。（約〔八五八〕言析理，意味無窮。）蓋告子之病，在不能反其理於心，而屢變其説以求勝，而孟子不欲徒勝其説，而務開以心之所明。即如犬牛人性之辨，便發於始曰生之謂性之時，則彼又將變易其説，而終不能自反矣。（他人見得到，亦説不出。）夫告子外仁義於性者也，然自知人與犬牛之異，而亦漸覺其不安焉，則豈非孟子開〔八五九〕之之力歟？而惜乎其終自遁也。

於孔、孟之道，程、朱之學，逐處沉潛，次第理會，節節貫通，乃能爲此澄徹微至之文，若平時班班剥剥，指東摘西，道來終有蒙翳惹絆處。（白楚唯）

靈皋嘗言：時文骨脉氣味，到得退之《原性》、《禘祫議》諸篇，乃爲極軌。斯文亦庶幾近之。（戴田有〔八六〇〕）

先生云此文理極清，而言不辨，恐人懷其文而忘其質，以蹈善賣櫝不善鬻珠之誚也。（華國謹識）〔八六一〕

白羽之白　曰然

大賢設爲齊白之論，而時人猶未知其不然也。蓋性之不可以生概，猶白者之不可以白概也，比而同之，亦逆知告子之以爲然乎？嘗觀異端之言性也，病在混同，而觀物亦然，所深惡者吾儒之别異也。（一語透宗。）故君子之假物以開之也，亦姑隱其内之異，而示以外之同，使遂其前説，以爲不可破，而立於必窮之地焉。孟子以生之謂性，喻白之謂白，而告子然之，是即其平時外義而不求諸心之效也。夫盡乎白之説，不獨白之質異，即白之色亦異，亦猶夫〔八六二〕盡乎性之説，不獨所以爲性者異，即所以爲生者亦異。而告子既以混同者言性，而因以混同者言白，則有未易辨其所以然者。故就其詞而詰之曰：白羽之白，猶白雪之白，白雪之白，猶白玉之白與？蓋人之兩相持而不相服也。吾之義有欲達，而直以致之，則彼將未暇以詳，而不能曲暢吾旨，故必即其所易明者，以析其端。物之白同，而白之物不同，是固事之尤易明者也。使於此而爽然，而吾固可以無言也，即急不能通，而吾所未言之義，已先入乎彼人之胸中，而發之如揭矣。（發難顯之情。）其人蔽有所中，而直以攻之，則彼將遁於〔八六三〕他端，而不難巧以自覆。故必就其所已昧者以堅其性，徇於白之名，而不深〔八六四〕求其白之實，是又告子之所已〔八六五〕昧者也。使中道而更之，而彼已自〔八六六〕知其屈也，即始終負固，而彼之曲護其初者，皆若自暴其所蔽，而卒不得移矣，而告子果以爲然也。（心入神會，卒然而〔八六七〕得。）蓋難發於卒然，故不能深究其中之委折，而一時相抵之意，持之反堅；辨未嘗更端，故不能自道其前之失言，而無可如何之辭，不顧其後。（神鋒更儁〔八六八〕。）斯時之告子口雖云然，而其心亦摇摇乎未敢信其然矣。蓋告子之病，在勿求於心，而孟子則多方曲喻而必欲其求於心，牛犬人性之辨，所以一出而遂無以解者，蓋求諸心而有所不得也。

探取情狀，描繪盡態，殆兼荆川、季思二公之長。（武商平）

妙言適情，使覽者意暢。（吴來岐）

今之人修其天爵　天爵

欲得人爵者，其情之變可睹也。蓋以要人爵，則修之時已棄其天爵矣，特既得而其情益著耳。且凡物之情，未有於其所迫欲棄之事，而汲汲以爲之者也，而亦有之。蓋有所欲得於彼，而不得不爲之於此，以爲有求者，不可以無所挾耳。若而人也，蓋不待其得之之時，而知其棄之惟恐不速矣，若今之人於天爵是也。夫今人知有人爵耳，而其於天爵，則未嘗不修也。蓋先王尚德敬賢之風雖泯，而流聲餘思之所被，亦尚知儒術之爲高；即一時從人横人之術方張，而巖處奇士之所歸，亦借其虚聲以相市。（深切春秋戰國時事。）此仁義忠信，亦有時爲公卿大夫之階，而從而要之者相望也。（出「要」字，冷甚。〔八六九〕）夫仁義忠信之可樂，非今人所知也，以人欲横决之身，而强閑於義理，亦不勝其自苦；而又欣然其有幸心焉，以爲吾不歷夫修之之苦，無以與夫得之之甘也，姑束身於其中，以俟他日之獲吾所欲，而快然自恣以適己，蓋驟而即之，居然一仁義忠信人也。仁義忠信之可樂而不倦，益非今人所知也，守違心拂志之事，而相待於久長，亦不勝其相厭；（句句切「不倦」意。〔八七〇〕）而猶勉之無有怠色焉，以爲得之之期一日未至，則修之之事一日難已也，姑抑心以自强，安知吾願不旦暮可副，而决然捨去而無傷？（二股爲「棄」字發掘根株。〔八七一〕）蓋雖久而視之，仍然一仁義忠信人也。（確是此輩未得時計量。）而人爵既得矣，而所修者一切不然矣，不獨求其任人爵之來而不與，如古人之風而不可得也；（直接。〔八七二〕）即欲其如向之假道於仁，托宿於義，矯作修飾於忠信，而亦不可得也，蓋其棄之也决矣。以爲匹夫而語仁義，蓋以仁義爲鑿枘也，今既有公卿大夫以自鎮，雖出入於小節而何傷哉？且所號爲快意之事者，苟合之爲仁爲義爲忠爲信之説，皆與背馳而無一可爲者也。夫吾向之於仁義忠信亦寄耳，本非失吾故行，而何爲是戀戀歟？（確是此輩既得後情態。）富貴而不恣睢，是以富貴爲桎梏也，使常用仁義忠信以自撓，雖與之以天下而何樂哉？且所貴乎高明之地者，正以不仁不義不忠不信之事，惟所欲爲而一無所忌也。夫仁義忠信之爲吾係累也亦久矣，今乃無所顧慮，而復爲是擾擾歟？〔八七三〕是皆其修之時自計已審者也，故曰修之時已棄之也。嗟乎！變古易俗，莫知所底，求存故往，亡則去之，要人爵而猶必於天爵之修，君子謂其事已古矣。

用意深奇，造言俊拔，蓋取諸莊、韓〔八七四〕二子。（韓慕廬先生）

周知小人之情僞，爲彼等定一爰書，隻字不可移易。（戴田有）〔八七五〕

所以動心　二句

推天所以成人之心，而處困者可知所務矣。夫動心忍性而益其能，天降大任之意，昭然可知，而可不務承之乎？（三代聖賢與漢、唐人學問事功，只判於此。）且心性之地，不能無蔽與累，而足爲萬物所恃賴，吾不信也；即無蔽與累矣，而才不足以應天下之無窮，猶之未也。然心性之自然而合道，與才之不待磨礱激發而後成者，聖賢或有之，而豈可望之豪傑以下哉？故天於所降大任之人，多方以厄〔八七六〕之如此。方其獨行踽踽，旁觀者已逆料其無成，而視天夢夢，即身當者亦自疑其終棄，而不知天之命至是而益定，天之心至是而益明。（激出「所以」字神理。）蓋所以動其心也，四端雖人所同具，而當其順適，雖偶有所發，而其端亦微。至於跼天蹐地，凡人世不仁不義無禮無智之毒，備嘗於身，而心之動也切矣。動之久則根益深，而後日之行一不義，殺一不辜，得天下而不爲者，已定於此矣，亦所以忍其性也。（經歷語。）人欲本與生俱來，苟無所創懲，雖力以祛之，而其緣難絶，至於釁厚憂深，覺此身耳目口體欣羡嗜好之物，本皆可無，而性之忍也安矣。忍之久則欲盡凈，而後日之不邇聲色，不殖貨利，居成功而罔利者，舉積諸此矣，又所以增益其所不能也。（親切有味。）凡人之禦物者氣，而氣不能無所暴者常也，惟處困久，則百折而其守益固，然後可以鎮非常之變而不撓；凡人之造事者智，而智不能無所遺者常也，惟更變多，則履困而其應不窮，然後可以盡萬物之理而不過。（處處緊抱章旨。）故世有謂德可强勵以成，而才不可强揠以出者，非篤論也。獨是人之厄於遇者亦多矣，而不必皆有大任之降，何也？庸人處此，則損其志，縱其情，苟且偷惰以敗其材，而其氣已靡靡日趨於盡矣，故天心不可不善以承之也。或謂舜説諸人，信可謂德全而能具者矣，夷吾以下，亦未必其心性之若何也，乃觀其所以抑主之私，重民之命，皆同時君臣所未能見，而異國之賢，要亦無有及之者。君子觀之，以爲此亦自動忍來者也。（論世知人，程、朱而外，未見如此識力。）

包藴閎深，可以益人神志。（高崇如）

靈皋嘗語余〔八七七〕：「吾困於窮愁疾病憂患二十年，於心性稍知用力，而才識不能有毫釐增益，是固不可强耶？」篇中所發，皆心得之義，非承虛接響者可比。

（劉月三）

爲機變之巧者無所用恥焉

大賢以有恥望人，而窮於機變者焉。蓋戰國之世，士之恥心盡矣，其原出於機變之俗成也。故孟子深痛之，謂夫有恥者人之所難，而蕩然無復恥心之存，則雖愚夫小人，而吾不敢必其陷溺如是也，而如是者，則當世之所謂聰明秀傑者也。何則？凡此皆機變之巧者耳。彼不求其心之安也，而第求其身之利，故反覆無常，使物窮其情而不得；不求其理之得也，而第求其事之濟，故譸張爲幻，使人受其逞而不知。（求身之利、事之濟，遂陷溺至此，凡百君子，敬而聽之。）自君子觀之，是皆不肖之行，愧遺父母妻子之醜者也。乃彼第見其身之利也，而睢盱以自喜，人且代爲不安，而彼之心獨安；第見其事之濟也，而驕矜以自功，初猶以爲事之當然，而後且以爲理之固然。如此人者而尚何所用恥哉？機變雖出於人謀，而所得於天有淺深焉。今以樸拙之人，而强學爲奸欺，則對人亦或厭然而自沮，至於巧而所性固殊矣；生而知之，安而行之，彼固以是爲性命之不可拂也，而或語以羞惡之正，彼誠不解其何所用也。機變雖出於天資，而所成於人亦有淺深焉。今以邪慝之人，而初畔於禮義，其心尚覺躊躕而不安，至於巧而積久愈諳矣；行之而著，習矣而察，彼且以是爲日用之不可離也，雖或偶發其羞惡之端，而亦終自斷以無所用已。（「巧」字原始要終，必二義相須而後備。）苟算有所遺，而機或爲人所敗，彼猶自愧其術之不工，至於心計之精，數用之而得志，方自負以過人之材，而何耻乎？雖天之所棄，而巧適足以自戕，彼終自信其謀之無過，至於禍亂之構，人無故而逢殃，彼且自快其能制人之命，而何耻乎？（揭其肺肝。）是惟陰陽之運既駁，故發此陰賊之氣於物性〔八七八〕，而四端若有所忘，教化之流既衰，故遺此功利之禍於人心，而禮義終不能束。（發出根源。）嗚呼！吾何不幸而見如此人者之接迹於世哉。

窮在物之理，發人心之蒙，如菽粟可以療飢，針石可以止疾。（季弘抒）

自晚周以來，從横、刑名、黄老、仙佛盈天地之間，政俗事爲無非功利，功利之禍〔八七九〕人也，浹於肌膚，藏於骨髓，非剖胸决脾，洗濯胃腎不可救也。先生每以功利爲恨，故有觸言之，即惻怛深痛如此。學者誦此，當反〔八八〇〕於身而驗其向背離合也。（馨謹識）

有爲者譬　一節

大賢恐有爲者之自棄，而爲之按其實焉。蓋掘之九軔，而有爲者必以此自恃矣，而孰知問其泉則與棄井同實也。且學之未少有得而止者，雖於人爲可譏，而在己猶無悔也。若夫畢力於前，而隳功於後，則返之慨然自任之初心，有無以自解者焉。吾嘗怪夫今之學者矣，觀其初之不甘自棄，是何有爲者之多也，乃究其終而無一及者，是何有爲者之少也！此無他，夷以近則忻然從之，艱以深則怠而止焉。（渾脱瀏灕〔八八一〕。）不知斯道之奥，嘗藴於人所罕至之區，而深造之功，必徵於豁然將通之候，凡生平所爲，一決於斯，而不可以假易也。而世之學者，或畏難而苟以自安，或矜能而遂〔八八二〕以自足，往往未達一間，而終無以與乎道之分。是猶掘井者泉之不得，雖九軔不爲功也，而乃欲自嘉其勤，以附於及泉者曰：吾雖不及泉，而所入之深，較之及泉者而不甚相懸也；自多其力，以傲夫棄井〔八八三〕者曰：吾雖不及泉，而積功之久，較之棄井者，而不啻倍蓰也。而及泉者將深憫之。九軔以前之備歷艱難而厲志焉，九軔以後之隔在微渺而惜力焉。志與事適相背，其空試於掘，何也？而棄井者亦竊笑之，吾曠曠然保吾力而遊以嬉，彼揗揗然用力多而成功少，勞與逸雖不同，其於不得泉均也。夫難熟者，學之候也；易隱者，道之體也。（古文節族〔八八四〕。）亦既掘之九軔，苟無怠而止，其及泉也一間耳。今而棄焉，則源將日堙〔八八五〕而久之復窮於無所入矣，從其後而追之，而謂斯時之力，尚足以入源，幾可以得也，則私恨者有窮期耶？（迴瀾生漪〔八八六〕。）蓋君子之於學也，嘗寬於其始，而嚴於其終，寬之所以引其機，嚴之所以策其後也。論其始，則一掘亦及泉之基，而論其終，則九軔有棄井之實，其義一耳。獨是用功深者，其望道也切，果能掘井而至九軔，則必有欲罷而不能者矣。乃入之愈深，則地愈近而其進愈難。語有之：行百里者半於九十。非以棄井怵之，即有爲者何以奮哉？

隨題委宛，激宕生姿。（吴思立）

此乙酉江南鄉試題，表弟鮑季昭文抑於同考，而爲主司所賞，刊入鄉墨，余未之奇也。携入京師，田有〔八八七〕、大山、北固皆嘆賞，安溪李公以爲天下奇才，當勉以著述。余歸寓覆視之，仍無奇。還江南，偶以三題課侄道希，因自擬作，審察題義，取鮑作再三視，其首篇詞義俱拔出先輩之外，次篇理備法老，更無從出其範圍，惟三作精神未旺，因握筆爲之，含意聯詞，便覺其文亦親切有味，中幅竟沿其意，惟前後稍展拓耳。夫以親戚暱好之文，再三審視，猶幾失之，世之司文章之柄者，未必有過人之明，而一不當意，遂棄如遺迹，他人善之，轉生媢妒〔八八八〕，何其用心之不恕也！記此使聞者知省焉。（自記）〔八八九〕

是猶或紾　云爾

大賢於遂人之過者，特發其説之不近於人情焉。夫紾兄者，何足深責，而謂以徐徐，毋乃止亂而亂滋長乎？且言義理者，未有可兼徇乎人情者也，漫〔八九〇〕爲相參之説，以爲無拂乎夫人之情，而亦微示以義理之正，而大無道之事，由是而成矣。（一語山立。）如王欲短喪，而子以期爲猶愈，是紾兄而謂以徐徐之説也。夫事之不可卒然而爲之者，雖徐徐爲之，而亦不爲未減也；事之可以徐徐而爲之者，雖卒然爲之，而亦未爲已甚也。紾兄之臂何事乎？而子謂之姑徐徐云爾乎？天屬之恩之附於中心者，雖凶人不能盡絶也。（足以感動人之善心，六經支流也。）其或觸於事境之違，而有勃谿相搆之勢，彼其心方爲之怵惕而不寧，而有人焉代爲斟酌而示之準，則其心漸安矣。是子陽以徐徐遏其勢，而實陰以徐徐定其心也。天地之經之守爲通義者，雖悖者不敢驟决也。

其或不忍悁悁之忿，而有猖狂無忌之行，其心方憪然於人言之可畏，而有人焉附於正義而謬其旨，則益無忌矣。以爲徐徐既可以謝人之多言，而紾終可以自快其初志也。使子無徐徐之説，則若人雖逞志於一時，而事後思之，將有立起自責，涕泣呼天，而終篤於天顯者矣。即不然，而旁觀者相視而不平，遠〔八九一〕聽者指引以爲戒，而人道尚未至終絶也。自子有徐徐之説，即其人感子之一言，而斂手以退，至於忿定悟開，欲窮反理，而無復攘臂之争乎？而究之徐徐之義，已深入乎夫人之心，而徐徐之言，已不没於天下之耳，而大義不遂以終夷也哉？（剌心刻骨。）責其過急，是明示以緩之無傷，而諷以少需，夫且將以遽爲不害。汰哉！吾子專以紾兄許人，亦爲不善教矣。

微至之思，拔出理齋、百川二公之外，總由於天理人情體會親切耳。（韓慕廬先生）

此題向有湯若士、孫百川文，皆稱名作。孫作嚴正，湯作閑冷，此篇殆兼其勝。

（戴田有〔八九二〕）

貉稽曰稽　全章

畏人之口者，以聖人爲法可也。蓋必文王、孔子而後無恤乎人言，則士可以自廣，而又滋懼矣。且自古善人少而不善人多，處衆人之中，而欲執其中而使無言，悅其心而使無慍，雖聖人不能也。君子於此有道焉。外以觀之言與慍之人，而内以觀之爲所言爲所慍之身，而志可定矣。彼貉稽者以不理於口爲憂，豈亦畏群小之相傷，而慮聲聞之將墜也耶？不知夫以衆人之心之不可度，衆人之口之不可防，而欲其安然而不相及，則必以其身爲宵小常人而後可也。若夫士則託業之高，既爲衆之所疑；而收名之美〔八九三〕，又爲衆之所忌。疑則觀其行，而易生瑕隙之端；忌則畏其修，而巧爲指摘之計。增〔八九四〕兹多口，惟士爲然，而要之無傷也。使士而能免，則古之人而既免之矣；使士而爲傷，則古之人而亦傷焉矣。夫人之肆於口而不能靖者，彼其心實有所慍，而假於口以自泄也。（從「口」推出「慍」字，妙。〔八九五〕）孔子，大聖人也，後世無及焉，而當其時則慍之者多矣，豈惟口哉？且將出力以擠之死矣，彼叔孫、桓司馬之徒，夫非當世衣冠之族耶？而噂沓背憎，胡與讒妾女子之陰殘而罔〔八九六〕極者同行也？（便帶入《詩》詞。〔八九七〕）《詩》有之：「憂心悄悄，慍於群小。」謂孔子也，而孔子何傷哉？文王，大聖人也，後世無及焉，而當其時則慍之者多矣，豈惟日〔八九八〕哉？以蒙難者數數然矣，彼崇侯飛〔八九九〕廉之屬，夫非王朝卿大夫耶？而毀禮滅義，胡與諸奸異類之猾賊而無良者同德也?《詩》有之:「肆不殄厥愠,亦不隕厥愠〔九〇〇〕。」謂文王也,而文王何傷哉?故君子必使其身爲無可言、無可愠之身,而後其身爲可以言、可以愠之身,而後言與愠之人,始爲可以聽其言、可以聽其愠之人。使文王、孔子而求免於愠,則無以爲文王、孔子,士而能爲文王、孔子,則愠者雖多,直可以妾婦之無良,異類之無知者視之。不然者,庸夫而有後言,君子且懼而增修其德矣,敢謂人之多言而不足畏哉!(儒者之言。)

融題之妙,如金在冶。(黄諧〔九〇一〕孟)

文王、孔子之愠,不徒以口,所遭有〔九〇二〕患難死生,進一層説,愈覺有味,此從前名作所未到也。其意之清深,骨之高峭〔九〇三〕,皆得之天授,非人力使然。(劉大山)

要亦不出前人函蓋之内,深思曲筆,固能自出機杼。(戴田有)〔九〇四〕

曰何以是　原也(其一)

大賢窮媚世者之情,而定其爲人焉。蓋以鄉原而視狂狷之所爲,真〔九〇五〕無一而可者也,其善媚如此,宜斯世以爲善哉?且君子之爲行也,有以合乎古,即無以宜乎今;有以軌乎道,即無以偕乎俗,此狂狷所詳審極慮,毅然力行而不惑者也。(古意可掬。)

而鄉原之所爲，則一切反是而已。其心蓋曰：吾非不知狂者所志之高也，第度時揣己，而知是嘐嘐者，無所用之也，舉世皆安於時，而一人獨稱乎古，即此爲取嫉之端矣。且言行之不相顧者誣也，沾沾多言，而浮慕古人，適足以見笑而自點也，而何以然哉？吾非不知狷者所行之正也，第觀物識變，而知踽踽凉凉者有所不行也，舉世皆尚其同，而一人獨超〔九〇六〕乎異，吾見其爲自困之術矣。且獨行而無與偶者固也，恝然無情，而使物相避，非所以利用而安身也，而何爲然哉？（清邃有味。）生斯世也，已不能爲古人矣；爲斯世也，亦無所逃於天地之間矣。夫人必爲當前之人所善，而後有利於吾身，出入所接，朝夕所親，俱以爲華而不實，而反欲取信於千古以上不知誰何之人，不亦悖乎？（吾嘗耳聞其言。〔九〇七〕）爲行必使一世之人皆善，而後可信於吾心，近而鄉黨，遠而邦國，皆以爲不近人情，而猶欲自恃其私心所執不可通達之理，不亦左乎？（但求有利於身，未有不〔九〇八〕終爲鄉愿〔九〇九〕者。）（奇絶。〔九一〇〕）嗟乎！使有〔九一一〕以宜乎今，而不必有以戾乎古；有以偕乎俗，而不必有以異乎道。則爲斯世所善，亦復何傷？而君子以爲斷然不可者，蓋以世之風教既衰，而人之性情亦異，必一一而求其善焉，必闇然以媚於世而後可也。（至言。）凡事之是非可否，苟求其實，必有所不便於人，故常漫無訾省，而後上下親疏，以爲順己而無所害； 凡人之性情意見，苟有可窺，必不能遍諧於物，故常深匿其情，而後知愚賢否可，以隨遇而致其懼。（刻畫闇然，字意微妙難[九一二]思。）其媚於世如此，固世之所謂善人也，而不知其爲鄉原也。 嗟乎！生斯世也，爲斯世也，耳目聞見中，無非是闇然者。 而介其側者，或則嘐嘐然，或則踽踽凉凉然，其亦不媚之甚矣！

知其五藏癥結，痛加針炙，可以正人心，息邪説，是謂無棄之言。（韓慕盧先生）

寬博詳盡，此題正式。（兄百川）

齊諧之志怪耶？禹鼎之象物耶？（戴田有）[九一三]

曰何以是　原也（其二）

專於媚世者，聽其言而知其心矣。 夫狂狷方以世爲不善而務矯之，而鄉原求媚焉，何怪其心之不相服哉？且鄉原與狂狷，其皆始於世之衰乎？古之時，風教隆而好惡正，士生其間，順時而不違於道，正己而無戾於人也。 惟所生之世不善，而狂者乃以志乎古； 惟世所謂善者不善，而狷者不敢與之偕。 而不謂鄉原即用此爲譏議也。 嗟乎！使狂者生於古，而何爲是嘐嘐也？並世之人材，駕於己者且什伯矣，仰而企焉，而惟覺其行之不逮也； 矢而出之，而惟覺其言之多慚也。而狂者無所容其狂矣，生斯世也，而安得不曰古之人古之人哉？使狷者生於古，而何爲是踽踽涼涼也？鄉曲之常人，接吾前者皆自好矣，人之行如是，而我不得與之異也； 我之行如是，而人亦自不以爲異也。而狷者無所庸其狷矣，生斯世也，而安得不爲是踽踽爲是涼涼哉？（聲震天地。）而鄉原則曰： 生斯世也，而何以是嘐嘐也？天既使爲今人，而偏欲自爲古人，何不生於古乎？且有合于〔九一四〕古，能使古人以爲善哉？古人即以爲善，而如斯世之不善何哉？而鄉原則曰： 生斯世也，而何爲是踽踽涼涼也？既已爲斯世之人，而偏若不滿於斯世之人，何不與古人居乎？且不善斯世，抑知斯世亦不以爲善哉？斯世不以爲善，而又何以爲善哉？夫人亦視其所生之世何世耳，使我而生於古，吾亦願古人善我矣，乃我既生於今，則今之人以爲善焉，斯可矣，此鄉原之見也。（非唯〔九一五〕蓄之於其心，亦且舉之於其口。）夫爲行而使一世之人不善，亦非君子所尚也； 立心而第欲人之善之，似亦無惡於天下也。雖然，亦視其所生之世何世耳，生古之世，則世之所善，必其志之過人者也，必其行之甚潔者也。而今人之所善者，其志必背高而趨下，其行〔九一六〕必毁方而爲圓，凡庸固陋，則以爲篤謹之士，依阿苟且，則以爲中庸之材。生斯世也，爲斯世也，而何以得其善哉？生斯世也，爲斯世也，而善焉，必閹然媚於世者也，是鄉原也。夫鄉原之言曰：生斯世也，爲斯世也，則其心固已知斯世之不善，與所謂善者之非善矣。乃必求其善，而多方以媚焉，且欲人之毀其道以從於媚，而曰何爲然也、何爲然也，是以君子惡之。（神化之文，不可思議。）

機杼相觸〔九一七〕，轉換不窮，蓋取《國策》之神而變其形貌者也。（徐詒〔九一八〕孫）

名理創獲，不可徒以靈〔九一九〕雋相賞。（劉月三）〔九二〇〕

鄉原罪狀，一一自家口中供出，不必另定爰書。（戴田有）〔九二一〕

曰何以是　原也（其四）〔九二二〕

觀鄉原之言，而知其善於媚世也。蓋鄉原所不善於狂狷者，即斯〔九二三〕世所不善於狂狷者也，而能無爲善哉？而豈非鄉原哉？且世俗之人，〔九二四〕好同而惡異，同乎己者善之，異乎己者則弗善焉，此狂狷所以孤行而獲戾於時也，而鄉原於此得媚道矣。〔九二五〕何者？斯世方偷惰苟且，争爲旦夕之謀，而狂者獨遠投乎高軌，即不必有意以形其陋，而自覺相視而不能平。於是乎群弗善焉，而特無以疵其志也。（雋絶。〔九二六〕）斯世方馳鶩追逐，習爲脂韋之態，而狷者獨古義以自繩，雖所趨異道而不相争，而終覺耿然而不能釋。於是乎群弗善焉，而又無以訾其行也。其所以弗善是者，何也？其心之所不言而同然者，皆以爲生斯世也，爲斯世也，而爲是嘐嘐，爲是踽踽凉凉。豈彼獨善而斯世之人盡不善耶？（神出鬼没。〔九二七〕）而鄉原因曰：何爲然哉？何爲然哉？彼言行之不相顧者，又可以爲古人乎？踽踽凉凉，非斯世之人而誰與乎？世有升降，道有污隆，雖古聖賢而生於今，亦不得不爲今之人矣。古聖賢而爲今之人，當亦以爲善焉而可矣。吾聞善媚人者必同其所惡，以斯世心目中所悄然不能容者，而昌言以排之，則不啻有德於己而附之矣。（鈎深索隱。〔九二八〕）善媚人者必中以所好，以斯世隱微中所私據以自便者，而正議以安之，則以爲甚類於己而私之矣。〔九二九〕故鄉原媚世之術不一，而即其譏狂狷與所以自計者觀之，其闇然以媚於世可知，而世之善之，不待問矣。此鄉原之巧也。

間道斜谷，驚飆掣電，不可方物，必如此結撰，乃能極文章之變態。（韓慕廬先生）〔九三〇〕

正人君子未有不周知天下之情僞者，靈皋腕下故應有照妖鏡也。（戴田有）〔九三一〕

附録〔九三二〕

子曰吾未　一章（己卯鄉試元墨）

聖人思剛者，難其德之純也。夫使有欲而得冒乎剛，亦何至思剛者而未見哉？故即申棖可以示教也。且剛爲天德，而聖人重之者，以其一於理而不可動也。（老氣。）蓋不壯其外而爲難犯之容則易，直其内而無可屈之事則難，雖其人不可得之耳目之前，要不使近似者得以相淆，而其真可識矣。（渾成大雅。）夫學者之入德，未有不以剛爲貴者也。然剛有剛之性焉，必得全於天地清明之氣而無所雜，然後能獨舉夫所性所命之正而無所虧，而稍有昏蔽者不能也；剛有剛之學焉，必自克於隱微幽獨之地而無所欺，然後能力持於禍福利害之交而不見奪，而稍有游移者不能也。（包舉題藴。）此夫子所以有未見剛者之嘆也。而或乃以申棖對焉，意棖之於剛，亦時有得其近似者耶？而夫子曰：子何信棖之深，而言剛之易耶？天下常有小心自慎，終身無忤物之色，而君子知其當大故而不摇，抑或矜奮自强，一時有鎮物之名，而識者料其遇非常而必變，惟於欲不欲辨之而已。是非可否，君子持之甚嚴者，亦衆人平時所能見及者也。（明白朗暢。）乃臨事而獨自能勝者，惟無欲耳。蓋不匿其身心之累，故能不欺其學問之意也。苟欲焉而有所顧於外，斯有所眩於中，將中道自更，雖有義理之心，不能自作其委靡之氣矣。險阻憂虞，衆人所不能自棖者，亦君子當之而覺其難堪者也。乃反覆而卒以自前者，惟無欲耳，蓋能預絶其苟且之心，故無沮喪其神明之境也。苟欲焉而若有牽於前，若有挽於後，將委蛇求濟，雖有强力之操，不能自鎮於猝然之頃矣。故不獨人欲横決，而後害於剛，第急功近名，幾微不本於此心之安，即授萬物以相撓之柄。又或畢生謹凛，以自遏其欲，而薄物細故，一息不禁其浮動之意，即留此心以内怯之端。審若是，則無欲者猶未必能盡乎剛之分，而欲焉得剛哉？此吾所不能爲棖恕也。夫欲者剛之反，而或以相疑，何也？蓋剛者一斷於理，而行之甚安，衆人或不能焉，而理不足者，間自厲其氣以求伸於物，是近於剛者，亦所以濟其欲也。自夫子辨之，而棖也可以反己而内慚，而學者聞之，亦可以求端而用力，則剛者雖未得見，而其實猶不没於天下矣。

以高古之筆，發幽渺之思，熙甫、子駿對此，亦當變色失步。（座主張原評）

理宗濂、洛，氣則曾、蘇，南元得此，真堪與涇陽先生抗行。（座主姜原評）

理脉清真，筆力渾噩，足以振起衰靡。（房師宗原評）

子曰不知　全章（丙戌會試魁墨）

學能窮理以致其知，可不惑於己與人之際矣。蓋命也禮也言也，皆理之當窮者也，此之不知，何以正己而不惑於人哉！且聖賢之學，莫先於窮理，蓋以理也者，所以爲主於吾身，而亦以爲鑑於天下者也。理之不窮，則無以識乎天道人道之歸，而自終身以至一息，皆倀倀乎莫知所適。而倫類之紛紜而雜至者，亦無所挾以窺其所用心，其至失己失人以滋悔者，不可追矣。夫理之原於天而有定分者，命是也。世有中正而未必獲福之時，斷無委蛇而必能避患之理，當其悟開於事後，雖小人亦悔名檢之空隳，而當境則輾轉而不能自決者，不知命之故也。知命之不可違，則不疚不惕，而常自得於幽獨之中；知命之不可恃，則惠迪逆違，而並無妄計於事應之際。（每比用二義兼發，真切該括。）夫如是乃可以泰然而爲君子矣。不然，則是非之心，不能不摇於利害，而生平所守，不能自鎮於猝然，非不欲爲君子，而吾慮其無以爲君子也。理之具於人而爲經緯者，禮是也。措於躬而有可循之儀，則施於物而有不過之分誼，使能講習於平時，雖中材亦可從容以中節，乃遇事輒跼蹐而無以自寧者，不知禮之故也。知禮原於所受之中，則莊敬日强，而威儀足以定命；知禮達於所起之義，則諂瀆不作，而上下皆可居貞。夫如是乃可以卓然而自立矣。不然，則情與文不相稱，而愧怍達於中心，身與事不相安，而譸張以〔九三三〕於言動，非不欲立，而吾慮其無以立也。理之聲於心而無定者，言是也。在賢者未嘗無偶失之論議，而僉壬亦能爲緣飾之義理，至於心迹之顯著，雖庸人亦自謂先見之甚明〔九三四〕，而其初多迷惑而失其所與者，不知言之故也。知言之有所從生，則出入離合，雖萬變而不能自掩；知言之各有所爲，則公私邪正，雖甚微而皆有可窺。夫如是乃可以昭然而悉其爲人矣。不然，則因瑕以掩瑜，而過用其責備之意，取似以亂真，而受欺於冥昧之中，非不欲知人，而吾慮其無以知人也。蓋道之大原出於天命，而流行於庶物，散見於群言者，皆是理之所貫也。學者入德，期爲君子，而謹身以合道，取友以自輔者，皆吾德所由成也，而其事皆本於知。此聖賢立教，必始於格物以窮其理歟？

氣樸理實，端凝之概，見乎其文，鬬力鬬智之意，消歸何有。（原評）

唯天下至誠　參矣（丙戌會試魁墨）

聖人盡性以至於命，而德合於天地矣。（古會元破。）蓋天地化育乎人物，而至誠以盡其性而及於人物者贊之，豈非與天地合其德者哉？（有筆力。）且誠者，天地之性所以生人而生物也。（以「誠」、「性」字納入天地，便有根據。）故天地萬物之性，常於人之性備之，自人與物不能自達其性也，而天地乃生一人焉以屬之，而天地之性之不能自達者，亦藉是人以通之。其成位於中而立人之道者，亦曰誠而已。（直起先輩。）唯天下至誠，其性之至清，而無人欲之蔽者，已通於萬事百物之原，故他人所探索而難詳者，見爲固然而已遍其深曲焉，而周密精思以既在物之理者，復雖小而不苟，故其察之無不盡也。（至誠不廢人功，尤看得好。）其性之至純而無人欲之累者，肫然於人倫日用之間，故他人所勉强而難合者，行所無事而已應其至分焉。而小心敬慎以服有生之義者，又一息不敢康，故其由之無不盡也。（何人説得到此？）蓋至於盡其性，而至誠之能事已畢矣。（清此句數「則」字。）由是以及於人，此心同也，此理同也。（又不略了漸次。）以自體其性者體人之性，而喜怒哀樂之皆通；以自治其性者治人之性，而剛柔損益之有類。其始於家邦而終於四海者，皆誠之所充積也。（「人」字乃滿分量，「充積」字細。）由是以及於物，類則殊也，理則一也。其性之可以通於人者，以人之道開之，而教無不宜；其性之不可通於人者，以物之道處之，而理亦無憾。凡鳥獸咸若，而草木蕃廡者，皆誠之所忻暢也。（「忻暢」字細。）夫人與物之各有其性者，天地化育之所爲也；而人與物之不能自盡其性者，非天地化育之所能爲也。（不是兩件。）盡性之實事，即贊化育之實功。（寫贊義亦細。）序三辰而順五行，本造化不言之意以施於民物者，至誠之所以代致其功；陰不伏而陽不愆，藉聖人中和之德以消其沴忒者，天地之所以善補其過。其可以贊化育如此。（頓住妙。）則人之道立，而天地之道不能獨尊；人之位成，而天地之位不爲無偶。在人物則戴高履厚而配之以尊親，在天地則以清以寧而自託於貞一，雖曰與天地參，亦何不可之與有？（大而能精。）夫能化能育者，天地之性也，能化能育而不能使人物各盡其性者，天地之性之不能自盡者也。（方知盡其性之即參贊。）有至誠而人物之性盡，有至誠而天地之性盡，而其事皆於自盡其性備之，故曰誠者聖人之本也。

窮根蒂而融精液，字字皆有歸著，其大不可及，其細尤不易言，於先民名墨包

孕中，增廓發越，而渾厚之氣，仍同其藴。（原評）

唯天下至　臨也（己卯鄉試元墨）

天下之大任，非至聖無與歸也。蓋臨天下必以德，而德必以生知爲至，故唯至聖能盡其量耳。且臨天下者，非徒以勢相屬也。以勢相屬，則中材皆可蒙業而安，小賢亦得彌縫其闕〔九三五〕。若求其任之能勝，而論其理之相稱，自非天下至聖，惡能當此而愉快者乎！何則？唯天下至聖，天將開之以濟群物之屯蒙，故所以造其耳目心思之質者，非什伯庸衆所得同；而其人亦自知爲天人所恃賴，故所以盡其耳目心思之材者，非尋常意計所能測。（從「有臨」中抉出聰明睿知。）其聰則無不聞也，明則無不見也，常人所以役其耳目者，若渾然一無所知，而兼聽並觀以類萬物之情，則無幽之不燭；睿則無不通也，知則無不知也，常人所以役其心思者，獨淡然一無所優，而開物成務以極事理之變，則無微之不彰。此真可以首出庶物，而合於知臨之宜矣。（落句龍飛鳳舞。）夫生民之初，近者相聚而爲群，擇其異己者而聽命焉；所聚又衆，擇其尤異己者而聽命焉。故必聰明睿知實出乎一鄉，而後可臨一鄉之衆而平其争；必聰明睿知實出乎一國，而後能臨一國之衆而安其屬。（從「聰明睿知」中發出「有臨」。）而况天下之大，萬物之衆而可易言臨哉？臨者勢之有以相伏也，質與之齊，而勢居其上，則處其下者，將有絜長度大之心，而囂然其不靖。若至聖之聰明睿知，則天下之大，萬物之衆，以一身俯焉，而轉覺眇乎其皆小矣。所謂聖人有作，而萬物皆睹〔九三六〕也。臨者光之有以相遍也，光不及遠，而所照者多，則處其下者，將有情隔勢暌之慮〔九三七〕，而拂鬱而不平。若至聖之聰明睿知，則天下之大，萬物之衆，以一心運焉，而可以一日而數周矣。所謂被於四表，而格於上下也。故聰明睿知，唯至聖能；而足以有臨，唯至聖獨焉。若夫循理守度，可以繼太平之治，而不能創非常之原〔九三八〕；雄才大略，可以撥亂而救時，而不能開天以明道。（襯托得好。）雖曰有臨，而其量皆有所不足者也，豈可與至聖比德而量材也哉？

義吐光芒，辭成廉鍔，文家鉅觀。（座主張原評）

東英偉雄奇之氣，以俯就繩尺，卓然自成一家。（座主姜原評）

設爲庠序　於下（丙戌會試魁墨）

詳設教之意，而知民俗所由成也。夫人自有倫，而夏、殷、周之設教，必如是其詳而後明焉，豈易得此親於民哉？今夫聖王之治民也，始於治其身，而終於治其心，故授田制賦，使寬然於俯仰之際者，皆以蓄其敦龐之原。（養爲教地。）至於立法以牖之，則必有其地；因事以示之，則必有其義。要以深探其本，以動其心之不言而同然者。（題意二折都到。）三代致治之盛，其遺意猶可考也，何則？野處而不匿者，雖各抱其聰明敦樸之資，而使率其儕偶，以雜居於阡陌之中，終無以易其耳目心思而使之奮；（此鄉學所當設。）而鄉里之有聞者，始少變其喬野顓愚之習，而遂升其秀異，以進齒於教胄之列，將益厲於禮樂教化以冀其成，此庠序校所以與學並設，而不可以偏廢也。（此國學所當設，兩比貫注而下，只如一比。）當日者，各取一事之義，以爲一代之規，爲養爲教爲射，皆有考也，雖無變道之實，而有改制之名，若夏若殷若周，不相襲也。（天然節奏，不事凌駕。）至於大學爲王化所開，則不復偏舉一事以隘其義，而三代有相沿之制，則不復有所改作以重其名，此亦足以見立法之皆宜，而用心之不苟矣。（束筆大方。）夫三王爲此，豈徒聚天下之士（九三九）以相爲名，而侈其設教之盛哉？蓋以治道之興也，必成於民之相親，而民之難於親也，皆由於倫之不明，而明之者，不在下而在上。（用倒出法。）知愛知敬，雖時發於固有之良而不可恃者，以未明於其當然也，爲陳其數，爲修其儀，而又經之政教以宗其事，則閭巷之聚觀而太息者，群以爲榮，而久之且雍容於禮俗矣；（是「明於上」實際處。）言孝言弟，雖勉强以從上之令而不足多者，以未明於其所以然也，躬與之齒，躬與之讓，而又聚其秀民以爲之倡，則歲月之無〔九四〇〕心而自入者，漸之甚深，而不覺其潛通於性命矣。（「小民」二字亦清楚。）民之生斯世者，既俯仰寬然，以自得於耕鑿之中。（顧行助以後。）其親睦之心，固有油然而生者，而上之所以率作之者，復委曲詳密如此，如是而有不親者，豈情也哉？故考古者至夏后殷周之世，不慕其民風之淳〔九四一〕，而獨嘆爲三王致治之盛也。

本《禮經》以説《王制》，古法古義，既精且詳，其文之古色古氣，亦班〔九四二〕然盎然於楮墨間。（原評）

公孫丑曰　一章（己卯鄉試元墨）

道無不可及，惟待能者之從而已。夫以藝事爲教者皆有成法，而况君子之道乎？能從則能及，何憂於高美哉？且君子亦甚慮夫學者之畏吾道，而卒不聞易其所立之方者，何也？誠以道有定體，可以望天下之能者，不可以望天下之不能者。不能者之不可使爲能，猶拙者之不可使爲巧也，而安能强以從吾道哉？異哉！公孫丑嘆道之高美而以登天爲喻也。夫曰高美，則似迫欲從者而日登天，則又似絶意於從者。（提「從」字飛動。）絶意於從，則不獨高者不可及，即不高者亦無由及也；不獨美者不可及，即不美者亦無由及也，惟日孳孳者而豈有是言哉？其蔽在妄意於君子之可使幾及也。夫即如丑言，亦丑自不能及耳，非所以概天下之能及者也。謂君子以其可及者，惠天下之能者，而以其不可及者，困天下之不能者，君子固無是心；而欲君子以其不可及者，進天下之能者，而姑以可及者，就天下之不能者，則君子實無是術。（筋轉脉摇。）蓋君子之有道也，如大匠之有繩墨焉，其能者惟日孳孳，而拙者不能從，而終不爲之改且廢也；如羿之有彀率焉，其能者惟日孳孳，而拙者不能從，而終不爲之變也。且夫繩墨彀率之外，其不可以言傳者，亦不能禁能者之自喻；繩墨彀率之中，其可以迹求者，亦不能强拙者之自尋，則君子之教益可悟矣。（章妥句適，神似荆川。）或原其始而不要其終，或舉乎此而不及乎彼，如射者之引而不發，而所未發者，已躍然於所引之中，而不容秘也。使盡發其技，則能者轉無以自呈其巧，而拙者且以爲高美而不可幾及矣，此非君子之重有所靳也。道寓於中，而君子亦立於中，苟日孳孳焉則皆可從，苟能從焉則皆可及也。

（筆如旋床。〔九四三〕）其能及者，亦其人自有擔負之力，而非君子能翼之使前；其不能及者，雖君子常懷悲憫之心，而亦無道以開之使入。使不知道之立於中，而以高美謝焉，且欲君子毀其道之高美，而入於卑近偏雜以便其私，不獨君子不能徇，亦工師射者所羞稱也。

超然獨立，萬物之表。（座主張原評）

不煩繩削，自然合度。（座主姜原評）

校勘記

〔一〕蘇大本、安師本、上圖本均無此序。

〔二〕安師本、上圖本均無卷首原序。

〔三〕蘇大本無李振裕此序。

〔四〕蘇大本無戴名世此序。

〔五〕「開」，原作「門」，誤。今據蘇大本改。

〔六〕蘇大本、安師本、上圖本均無此手札。

〔七〕蘇大本、安師本、上圖本均無此附記。

〔八〕上圖本目録首頁題作：「重訂方望溪全稿目次，長洲韓慕廬先生評選，同學張彝嘆、劉月三、翁止園論次。」

〔九〕「夫」，上圖本作「天」，誤。

〔一〇〕「有」，上圖本作「求」。

〔一一〕上圖本無此篇。

〔一二〕「節」，上圖本作「章」。

〔一三〕「一」，上圖本作「二」。

〔一四〕「一節」，安師本、上圖本均作「自卑」。

〔一五〕「一節」，上圖本作「三句」。

〔一六〕「二」，上圖本作「一」。

〔一七〕「者也」，上圖本作「二句」。

〔一八〕上圖本無此篇。

〔一九〕「徑」，上圖本作「封」。

〔二〇〕上圖本此處有批語：「古節。」

〔二一〕「意」，上圖本作「層」。

〔二二〕上圖本無此批語。

〔二三〕「戴田有」，上圖本作「劉月三」。

〔二四〕上圖本無此批語。

〔二五〕「與」，上圖本作「異」，復圖本誤。

〔二六〕「憾」，上圖本作「恨」。

〔二七〕「探」，上圖本作「採」。
〔二八〕「戴田有」，上圖本作「劉月三」。
〔二九〕上圖本此處有旁批：「上節。」
〔三〇〕上圖本此處有旁批：「下節。」
〔三一〕「一」，上圖本作「人」。
〔三二〕上圖本無「劉」字。
〔三三〕「戴田有」，上圖本作「張彝嘆」。
〔三四〕「文」，上圖本作「又」。復圖本誤。
〔三五〕「屈」，上圖本作「詘」。
〔三六〕「文」，上圖本作「又」。復圖本誤。
〔三七〕上圖本無此批語。
〔三八〕上圖本無此批語。
〔三九〕「其」，上圖本作「所」。
〔四〇〕「三」，上圖本作「上」。
〔四一〕上圖本無此批語。
〔四二〕上圖本無此批語。
〔四三〕「性命」，上圖本作「身世」。
〔四四〕「襲」，上圖本作「龍」。
〔四五〕上圖本無此批語。

〔四六〕上圖本無此批語。
〔四七〕「理」，上圖本作「裡」。
〔四八〕「令」，上圖本作「合」，誤
〔四九〕「此」，上圖本作「於」。
〔五〇〕「本」，上圖本作「未」。
〔五一〕「已」，上圖本作「以」。
〔五二〕「不」，上圖本作「易」。
〔五三〕上圖本無此批語。
〔五四〕上圖本無此批語。
〔五五〕上圖本無此批語。
〔五六〕「附」，上圖本作「對」。
〔五七〕上圖本無此批語。
〔五八〕「多」，上圖本作「惑」。
〔五九〕上圖本無此批語。
〔六〇〕上圖本無此批語。
〔六一〕「愈」，上圖本作「者」。
〔六二〕上圖本無此批語。
〔六三〕「既」，上圖本作「即」。
〔六四〕上圖本無「者」字。

〔六五〕「故」，上圖本作「固」。
〔六六〕「學」，上圖本作「事」。
〔六七〕「苟」，上圖本作「特」。
〔六八〕「白」，上圖本作「自」，誤。
〔六九〕「士」，上圖本作「一」。
〔七〇〕上圖本無此批語。
〔七一〕上圖本無此批語。
〔七二〕上圖本無此批語。
〔七三〕上圖本無此批語。
〔七四〕「術」，上圖本旁改爲「述」。
〔七五〕「縈」，上圖本作「頓」。
〔七六〕上圖本無此批語。
〔七七〕上圖本無此批語。
〔七八〕「節」，上圖本作「章」。
〔七九〕「戴田有」，上圖本作「左未生」。
〔八〇〕「駁勘」，上圖本作「破的」。
〔八一〕上圖本無此批語。
〔八二〕上圖本無此批語。
〔八三〕「戴田有」，上圖本作「劉月三」。

〔八四〕上圖本無此批語。
〔八五〕上圖本無「借刻汪選房書」六字。
〔八六〕上圖本無此批語。
〔八七〕上圖本無此批語。
〔八八〕「庾」，上圖本作「瘐」。
〔八九〕上圖本無此批語。
〔九〇〕上圖本無此批語。
〔九一〕「子」，上圖本作「于」，誤。
〔九二〕復圖本「吾」字漫漶，今據上圖本補。
〔九三〕復圖本「則」字漫漶，今據上圖本補。
〔九四〕「意」，上圖本作「氣」。
〔九五〕上圖本無此批語。
〔九六〕上圖本無此批語。
〔九七〕上圖本無此批語。
〔九八〕上圖本無此批語。
〔九九〕上圖本「三句」下無「其一」二字。
〔一〇〇〕上圖本無此批語。
〔一〇一〕上圖本無此批語。
〔一〇二〕上圖本無此批語。

〔一〇三〕上圖本無此批語。
〔一〇四〕「於升」，上圖本作「升於」。
〔一〇五〕上圖本無此批語。
〔一〇六〕「雒」，上圖本作「稚」。
〔一〇七〕上圖本無此批語。
〔一〇八〕上圖本無此批語。
〔一〇九〕上圖本「三句」下有「其二」二字。
〔一一〇〕「硜硜」，上圖本作「經營」。
〔一一一〕上圖本此處有批語：「每進一步，奇秀無窮。」
〔一一二〕「嘗」，上圖本作「常」。
〔一一三〕上圖本無此批語。
〔一一四〕上圖本無此批語。
〔一一五〕上圖本無此批語。
〔一一六〕上圖本無此批語。
〔一一七〕上圖本此篇爲「其二」，無「借刻立誠集」五字。
〔一一八〕「信」，上圖本作「愛」。
〔一一九〕「乎」字漫漶，今據上圖本補。
〔一二〇〕「者」字漫漶，今據上圖本補。
〔一二一〕「冀」，上圖本作「異」，誤。

〔一二二〕上圖本此處有批語：「筆融墨化，滅盡對偶之迹。」
〔一二三〕上圖本此處有批語：「悲切。」
〔一二四〕「冀」，上圖本作「異」，誤。
〔一二五〕「不自」，上圖本作「自不」。
〔一二六〕上圖本無此批語。
〔一二七〕「戴田有」，上圖本作「劉月三」。
〔一二八〕上圖本此篇爲其一，無「借刻汪選房書」六字。
〔一二九〕上圖本無此批語。
〔一三〇〕「嘲」，上圖本爲「恢」。
〔一三一〕「混」，上圖本作「欲」。
〔一三二〕「利」，上圖本作「刮」。
〔一三三〕「所」字漫漶，據上圖本補。
〔一三四〕「民而」，上圖本作「而嬻」。
〔一三五〕上圖本無此批語。
〔一三六〕上圖本無此文。
〔一三七〕「戒」，上圖本作「成」。
〔一三八〕上圖本無此批語。
〔一三九〕上圖本無「是也」二字。
〔一四〇〕「遭」，上圖本作「處」。

〔一四一〕「岐」，上圖本作「坡」。
〔一四二〕上圖本無此批語。
〔一四三〕「二」，上圖本作「一」。
〔一四四〕「事」，上圖本作「世」。
〔一四五〕上圖本無此批語。
〔一四六〕「襲」，上圖本作「龍」。
〔一四七〕「埃」，上圖本作「俗」。
〔一四八〕「玄」，原文爲「元」，避康熙諱。
〔一四九〕上圖本無此批語。
〔一五〇〕「清」，上圖本作「精」。
〔一五一〕「有」字漫漶，今據上圖本補。
〔一五二〕「溢」，上圖本作「浮」。
〔一五三〕「仁」，上圖本作「人」。
〔一五四〕「之」，上圖本作「損」。
〔一五五〕上圖本無此批語。
〔一五六〕上圖本無此批語。
〔一五七〕上圖本「一章」下有「其一」二字。
〔一五八〕上圖本無此批語。
〔一五九〕「灝」，上圖本作「顥」。

〔一六〇〕「七」，上圖本作「十」。
〔一六一〕「綽」，上圖本作「尚」。
〔一六二〕「到」，上圖本作「得」。
〔一六三〕「經」，上圖本作「紀」。
〔一六四〕「日容」，上圖本作「彝嘆」。
〔一六五〕「博」，上圖本作「傳」。
〔一六六〕「讀」，上圖本作「詞」。
〔一六七〕上圖本無此批語。
〔一六八〕「寬」，上圖本作「專」。
〔一六九〕「當」，上圖本作「富」，誤。
〔一七〇〕「豈」，上圖本作「未」。
〔一七一〕上圖本無此自記。
〔一七二〕上圖本此處有批語：「隱見。」
〔一七三〕上圖本此處有批語：「有道無道，直取中堅。」
〔一七四〕「寧」，上圖本作「甯」。
〔一七五〕上圖本「子」下有「獨」字。
〔一七六〕「侯」，上圖本作「候」。
〔一七七〕「由」，上圖本作「出」。
〔一七八〕「秦」，上圖本作「陳」。

〔一七九〕「錢亮工」，上圖本作「張彝嘆」。
〔一八〇〕上圖本無此批語。
〔一八一〕「特」，上圖本作「持」。
〔一八二〕「贊」，上圖本作「讀」。
〔一八三〕上圖本無「裁」字。
〔一八四〕上圖本無「其一借刻立誠集」七字。
〔一八五〕「傷」，上圖本作「壞」。
〔一八六〕「數十百年」，上圖本作「數窮運極」。
〔一八七〕「大率」，上圖本作「於時」。
〔一八八〕「斯」，上圖本作「其」。
〔一八九〕「悵」，上圖本作「倀」。
〔一九〇〕「敢自」，上圖本作「不敢不」。
〔一九一〕上圖本無此批語。
〔一九二〕上圖本無此批語。
〔一九三〕「閑」，上圖本作「閡」。
〔一九四〕上圖本無「弟譚友」三字。
〔一九五〕上圖本無「其二借刻立誠集」七字。
〔一九六〕「意」字漫漶，今據上圖本補。
〔一九七〕「檖」，上圖本作「樣」。

〔一九八〕「大」，上圖本作「太」。
〔一九九〕上圖本無此批語。
〔二〇〇〕上圖本無此批語。
〔二〇一〕「行」，上圖本作「所」。
〔二〇二〕上圖本此處有批語：「冲口而出，極平常，極諦當。」
〔二〇三〕「豁」，上圖本作「發」。
〔二〇四〕「源」，上圖本作「然」。
〔二〇五〕「租」，上圖本作「祖」，復圖本誤。
〔二〇六〕上圖本無此批語。
〔二〇七〕「蓋」，上圖本作「試」。
〔二〇八〕「博」，上圖本作「將」。
〔二〇九〕「嚮」，上圖本作「聖」。
〔二一〇〕「逐」，上圖本作「能」。
〔二一一〕上圖本無「隨方」二字。
〔二一二〕「樹」，上圖本作「扶」。
〔二一三〕「忻」，上圖本作「齗」。
〔二一四〕「百」，上圖本作「旨」。
〔二一五〕「然則」，上圖本作「不知」。
〔二一六〕「天機自」，上圖本作「心手俱」。

〔二一七〕上圖本無此自記。
〔二一八〕上圖本無「借刻汪選房書」六字。
〔二一九〕「價」，上圖本作「賈」。
〔二二〇〕上圖本無此批語。
〔二二一〕上圖本無此批語。
〔二二二〕「後」，上圖本作「頃」。
〔二二三〕「幅」，上圖本作「副」。
〔二二四〕「戴田有」，上圖本作「劉月三」。
〔二二五〕上圖本有「其二」二字。
〔二二六〕上圖本無此批語。
〔二二七〕上圖本此批語作：「奇變。」
〔二二八〕上圖本此批語作：「奇變。」
〔二二九〕上圖本此處有批語：「一句一折，一折一意，百讀乃知其味。」
〔二三〇〕上圖本無此批語。
〔二三一〕上圖本無此批語。
〔二三二〕上圖本無此批語。
〔二三三〕「戴田有」，上圖本作「劉月三」。
〔二三四〕上圖本無「借刻汪選歷科房書」八字。
〔二三五〕上圖本無此批語。

〔二三六〕「清」，上圖本作「精」。
〔二三七〕「前」，上圖本作「能」。
〔二三八〕「茶」，上圖本作「薾」。
〔二三九〕「正有」，上圖本作「是」。
〔二四〇〕上圖本無此批語。
〔二四一〕「由」，上圖本作「從」。
〔二四二〕上圖本無此批語。
〔二四三〕「戴田有」，上圖本作「劉月三」。
〔二四四〕「可不」，上圖本作「不可」。
〔二四五〕「太」，上圖本作「大」。
〔二四六〕上圖本無此批語。
〔二四七〕「而至」，上圖本作「至於」。
〔二四八〕「節」字漫漶，今據上圖本補。
〔二四九〕上圖本無此批語。
〔二五〇〕上圖本無此批語。
〔二五一〕上圖本無此批語。
〔二五二〕上圖本無此批語。
〔二五三〕上圖本無此批語。
〔二五四〕「漭」，上圖本作「落」。

〔二五五〕「物」，上圖本作「世」。
〔二五六〕「稍」，上圖本作「少」。
〔二五七〕「出」，上圖本作「屈」。
〔二五八〕「段」，上圖本作「片」。
〔二五九〕上圖本無此批語。
〔二六〇〕上圖本無此批語。
〔二六一〕「且」，上圖本作「日」。
〔二六二〕上圖本無此批語。
〔二六三〕「其」，上圖本作「心」。
〔二六四〕「後」字漫漶，今據上圖本補。
〔二六五〕「未寒」二字漫漶，今據上圖本補。
〔二六六〕「雋」，上圖本作「儁」。
〔二六七〕「目」，上圖本作「日」，誤。
〔二六八〕上圖本無此批語。
〔二六九〕上圖本無此批語。
〔二七〇〕上圖本無此批語。
〔二七一〕「戴田有」，上圖本作「劉月三」。
〔二七二〕上圖本無此批語。
〔二七三〕「近斥而遠遺之」，上圖本作「斤斤而遠遺之」。

〔二七四〕「敗」，上圖本作「亂」。
〔二七五〕「有俱在」三字殘缺，今據《望溪先生文集》補。
〔二七六〕上圖本無此段跋語。
〔二七七〕上圖本無此批語。
〔二七八〕「渟」，上圖本作「停」。
〔二七九〕「澄」，上圖本作「消」。
〔二八〇〕「屈」，上圖本作「靡」。
〔二八一〕「矜」，上圖本作「務」。
〔二八二〕「充」，上圖本作「堅」。
〔二八三〕「乘」，上圖本作「迫」。
〔二八四〕「弭」，上圖本作「阻」。
〔二八五〕「餒」，上圖本作「飾」。
〔二八六〕「正」，上圖本作「主」。
〔二八七〕「未」，上圖本作「相」。
〔二八八〕「境」，上圖本作「時」。
〔二八九〕上圖本無此則自記。
〔二九〇〕上圖本無此則附記。
〔二九一〕「一句」，上圖本作「與權」。
〔二九二〕「畢肖」，上圖本作「互冒」。

〔二九三〕「深」，上圖本作「潔」。
〔二九四〕「始」，上圖本作「之」。
〔二九五〕「詞盛」，上圖本作「語顯」。
〔二九六〕「精」，上圖本作「清」。
〔二九七〕「闈」字漫漶，今據上圖本補。
〔二九八〕「戴田有」，上圖本作「劉月三」。
〔二九九〕「芬」，上圖本作「紛」。
〔三〇〇〕「然」，上圖本作「默」。
〔三〇一〕「伐」，上圖本作「拔」。
〔三〇二〕「友」，上圖本作「及」。
〔三〇三〕「棘」，上圖本作「圍」。
〔三〇四〕「廖」，上圖本作「賡」。
〔三〇五〕上圖本無此批語。
〔三〇六〕上圖本此處有批語：「老氣。」
〔三〇七〕「豈」字漫漶，今據上圖本補。
〔三〇八〕「誠」，上圖本作「成」。
〔三〇九〕上圖本無此批語。
〔三一〇〕上圖本無此批語。
〔三一一〕上圖本無此批語。

〔三一二〕「直」，上圖本作「質」。
〔三一三〕「于」，上圖本作「乎」。
〔三一四〕上圖本無此批語。
〔三一五〕「戴田有」，上圖本作「劉月三」。
〔三一六〕「氣」，上圖本作「痛」。
〔三一七〕「觀」，上圖本作「逮」。
〔三一八〕「更」，上圖本作「互」。
〔三一九〕「間」，上圖本作「門」。
〔三二〇〕「日」，上圖本作「目」。
〔三二一〕「躍然」，上圖本作「見於」。
〔三二二〕「丘」，上圖本作「邱」。
〔三二三〕上圖本無此批語。
〔三二四〕「愈」，上圖本作「甚」。
〔三二五〕「苴」，上圖本作「茸」。
〔三二六〕「弘」，上圖本作「宏」。
〔三二七〕上圖本此後另有批語：「獨闢真諦，理醇氣厚，非經生家言。（吴思立）」
〔三二八〕上圖本無此批語。
〔三二九〕「其」，上圖本作「莫」。
〔三三〇〕上圖本無此批語。

〔三三一〕「戴田有」，上圖本作「劉月三」。
〔三三二〕「扳」，上圖本作「攀」。
〔三三三〕「也」，上圖本作「者」。
〔三三四〕上圖本無此批語。
〔三三五〕上圖本無此批語。
〔三三六〕上圖本無此批語。
〔三三七〕「戴田有」，上圖本作「劉月三」。
〔三三八〕「無」，上圖本作「似」。
〔三三九〕「然」字漫漶，據上圖本補。
〔三四〇〕上圖本無此批語。
〔三四一〕上圖本無此批語。
〔三四二〕「文」，上圖本作「時」。
〔三四三〕「感」，上圖本作「惑」。
〔三四四〕「苞」，上圖本作「抱」。
〔三四五〕「犬」，上圖本作「夫」，復圖本誤。
〔三四六〕「試」，上圖本作「識」。
〔三四七〕「錢亮工」，上圖本作「左未生」。
〔三四八〕上圖本無此批語。
〔三四九〕上圖本無「借刻立誠集」五字。

〔三五〇〕上圖本無此批語。
〔三五一〕上圖本無此批語。
〔三五二〕「聖人身分」，上圖本作「聖賢心事」。
〔三五三〕上圖本無此批語。
〔三五四〕「固」，上圖本作「故」。
〔三五五〕「了」，上圖本作「不」。
〔三五六〕「爲」，上圖本作「以」。
〔三五七〕「發明小講意」，上圖本作「亦明小得意」。
〔三五八〕「四」，上圖本作「曉」。
〔三五九〕「護」，上圖本作「護」。
〔三六〇〕上圖本無此批語。
〔三六一〕「而」字漫漶，今據上圖本補。
〔三六二〕「誘」，上圖本作「訓」。
〔三六三〕「丘」，上圖本作「文」。
〔三六四〕「戴田有」，上圖本作「劉月三」。
〔三六五〕「人」，上圖本作「求」。
〔三六六〕「失」，上圖本作「遺」。
〔三六七〕「遺」，上圖本作「移」。
〔三六八〕「與」，上圖本作「之」。

〔三六九〕「溪」，上圖本作「越」。
〔三七〇〕「薄」，上圖本作「溥」，復圖本誤。
〔三七一〕「筆」，上圖本作「管」。
〔三七二〕上圖本無此批語。
〔三七三〕「由」，上圖本作「出」。
〔三七四〕上圖本無「蒙翳」二字。
〔三七五〕「敢」，上圖本作「取」。
〔三七六〕「十」，上圖本作「千」。
〔三七七〕「汶」，上圖本作「紊」。
〔三七八〕「遠」，上圖本作「還」。
〔三七九〕「藹」，上圖本作「犂」。
〔三八〇〕上圖本無此批語。
〔三八一〕「直」，上圖本作「有」。
〔三八二〕「民」，上圖本作「人」。
〔三八三〕「無」，上圖本作「不」。
〔三八四〕「十」，上圖本作「千」。
〔三八五〕「色」，上圖本作「末」。
〔三八六〕「泚」，上圖本作「絶」。
〔三八七〕「戴田有」，上圖本作「劉月三」。

〔三八八〕「發」，上圖本作「令」。
〔三八九〕「蹵」，上圖本作「蹴」。
〔三九〇〕上圖本無此批語。
〔三九一〕上圖本無此批語。
〔三九二〕「戴田有」，上圖本作「左未生」。上圖本此批之後另有批語：「卓識偉議，醇厚閎深，西漢董江都之文。（吴思立）」
〔三九三〕上圖本此批語作：「親切可思。」
〔三九四〕「而憂」二字殘缺，今據上圖本補。
〔三九五〕上圖本無此批語。
〔三九六〕「自」，上圖本作「目」。
〔三九七〕「察」，上圖本作「本」。
〔三九八〕「廷」，上圖本作「庭」。
〔三九九〕「已」，上圖本作「猶」。
〔四〇〇〕上圖本無此批語。
〔四〇一〕「寔」，上圖本作「是」。
〔四〇二〕「習傳而循誦也」，上圖本作「習熟而循蹈者」。
〔四〇三〕上圖本無此批語。
〔四〇四〕上圖本無「借刻立誠集」五字。
〔四〇五〕上圖本此批語後另有批語：「握首句扼背持吭穿通章，連風走雲，辭義確然，議闢千古。（劉若千）」

〔四〇六〕上圖本無此批語。
〔四〇七〕上圖本無此批語。
〔四〇八〕上圖本無此批語。
〔四〇九〕「一」，上圖本作「有」。
〔四一〇〕「屬」，上圖本作「驅」。
〔四一一〕「安」，上圖本作「妥」。
〔四一二〕上圖本無此批語。
〔四一三〕上圖本無此批語。
〔四一四〕上圖本無此批語。
〔四一五〕「闕」，上圖本作「問」。
〔四一六〕「隱」，上圖本作「一」。
〔四一七〕「行」字殘缺，今據上圖本補。
〔四一八〕「褊」，上圖本作「忍」。
〔四一九〕「若是」，上圖本作「置之」。
〔四二〇〕「世」，上圖本作「時」。
〔四二一〕「誣」，上圖本作「罔」。
〔四二二〕「眾」，上圖本作「人」。
〔四二三〕「一」，上圖本作「至」。
〔四二四〕「斷」，上圖本作「委」。

〔四二五〕「之」，上圖本作「爲」。
〔四二六〕「覺斯」，上圖本作「能以」。
〔四二七〕「惡」，上圖本作「安」。
〔四二八〕上圖本此後另有批語：「道得斯人吾與之心，如脱口出，曲折深至，所謂仁義之人其言藹如也。叔父嘗語道希，作文必須胸中所見，與聖賢意旨不隔，乃能援筆相肖。熟玩斯文，庶幾見之。（侄道希記）」
〔四二九〕上圖本此批語作：「以無道反有道。」
〔四三〇〕「篇」，上圖本作「文」。
〔四三一〕上圖本無此批語。
〔四三二〕「稱」，上圖本作「屢」。
〔四三三〕「反」，上圖本作「及」。
〔四三四〕「真」，上圖本作「乃」。
〔四三五〕「檀」，上圖本作「憻」。
〔四三六〕上圖本無此批語。
〔四三七〕「根」，上圖本作「相」。
〔四三八〕「愀」，上圖本作「愁」。
〔四三九〕上圖本無此批語。
〔四四〇〕「蹈」，上圖本作「道」。
〔四四一〕「朗」，上圖本作「明」。
〔四四二〕上圖本此處有批語：「明明德句。」

[四四三] 上圖本此處有批語：「親民句。」
[四四四] 上圖本此處有批語：「正於至善句。」
[四四五] 「以」，上圖本作「已」。
[四四六] 「功利」，上圖本作「伯功」。
[四四七] 「義意」，上圖本作「意義」。
[四四八] 「一」，上圖本作「三」。
[四四九] 「雅」，上圖本作「醇」。
[四五〇] 上圖本此處有批語：「關節開解。」
[四五一] 上圖本無此批語。
[四五二] 「由」，上圖本作「猶」。
[四五三] 上圖本無「原評」二字。
[四五四] 上圖本無此批語。
[四五五] 上圖本此批語作：「鈎深茫微。」
[四五六] 上圖本無此批語。
[四五七] 上圖本無此批語。
[四五八] 上圖本無此批語。
[四五九] 上圖本無此批語。
[四六〇] 上圖本無此批語。
[四六一] 上圖本無「原評」二字。

〔四六二〕上圖本無此批語。另有兩條批語：「於事物理態體認，毫忽不遺，故能深者寂入，峻者迥出。（劉月山）」「篇法如春流赴壑，透迤洄伏，轉側易觀，使人心愜。（弟子屋注）」

〔四六三〕上圖本無此批語。

〔四六四〕「有」，上圖本作「又」。

〔四六五〕「洄」，上圖本作「恛」。

〔四六六〕「撼」，上圖本作「憾」。

〔四六七〕上圖本無「方」字。

〔四六八〕「據」，上圖本作「養」。

〔四六九〕上圖本無此批語。

〔四七〇〕上圖本無此批語。

〔四七一〕上圖本無此批語。

〔四七二〕「億」，上圖本作「臆」。

〔四七三〕上圖本無此批語。

〔四七四〕上圖本無此批語。

〔四七五〕上圖本無此批語。

〔四七六〕上圖本無此批語。

〔四七七〕「侍」，上圖本作「用」。

〔四七八〕上圖本無此批語。

〔四七九〕上圖本無「原評」二字。

〔四八〇〕上圖本無此批語。
〔四八一〕上圖本無「原評」二字。
〔四八二〕上圖本無此批語。
〔四八三〕上圖本無此批語，另有批語三條：「廣涵無外，細入毫芒，知其於格物窮理之功，大有體驗。（韓慕廬先生）」「世人見此等文，必以大力、文止相擬，然顯微不遺，本末該貫，不知兩公胸中腕下，果能如此洞達否也。（劉言潔）」「其於題中義藴，窮極微渺，發揮精確，包括群言而出之，又極融洽自然，洵理題中獨開閫奥之作。（吴思立）」
〔四八四〕「實」，上圖本作「推」。
〔四八五〕「既淆」，上圖本作「求之」。
〔四八六〕「司」，上圖本作「可」。
〔四八七〕上圖本無「通」字。
〔四八八〕「至」，上圖本作「現」。
〔四八九〕「情」，上圖本作「精」。
〔四九〇〕「爲」，上圖本作「謂」。
〔四九一〕上圖本無「發」字。
〔四九二〕「葩」，上圖本作「菁」。
〔四九三〕上圖本無「原評」二字。
〔四九四〕上圖本無此批語。
〔四九五〕上圖本此批語作：「了然明白。」

〔四九六〕上圖本無此批語。

〔四九七〕上圖本此處有批語：「曲暢。」

〔四九八〕上圖本無此批語。

〔四九九〕上圖本無此批語。

〔五〇〇〕上圖本無此批語。

〔五〇一〕「恍若神來」，上圖本作「得若神表」。

〔五〇二〕上圖本「德」下有「爲」字。

〔五〇三〕上圖本無此批語。

〔五〇四〕上圖本無此批語。

〔五〇五〕上圖本無此批語。

〔五〇六〕上圖本無此批語。

〔五〇七〕「輝」，上圖本作「渾」。

〔五〇八〕上圖本無「原評」二字。

〔五〇九〕上圖本無此批語。

〔五一〇〕上圖本無「清晰」二字。

〔五一一〕上圖本此批語作：「是『磋』。」

〔五一二〕上圖本無此批語。

〔五一三〕上圖本無此批語。

〔五一四〕上圖本無此批語。

〔五一五〕「礙」，上圖本作「砥」。

〔五一六〕上圖本此處有批語：「是『磨』。」

〔五一七〕上圖本無此批語。

〔五一八〕上圖本無此批語。

〔五一九〕上圖本此處有批語：「觀董子文章，迴（此字或誤）子議論，在漢宋諸賢中迥出一格可見。」

〔五二〇〕上圖本無此批語。

〔五二一〕上圖本無此批語。另有三條批語：「渣滓盡除，清虚來集，到此地位，真是峻絶。（劉月三）」「細淡深微，緩緩咀之，其味乃出。（朱字緑）」「精氣鋭入，根骨畢露，韓文公所謂『抉摘杳微，執神之機』者，其叔父集中此種文之謂乎？（佺道希記）」

〔五二二〕「法」，上圖本作「罰」。

〔五二三〕上圖本無「汪云從志逆入情字辭字」十字。

〔五二四〕「疑」，上圖本作「宜」。

〔五二五〕上圖本無此批語。

〔五二六〕「其」，上圖本作「以」。

〔五二七〕上圖本無此批語。

〔五二八〕上圖本無此批語。

〔五二九〕上圖本無此批語。

〔五三〇〕此批語上圖本作：「不待美盡於此，『大畏民志』句已動。」

〔五三一〕「警」，上圖本作「義」。

〔五三二〕上圖本無此批語。
〔五三三〕上圖本無此批語。
〔五三四〕上圖本無此批語。
〔五三五〕上圖本此批語作：「廣大真傳，三王明德，新民氣象。」
〔五三六〕上圖本無此批語。
〔五三七〕上圖本無此批語。
〔五三八〕上圖本無此批語。另有四條批語：「此等文，非貫穿經史而得，其不言之意，終是見不到，説不出。（徐詒孫）」「法度森嚴，文辭雋健。（魏東之）」「氣沉而法嚴。（徐觀卿）」「會情切理，際境窮事，皆稱其心所欲言，文家之極軌也。（白楚唯）」
〔五三九〕上圖本無此批語。
〔五四〇〕上圖本無此批語。
〔五四一〕上圖本無此批語。
〔五四二〕上圖本無此批語。
〔五四三〕上圖本無此批語。另有一條批語：「清微雋刻，必如此文，乃足與傳者立言之本旨相稱。（吴思立）」
〔五四四〕「襲」，上圖本作「龍」。
〔五四五〕上圖本無此批語。
〔五四六〕「凌」，上圖本作「陵」。
〔五四七〕上圖本無此批語。

〔五四八〕「訶」，上圖本作「辭」。
〔五四九〕上圖本無此批語。
〔五五〇〕「感」，上圖本作「通」。
〔五五一〕「無僞」，上圖本作「實踐」。
〔五五二〕「更」，上圖本作「尤精」。
〔五五三〕「足」，上圖本作「能」。
〔五五四〕上圖本無「先生」二字。
〔五五五〕上圖本無「老師」二字。
〔五五六〕上圖本無此批語。
〔五五七〕上圖本無此批語。
〔五五八〕「有」，上圖本作「相」。
〔五五九〕上圖本無此批語。
〔五六〇〕「不能如此」，上圖本作「都不如是」。
〔五六一〕上圖本此批語署「劉月三」。
〔五六二〕上圖本無此批語。
〔五六三〕上圖本無此批語。
〔五六四〕「墮」，上圖本作「溕」。
〔五六五〕「常」，上圖本作「第」。
〔五六六〕上圖本無此批語。

〔五六七〕上圖本無此批語。
〔五六八〕「剳」，上圖本作「劄」。
〔五六九〕上圖本無此批語。
〔五七〇〕上圖本無此批語。
〔五七一〕「須臾不可」，上圖本作「不可須臾」。
〔五七二〕「數」，上圖本作「教」。
〔五七三〕「共貫」，上圖本作「其質」。
〔五七四〕「數」，上圖本作「教」。
〔五七五〕「邱」，上圖本作「丘」。
〔五七六〕上圖本此批語署「左未生」。
〔五七七〕上圖本無此批語。
〔五七八〕「昧」，上圖本作「味」。
〔五七九〕「知」，上圖本作「相」。
〔五八〇〕「苞」，上圖本作「包」。
〔五八一〕上圖本無此批語。
〔五八二〕上圖本無此批語。
〔五八三〕「敬」，上圖本作「散」。
〔五八四〕「文」，上圖本作「又」，誤。
〔五八五〕「人」，上圖本作「又」。

〔五八六〕「止」，上圖本作「只」。
〔五八七〕「大」，上圖本作「入」。
〔五八八〕上圖本無「説得」二字。
〔五八九〕安師本脱「廬」字，今據上圖本補。
〔五九〇〕上圖本無此批語。
〔五九一〕上圖本無此批語。
〔五九二〕上圖本此批脱「此」、「上事」三字，且「各」作「切」。
〔五九三〕「概」，上圖本作「愧」。
〔五九四〕「先」，上圖本作「相」。
〔五九五〕「蔽」，上圖本作「愧」。
〔五九六〕「俟」，上圖本作「由」。
〔五九七〕「一」，上圖本作「二」。
〔五九八〕「浥」，上圖本作「挹」。
〔五九九〕「實」，上圖本作「望」。
〔六〇〇〕「抽」，上圖本作「紬」。
〔六〇一〕上圖本無此條批語。
〔六〇二〕「剸」，上圖本作「刺」。
〔六〇三〕「敢」，上圖本作「能」。
〔六〇四〕「忠」，安師本作「恕」，誤。據上圖本改。

〔六〇五〕「闢」，上圖本作「闡」。
〔六〇六〕上圖本此條批語署「劉月三」。
〔六〇七〕「進」，上圖本作「盡」。
〔六〇八〕上圖本無此批語。
〔六〇九〕「前」，上圖本作「全」。
〔六一〇〕「軌」，上圖本作「執」。
〔六一一〕上圖本無此批語。
〔六一二〕「比」，上圖本作「此」。
〔六一三〕上圖本無此文。
〔六一四〕「蠟」，誤。上圖本作「躐」。
〔六一五〕「道」，上圖本作「遺」。
〔六一六〕「必」，上圖本作「不」。
〔六一七〕「而」，上圖本作「爲」。
〔六一八〕「茫」，上圖本作「芒」。
〔六一九〕「悄」，上圖本作「悽」。
〔六二〇〕「而」，上圖本作「焉」。
〔六二一〕「之」，上圖本作「其」。
〔六二二〕「由」，上圖本作「若」。
〔六二三〕「乎」，上圖本作「者」。

〔六二四〕「霖」，安師本脱，據上圖本補。

〔六二五〕「視」，上圖本作「觀」。

〔六二六〕上圖本無此批語。另有一條批語：「平側處俱不碍體裁近雅。（兄百川）」

〔六二七〕「彝」，上圖本作「夷」。

〔六二八〕「往」，上圖本作「治」。

〔六二九〕「發」，上圖本作「行」。

〔六三〇〕「失」，上圖本作「决」。

〔六三一〕上圖本無此批語。

〔六三二〕上圖本此處有批語：「宋人奏議。」

〔六三三〕上圖本無此批語。

〔六三四〕上圖本無此批語。

〔六三五〕上圖本無此批語。

〔六三六〕「優」，上圖本作「優」。

〔六三七〕上圖本無此批語。

〔六三八〕此條批語上圖本作：「峰巒聳削。」

〔六三九〕「渺」，上圖本作「杳」。

〔六四〇〕「於」，上圖本作「其」。

〔六四一〕上圖本無此批語。

〔六四二〕上圖本無此批語，另有三條批語：「通篇總發，乃能與題義、語氣相附，其體製亦類先民。（兄百川)」「尺幅之内,包孕古今,至其作法,百川評盡之矣。(劉月三)」「其古氣沉浸醲郁,是《國語》中極有興會之文。(吴思立)」

〔六四三〕「勝」,誤。上圖本作「媵」。

〔六四四〕「實」,上圖本作「各」。

〔六四五〕上圖本無此批語,另有批語:「此題首句指天理之本然言,《集注》、《語類》甚明。而近來猶有爲俗講章所蔽,謂在爲人之天,讀先生此文,明白諦當,真如撥雲見日。(吴思立)」

〔六四六〕上圖本無此批語。

〔六四七〕上圖本無此批語。

〔六四八〕「覺」,上圖本作「一」。

〔六四九〕「與」,上圖本作「有」。

〔六五〇〕上圖本「之」字下有「人」字。

〔六五一〕「常」,上圖本作「嘗」。

〔六五二〕上圖本無此批語。

〔六五三〕上圖本無此批語。

〔六五四〕「能」,上圖本作「得」。

〔六五五〕「辯」,上圖本作「辨」。

〔六五六〕「此」,安師本作「以」,誤,據上圖本改。

〔六五七〕「韓祖昭」,上圖本作「張彝嘆」。

〔六五八〕上圖本無此批語。

〔六五九〕上圖本無此批語。
〔六六〇〕「乎」，上圖本作「夫」。
〔六六一〕「界」，安師本作「擇」，有旁批圈改爲「界」，上圖本亦作「界」，兹據上圖本改。
〔六六二〕「繹」，安師本作「帶」，誤，據上圖本改。
〔六六三〕「聖」，上圖本作「季」。
〔六六四〕「已」，上圖本作「以」。
〔六六五〕「原」，上圖本作「源」。
〔六六六〕「滑」，上圖本作「淆」。
〔六六七〕「固」，安師本作「故」，誤，據上圖本改。
〔六六八〕「中」，上圖本作「初」。
〔六六九〕上圖本無此批語。
〔六七〇〕「破」，安師本原作「波」，誤，此據上圖本改。
〔六七一〕「運量於」，上圖本作「不昧乎」。
〔六七二〕「貳」，上圖本作「二」。
〔六七三〕「惟」，上圖本作「推」。
〔六七四〕「止」，上圖本作「只」。
〔六七五〕「復」，安師本作「腹」，誤，據上圖本改。
〔六七六〕上圖本無此批語。
〔六七七〕上圖本此批語署「張彝嘆」。

〔六七八〕上圖本無此批語。
〔六七九〕「平目」，上圖本作「於身」。
〔六八〇〕上圖本無此批語。
〔六八一〕「界」，上圖本作「地」。
〔六八二〕「顧」，上圖本作「周」。
〔六八三〕上圖本無此批語。
〔六八四〕「也」，上圖本作「已」。
〔六八五〕「格」，上圖本作「於」。
〔六八六〕「功有」，上圖本作「其間」。
〔六八七〕「正」，上圖本作「真」。
〔六八八〕「正」，安師本作「出」，誤，今據上圖本改。
〔六八九〕上圖本「也」下有「哉」字。
〔六九〇〕「邱」，上圖本作「丘」。
〔六九一〕上圖本此條批語署「劉月三」。
〔六九二〕「覆載」，上圖本作「持載覆幬」。
〔六九三〕「孝」，上圖本作「若」。
〔六九四〕「艾千子呂晚村」，上圖本作「前後各選家」。
〔六九五〕上圖本無此批語。
〔六九六〕「所」，上圖本作「同」。

〔六九七〕「事」，上圖本作「専」。
〔六九八〕「間」，上圖本作「閡」。
〔六九九〕「時」，上圖本作「是」。
〔七〇〇〕上圖本此處有批語：「何以見爲淵泉也。」
〔七〇一〕「馭」，上圖本作「取」。
〔七〇二〕「權」，上圖本作「懼」。
〔七〇三〕上圖本無此批語。
〔七〇四〕「乎」，上圖本作「哉」。
〔七〇五〕「功」，上圖本作「工」。
〔七〇六〕上圖本無此批語。
〔七〇七〕「志」，上圖本作「出」。
〔七〇八〕「故」，上圖本作「固」。
〔七〇九〕「賾」，上圖本作「積」。
〔七一〇〕「輒」，上圖本作「隨」。
〔七一一〕「宏」，上圖本作「弘」。
〔七一二〕上圖本此下另有批語：「簡老深邃，無一支綴語。（弟蓄記）」
〔七一三〕上圖本無此批語。
〔七一四〕上圖本無此批語。
〔七一五〕「虧蔽」，上圖本作「蔽虧」。

〔七一六〕上圖本無此批語。
〔七一七〕上圖本無此批語。
〔七一八〕「講」，上圖本作「説」。
〔七一九〕「敬」，安師本作「今」，誤，據上圖本改。
〔七二〇〕上圖本無此批語。
〔七二一〕「育」，上圖本作「習」。
〔七二二〕「謂」，上圖本作「爲」。
〔七二三〕「幽」，上圖本作「聖」。
〔七二四〕「朗」，上圖本作「明」。
〔七二五〕「入」，上圖本作「失」。
〔七二六〕「天」，安師本作「夭」，誤，據上圖本改。
〔七二七〕「外」，旁改爲「化」。上圖本作「化」。
〔七二八〕「煒煒」，上圖本作「焯焯」。
〔七二九〕「難」，上圖本作「不」。
〔七三〇〕「深」，上圖本作「遠」。
〔七三一〕「如」，上圖本作「於」。
〔七三二〕「體」，上圖本作「一」。
〔七三三〕「偏」，上圖本作「徧」。
〔七三四〕「詞」，上圖本作「辭」。

〔七三五〕上圖本此批語署「劉月三」。
〔七三六〕「如」，上圖本作「知」。
〔七三七〕「即」，上圖本作「諸」。
〔七三八〕「知」，上圖本作「之」。
〔七三九〕「剌」，上圖本作「回」。
〔七四〇〕「伺」，安師本作「何」，誤，據上圖本改。
〔七四一〕「妨」，上圖本作「防」。
〔七四二〕「無」，上圖本作「吾」。
〔七四三〕上圖本無此批語。
〔七四四〕上圖本此批語署「兄百川」。
〔七四五〕「故」，上圖本作「固」。
〔七四六〕「致」，上圖本作「自」。
〔七四七〕「務」，上圖本作「祇」。
〔七四八〕「於」，上圖本作「如」。
〔七四九〕「日」，上圖本作「漫」。
〔七五〇〕「精」，上圖本作「積」。
〔七五一〕「易」，上圖本作「異」。
〔七五二〕上圖本無此批語。
〔七五三〕「人」，上圖本作「文」。

〔七五四〕上圖本無此批語。
〔七五五〕「察」，上圖本作「覈」。
〔七五六〕「精」，上圖本作「錦」。
〔七五七〕「真」，安師本作「直」，誤，據上圖本改。
〔七五八〕「守」，疑爲「字」之誤。
〔七五九〕上圖本無此批語。
〔七六〇〕「勸」，上圖本作「欲」。
〔七六一〕「槁」，上圖本作「稿」。
〔七六二〕「槁」，上圖本作「稿」。
〔七六三〕「浡」，上圖本作「勃」。
〔七六四〕上圖本無此批語。
〔七六五〕「戴名世」，上圖本作「劉月三」。
〔七六六〕上圖本無此跋語。
〔七六七〕「極」，安師本作「急」，誤，據上圖本改。
〔七六八〕「戴田有」，上圖本作「劉月三」。
〔七六九〕「遺」，上圖本作「可」。
〔七七〇〕「誠」，上圖本作「致」。
〔七七一〕「勸」，上圖本作「動」。
〔七七二〕「於」，上圖本作「其」。

〔七七三〕「戴田有」，上圖本作「張彝嘆」。
〔七七四〕「槁」，上圖本作「稿」。
〔七七五〕「撼」，上圖本作「動」。
〔七七六〕「惟」，上圖本作「爲」。
〔七七七〕上圖本無此批語。
〔七七八〕上圖本無此批語。
〔七七九〕「留」，上圖本作「流」。
〔七八〇〕「氣」，上圖本作「力」。
〔七八一〕上圖本、安師本無此批語。
〔七八二〕上圖本無此批語。
〔七八三〕「駘」，上圖本作「頓」。
〔七八四〕「患」，上圖本作「亂」。
〔七八五〕上圖本無此批語。
〔七八六〕「非」，上圖本作「貢」。
〔七八七〕「明」，上圖本作「誤」。
〔七八八〕上圖本無「襯」字。
〔七八九〕「臆」，上圖本作「膜」。
〔七九〇〕「余」，上圖本作「予」。
〔七九一〕「深」，上圖本作「狠」。

〔七九二〕「義」，上圖本作「藝」。
〔七九三〕「閡」，上圖本作「闊」。
〔七九四〕「幼」，上圖本作「日」。
〔七九五〕上圖本無此批語。
〔七九六〕「限」，上圖本作「阻」。
〔七九七〕「講」字殘缺，據上圖本補。
〔七九八〕「厚」，上圖本作「淳」。
〔七九九〕「戴田有」，上圖本作「左未生」。
〔八〇〇〕「總」，上圖本作「絶」。
〔八〇一〕上圖本無此批語。下另有批語：「詞義堅卓，體氣厚重，未嘗規仿古文，自成一家之言。（吴思立）」
〔八〇二〕「賊」，上圖本作「害」。
〔八〇三〕「括」，上圖本作「穆」。
〔八〇四〕「收」，上圖本作「取」。
〔八〇五〕「戴田有」，上圖本作「劉月三」。
〔八〇六〕上圖本此處有批語：「浩然而來，興寄高遠。」
〔八〇七〕上圖本此處有批語：「從衆人説起，一語插入。」
〔八〇八〕上圖本此處有批語：「照注，氣化、人事分比。」
〔八〇九〕上圖本無此批語。
〔八一〇〕上圖本無此批語。

〔八一一〕上圖本無此批語。
〔八一二〕上圖本無此批語。
〔八一三〕「弭」，上圖本作「彌」。
〔八一四〕上圖本無此批語。
〔八一五〕「末」，誤。安師本作「朱」，上圖本作「宋」。
〔八一六〕「若」，安師本、上圖本作「苦」。
〔八一七〕上圖本無此批語。
〔八一八〕「戴田有」，上圖本作「劉月三」。
〔八一九〕此批語安師本有，復圖本、蘇大本、上圖本無。
〔八二〇〕「全」，上圖本作「至」。
〔八二一〕「鉥」，上圖本作「鉥」，復圖本誤。
〔八二二〕上圖本無此條批語，另有一條批語：「雋刻孤峭之氣，絶似趙高邑先生。（吴思立）」
〔八二三〕「鴸」，上圖本作「鴡」。
〔八二四〕「羅」，上圖本作「弋」。
〔八二五〕上圖本無此批語。
〔八二六〕安師本、上圖本無此文，今以蘇大本參校。
〔八二七〕蘇大本無此批語。
〔八二八〕蘇大本無「夫己氏者何所逃其斧鉞」十字，「戴田有」作「左未生」。
〔八二九〕「原」，上圖本作「源」。

〔八三〇〕「夢想得到」，上圖本作「所能道出」。

〔八三一〕「維」，上圖本作「此」，誤。

〔八三二〕「只」，上圖本作「止」。

〔八三三〕「訝」，上圖本作「謂」。

〔八三四〕「猶」，上圖本作「爲」。

〔八三五〕上圖本無此批語，另有批語：「此篇用意用筆，極似荆川先生『士可以言而不言二句』文，而意致之深透，筆力之蒼渾，殆復過之。（吴思立）」

〔八三六〕「哀」，上圖本作「立」。

〔八三七〕「婚」，上圖本作「昏」。

〔八三八〕「到」，上圖本作「至」。

〔八三九〕「余」，上圖本作「予」。

〔八四〇〕上圖本無此批語。

〔八四一〕「以思」，上圖本作「思之」。

〔八四二〕上圖本無此批語。

〔八四三〕「單」字漫漶，據上圖本補。

〔八四四〕「岱」，上圖本作「自」。

〔八四五〕上圖本無此批語。

〔八四六〕「筆」，上圖本作「手」。

〔八四七〕「受」，上圖本作「遂」。

〔八四八〕上圖本無此批語。

〔八四九〕「仄」，上圖本作「反」。

〔八五〇〕「不」，上圖本作「無」。

〔八五一〕上圖本無「一而」二字。

〔八五二〕上圖本無「借刻汪選歷科房書」八字。

〔八五三〕「見」，上圖本作「勘」。

〔八五四〕「辨」，上圖本作「辯」。

〔八五五〕「詞」，上圖本作「辭」。

〔八五六〕上圖本無「向於房選中見此作，亟推爲名筆。今知出自吾靈皋，益信一時無兩」。

〔八五七〕「此與武曹食色性也全章文皆足羽翼吾道戴田有」，上圖本作「文足以羽翼吾道劉月三」。

〔八五八〕「約」，上圖本作「紛」。

〔八五九〕「開」，上圖本作「闢」。

〔八六〇〕「戴田有」，上圖本作「劉月三」。

〔八六一〕上圖本無此批語。

〔八六二〕「夫」，上圖本作「乎」。

〔八六三〕「於」，上圖本作「以」。

〔八六四〕「深」字殘缺，據上圖本補。

〔八六五〕「已」，上圖本作「以」。

〔八六六〕「自」字殘缺，據上圖本補。

〔八六七〕「而」，上圖本作「自」。
〔八六八〕「儁」，上圖本作「雋」。
〔八六九〕上圖本無此批語。
〔八七〇〕上圖本無此批語。
〔八七一〕上圖本無此批語。
〔八七二〕上圖本無此批語。
〔八七三〕上圖本此處有批語：「可爲痛切。」
〔八七四〕上圖本作「韓莊」。
〔八七五〕「戴田有」，上圖本作「左未生」。
〔八七六〕「厄」，上圖本作「危」。
〔八七七〕「余」，上圖本作「予」。
〔八七八〕「性」，上圖本作「類」。
〔八七九〕「禍」，上圖本作「害」。
〔八八〇〕「反」，上圖本作「爲」。
〔八八一〕「灕」，上圖本作「亮」。
〔八八二〕「遂」，上圖本作「苟」。
〔八八三〕「棄井」，上圖本作「及泉」。
〔八八四〕「族」，上圖本作「脉」。
〔八八五〕「堙」，上圖本作「湮」。

〔八八六〕「漪」，上圖本作「綺」。

〔八八七〕「田有」，上圖本作「武曹」。

〔八八八〕「媢妒」，上圖本作「嫉妒」。

〔八八九〕上圖本無「記此使聞者知省焉自記」數字。

〔八九〇〕「漫」，安師本原作「慢」，有朱筆圈改爲「漫」，上圖本作「漫」，今據上圖本。

〔八九一〕「遠」，上圖本作「逖」。

〔八九二〕「戴田有」，上圖本作「劉月三」。

〔八九三〕「美」，上圖本作「遠」。

〔八九四〕「增」，誤。上圖本作「憎」。

〔八九五〕上圖本無此批語。

〔八九六〕「罔」，上圖本作「困」。

〔八九七〕上圖本無此批語。

〔八九八〕「日」，上圖本作「口」。

〔八九九〕「飛」，上圖本作「惡」。

〔九〇〇〕「愠」，上圖本作「問」。

〔九〇一〕「諧」，上圖本作「諸」。

〔九〇二〕「有」，上圖本作「皆」。

〔九〇三〕「峭」字殘破，今據上圖本補。

〔九〇四〕上圖本無此批語。

〔九〇五〕「真」，上圖本作「直」。
〔九〇六〕「超」，上圖本作「趨」。
〔九〇七〕上圖本無此批語。
〔九〇八〕上圖本無「不」字。
〔九〇九〕「愿」，上圖本作「原」。
〔九一〇〕上圖本無此批語。
〔九一一〕「嗟乎使有」四字殘缺，今據上圖本補。
〔九一二〕「難」，上圖本作「可」。
〔九一三〕上圖本無此批語。
〔九一四〕「于」，上圖本作「乎」。
〔九一五〕「唯」，上圖本作「爲」。
〔九一六〕「行」，上圖本作「勢」。
〔九一七〕「觸」，上圖本作「束」。
〔九一八〕「詒」，上圖本作「貽」。
〔九一九〕「靈」，上圖本作「名」。
〔九二〇〕上圖本此批語之後另有批語：「超脱空明，深得《南華》筆意。（吴思立）」
〔九二一〕上圖本無此批語。
〔九二二〕上圖本無此文。「其四」，目録頁作「其三」。安師本作「其三」，蘇大本作「其四」。
〔九二三〕「斯」，安師本作「所」。

〔九二四〕安師本此處有批語：「以『世』字作主。」

〔九二五〕安師本此處有批語：「直擒『闇然』句。」

〔九二六〕安師本此批語作：「先説世之不善狂狷，爲鄉原媚世理〔埋〕根。」

〔九二七〕此條批語安師本作：「點得奇變。」

〔九二八〕安師本無此批語。

〔九二九〕安師本此處有批語：「緊切『生斯世』三句説。」

〔九三〇〕安師本無此批語。

〔九三一〕安師本無此批語，另有兩條批語：「以『闇然』句作主，而鄉原之譏狂狷與其自爲計，都在世人意中看出，更爲奇變。總是不肯使一直筆、正筆也。〇鄉原闇然媚世之實，即綰上譏狂狷及『生斯世』三句洗發，結構緊密。」

〔九三二〕蘇大本增補了方苞己卯鄉墨和丙戌會墨各三篇，現附録於此。

〔九三三〕「以」，上圖本作「見」。

〔九三四〕「明」，上圖本作「聞」。

〔九三五〕「闕」，上圖本作「缺」。

〔九三六〕「睹」，上圖本作「賭」。

〔九三七〕「慮」，上圖本作「憂」。

〔九三八〕「原」，上圖本作「業」。

〔九三九〕「士」，上圖本作「事」。

〔九四〇〕「無」，上圖本作「撫」。

〔九四一〕「淳」，上圖本作「樸」。
〔九四二〕「班」，上圖本作「斑」。
〔九四三〕上圖本無此批語。